DER TOD KOMMT VON SEE

Helke Böttger arbeitete beim Sat.1-Frühstücksfernsehen, als sie den Sprung wagte und hauptberuflich Autorin wurde. Seitdem hat sie unter verschiedenen Pseudonymen mehr als fünfzig Romane veröffentlicht, mehrere davon landeten in den Top Ten der E-Book-Charts, zwei wurden BILD-Bestseller. Wenn sie nicht gerade am nächsten Bestseller schreibt, reist sie gern und entdeckt interessante Menschen und Geschichten für ihre Romane.

Dieses Buch ist ein Roman. Handlungen und Personen sind frei erfunden. Ähnlichkeiten mit lebenden oder toten Personen sind nicht gewollt und rein zufällig.

HELKE BÖTTGER

DER TOD KOMMT VON SEE

Sylt Krimi

emons:

Bibliografische Information der Deutschen Nationalbibliothek
Die Deutsche Nationalbibliothek verzeichnet diese Publikation in der Deutschen Nationalbibliografie; detaillierte bibliografische Daten sind im Internet über http://dnb.d-nb.de abrufbar.

FSC www.fsc.org
MIX
Papier | Fördert gute Waldnutzung
FSC® C083411

Umschlagmotiv: arcangel.com/Joana Kruse
Umschlaggestaltung: Nina Schäfer, nach einem Konzept von Leonardo Magrelli und Nina Schäfer
Umsetzung: Tobias Doetsch
Gestaltung Innenteil: DÜDE Satz und Grafik, Odenthal
Lektorat: Marit Obsen
Druck und Bindung: CPI – Clausen & Bosse, Leck
Printed in Germany 2023
ISBN 978-3-7408-1902-6
Sylt Krimi
Originalausgabe

Dieser Roman wurde vermittelt durch die semmelblond – script agency, Dresden.

Für meine wunderbaren Eltern

1

Der Tod kam an einem Dienstagmorgen im August nach Sylt.

Der Himmel im Osten wechselte von Dunkelblau zu Türkis, als Hagen Koog seinen Arbeitsplatz als Wachmann im Hafen von Hörnum verließ und sich auf sein Fahrrad schwang. Die Masten der Segelschiffe schimmerten zart im Licht des zaghaft erwachenden Tages, das Wasser im Hafen glitzerte bei jeder Welle. Hagen Koog liebte diese Zeit, wenn die Menschen noch im Tiefschlaf lagen, während die Natur bereits erwachte. Wenn Lerchen in die Lüfte aufstiegen und Fische im Wasser plätscherten, als würden sie das Leben feiern. Die Luft roch nach Salzwasser und der Frische der Nacht. Die penetranten Duftstoffe von Sonnenmilch und Parfüms hingegen, die die Tagesbrise beherrschten, waren verflogen. Tief sog er die klare Luft ein und radelte vom Hafengelände hinunter und Richtung Norden, am Golfclub vorbei, wo ein Rasensprenger leise zischte.

Er spürte die Müdigkeit in seinem Körper. Das Treten der Pedale fiel ihm schwer, obwohl der Weg kaum Steigung aufwies. Ihm saßen neun Stunden Arbeitszeit in den Knochen; mit seinen neunundvierzig Jahren steckte er die Nachtarbeit nicht mehr so locker weg wie früher, als er den Job angefangen hatte. Da war er frisch vom Wehrdienst gekommen, hatte bei einer Sicherheitsfirma angeheuert und gedacht, er könne die Sylter Promis beschützen. Dass er seine Lebenszeit damit verbringen würde, einen Hafen zu bewachen, hätte er sich damals nicht träumen lassen. Inzwischen fühlte er sich wie ein alter Mann und benötigte ständig Kaffee, um seinem Posten als Wachmann gerecht zu werden. Hin und wieder kam er sich trotzdem eher wie ein Schlafmann vor. Aber die Tagschicht wollte er nicht übernehmen. Zu viel Ärger mit den Menschen, außerdem würde er die Nachtzuschläge vermissen. Immerhin machten sie jeden Monat mehrere hundert Euro mehr auf seinem Konto aus.

Er gähnte und bog nach Westen ab. Ein Lachen war zu hören,

dann der Ruf einer Frau. Die Geräusche schienen vom Jugendgästehaus zu kommen. Die Kids machten wohl wieder die Nacht zum Tage, genau wie er. Nur dass ihre Körper überhaupt keine Probleme damit hatten.

Erneut ertönte ein Lachen, nun sah er auch, von wem es kam. Eine junge Frau sprang mit ausgebreiteten Armen vor ihm auf den Weg. Hagen Koog bremste, um langsamer an ihr vorbeizufahren, doch sie blockierte die Stelle, an der er sie passieren wollte.

»Wo willst du denn hin, Sexy?« Sie lachte ihn an und drehte sich einmal um sich selbst, bevor sie sich wieder mit ausgebreiteten Armen vor ihn hinstellte.

»Nach Hause. Also geh aus dem Weg!« Koog war zu müde für Höflichkeitsfloskeln. Immerhin verkniff er sich das unflätige Wort, das ihm auf der Zunge lag.

»Warum? Der Morgen ist so schön! Du verpasst was.«

Sie war hübsch. Blonde Haare, die im Morgenwind in ihr Gesicht wehten. Zarte, reine Haut und eine schlanke Silhouette. Er schätzte sie auf achtzehn oder neunzehn Jahre.

»Die Nacht war lang, lass mich vorbei.«

»Kannst du auch ›bitte‹ sagen, Fremder?« Sie flirtete mit ihm, übermütig und unbeschwert wie eine Möwe, die über dem Meer schwebt und im Wasser nach Beute Ausschau hält.

»Bitte geh mir aus dem Weg«, knurrte Koog. Sie wich allerdings immer noch nicht zur Seite, sondern tanzte vor seinem Rad, als würde sie Musik hören, die nur in ihrem Kopf existierte. Inzwischen war es heller geworden, sodass er genau erkennen konnte, dass sie keinen BH trug. Die frische Brise schien ihre Brüste zu streicheln, die Knospen waren unter dem dünnen Stoff ihres Kleides deutlich zu sehen.

»Willst du was gegen deine schlechte Laune?«, fragte sie. »Mein Freund kann dir was geben.«

»Nein danke.« Koog zog in Erwägung, sie bei der Polizeidienststelle wegen Drogenbesitzes anzuzeigen. Aber das würde bedeuten, dass er weitere kostbare Zeit verlöre, die er besser mit Schlafen verbringen sollte. Also schob er den Gedanken beiseite.

Er löschte ihn nicht sofort aus seinem Gehirn, sondern legte ihn auf Halde, für den Fall, dass sie ihn noch weiter nervte. »Gehst du jetzt bitte zur Seite?«

»Was machst du denn hier?« Ein junger Mann kam über die Düne gelaufen und stürmte auf das Mädchen zu. Er war nur wenig älter als sie, groß und schlaksig, mit langen Haaren, die er in einem Knoten auf dem Hinterkopf trug.

Koog verzog verächtlich den Mund. Der Typ war eindeutig ein Weichei, ein Jüngelchen, das nie ein echter Mann werden würde.

»Bändelst du mit dem da an? Der ist viel zu alt für dich«, sagte das Weichei, als es sie erreichte.

»Er ist aber süß.« Die junge Frau warf Koog einen Luftkuss zu. »Ein bisschen mürrisch, aber süß.«

»Ich muss nach Hause«, sagte Koog etwas sanfter.

»Willst du mich mitnehmen?« Neckisch legte sie ihren Kopf zur Seite. »Hättest du Lust auf mich?«

Auf Koogs Gesicht entfaltete sich ein halbes Lächeln. »Vielleicht.«

»Ich glaube, wir hätten Spaß miteinander. Du hast mit Sicherheit Erfahrung. Das würde mir gefallen.«

In Koogs Kopf blitzten auf einmal Bilder auf, die er seit seiner Scheidung nur noch aus einschlägigen Filmen kannte. Die Hauptrolle in seinem persönlichen Streifen spielte die junge Frau vor ihm, deren Brüste sich immer deutlicher unter dem T-Shirt abzeichneten, je heller es wurde. Er konnte inzwischen jede Einzelheit des Warzenhofes ausmachen.

»Bist du irre?« Der junge Mann wollte sie zur Seite ziehen. »Komm mit und lass den Alten in Ruhe. Wir bumsen am Strand, wenn du willst.«

Sie lächelte Koog immer noch an und nahm endlich die Arme runter, damit er vorbeifahren konnte. Offenbar reichte ihr Sex am Strand mit dem Weichei völlig aus.

»Viel Spaß noch.« Koog schwang sich wieder auf sein Fahrrad, sie trat zur Seite und ließ ihn passieren. »Räumt hinterher alles weg«, rief er den beiden nach und versuchte, die Enttäuschung runterzuschlucken, die sich auf einmal in seinen Eingeweiden breitmachte. Das Mädchen war ausgesprochen hübsch. Und er war noch nicht wirklich ein alter Mann, selbst wenn er sich manchmal so fühlte. Er hatte schon viele graue Haare, ein weiterer Nachteil der Nachtarbeit, aber er zählte noch längst nicht zum alten Eisen.

Hagen Koog drehte sich im Fahren kurz nach den beiden jungen Leuten um, die über die Düne zum Strand liefen und hinter dem Sandberg verschwanden, um ihren Trieben zu folgen. Dann fuhr er auf der menschenleeren Straße weiter nach Norden, auf Rantum zu, das noch im tiefen Schlummer lag, als er den Ort durchquerte. Autos mit fremden Kennzeichen standen vor fast jedem Haus, weil bei den meisten Bewohnern Feriengäste abgestiegen waren. Beim Bäcker brannte Licht, genau wie im einzigen Café des Ortes, das bereits ab fünf Uhr morgens Frühstück anbot und den treffenden Namen »Mörgenminske« trug. Zwei eifrige Frühaufsteher saßen darin und tranken frisch gepressten Orangensaft.

Hagen Koog stieg vor einem kleinen roten Haus mit Ziegeldach vom Fahrrad. Sein Auto, ein zwanzig Jahre alter Opel Corsa, stand in der Auffahrt. Er holte die Zeitung aus dem Briefkasten und ging hinein.

Die Diele lag im Dunkeln. Es gab eine Hintertür, die in den Garten führte, darin befand sich ein schmales Fenster, aber das reichte nicht aus, um den Raum zu erhellen. Rechts lag die Küche, links das Wohnzimmer. Koog ging in die Küche, um sich zwei Brote zu schmieren, dazu trank er ein Glas warme Milch mit einem ordentlichen Schuss Korn. Anschließend ging er zurück in die Diele, um zu seinem Schlafzimmer ins obere Geschoss hinaufzusteigen. Da fiel sein Blick auf die Holztür zum Keller. Sie war nur angelehnt. Er überlegte, wann er das letzte Mal im Keller gewesen war. Es musste vor drei Tagen gewesen sein, als er eine Ladung frischen Fisch von einem Freund bekommen und das Paket in die Tiefkühltruhe gelegt hatte. Seitdem war er nicht mehr unten gewesen. Hatte er vergessen, die Tür zu schließen? Wieso war ihm das nicht eher aufgefallen?

Er spürte ein unangenehmes Ziehen im Magen, als er auf die Tür zuging. Sie quietschte leise, als er sie komplett öffnete. Der Keller lag im Dunkeln. Zwei Stufen der Treppe konnte Koog erkennen, der Rest war schwarze Finsternis. Wie ein bodenloser Abgrund. Seine Hand tastete nach dem Schalter an der Wand. Sobald das Licht anging, wirkte der Keller alles andere als unheimlich. An den Wänden hingen Bilder seiner Kinder. Krakelige Zeichnungen, die früher am Kühlschrank gehangen, aber nun ihren Platz an diesen Wänden gefunden hatten. Auf einem Absatz standen künstliche Blumen in einer Vase. Die hatte Koogs Ex-Frau vor Jahren besorgt und darauf bestanden, das Heim mit Blumen zu schmücken, weil sie angeblich das Chi des Hauses verbesserten. Aber die fernöstlichen Tricks hatten nichts gebracht. Die Stimmung im Haus war von Jahr zu Jahr schlechter geworden, trotz Lilien und Orchideen aus Stoff und Plastik, bis die Familie endgültig auseinandergebrochen war.

Koog stieg die Stufen hinunter. Unten stand zu seiner Rechten ein zur Hälfte gefülltes Weinregal, daneben die Tiefkühltruhe. Links führte eine Tür in den Raum mit der Waschmaschine. Gegenüber befand sich hinter einer weiteren Tür die Heizung. In einem Verschlag stapelten sich Kisten mit alten Sachen seiner Kinder, die seine Frau nicht mitgenommen hatte. Er hatte eigentlich alles verkaufen wollen, aber noch nicht die Kraft dazu gehabt.

Er drehte sich einmal um seine eigene Achse und lauschte angespannt. Die Tiefkühltruhe gab einen leisen Brummton von sich, der Stromzähler an der Wand summte kaum wahrnehmbar, ansonsten war nichts zu hören. Doch! Da war ein Tropfen. Erschrocken drehte er sich zu dem kleinen Fenster oberhalb der Tiefkühltruhe um. Es war nicht geschlossen, weshalb Feuchtigkeit vom Rasensprenger der Nachbarn von der Scheibe tropfte.

Für einen winzigen Augenblick wunderte er sich, dass das Fenster offen stand, doch er war zu müde, um den Gedanken weiterzuverfolgen. Vielleicht am Nachmittag, wenn er wieder aufgestanden war.

Er wollte das Fenster schließen, es klemmte jedoch. Durch

die Feuchtigkeit war das Holz anscheinend aufgequollen. Auch darum würde er sich später kümmern. Er lehnte es nur an und ging zurück in die Diele, löschte das Licht im Keller und stieg in den ersten Stock des Hauses hinauf. Zwei Zimmer und ein Bad gab es hier oben. Einer der Räume war früher das Kinderzimmer gewesen. Wenn die Kinder ihn besuchten, wohnten sie darin. Er hatte überlegt, den Raum für den Rest der Saison an Urlauber zu vermieten, aber noch keine Lust gehabt, sich damit zu befassen. Vielleicht nächsten Sommer. Das andere Zimmer war sein Schlafzimmer. Er hatte die Fenster mit schweren Rollläden versehen, damit das Tageslicht ihn nicht am Schlafen hinderte.

Er zog sich aus und putzte sich die Zähne.

Als er das Licht im Bad löschte, hatte er das Gefühl, einen kühlen Luftzug in seinem Nacken zu spüren. Außerdem roch es auf einmal anders. Kalt. Nach Algen und Meer. Und Verwesung. Er schüttelte den Kopf und versuchte, die unangenehme Empfindung loszuwerden. Sein müdes Hirn spielte ihm offenbar Streiche. Er musste unbedingt schlafen. Tief und lange, damit er die nächste Nacht auf Arbeit überstand.

Er legte sich auf seine Seite in dem breiten Doppelbett und schloss die Augen. Auf seiner inneren Leinwand tauchte wieder das hübsche Mädchen auf, das ihn vorhin aufgehalten hatte. Der Abdruck ihrer Brust unter dem T-Shirt. Ihre verlockenden Worte hallten in seinem Kopf nach. Doch dann lösten sich die Bilder auf, denn der Geruch nach Algen und Meer wurde stärker. Und er hatte auf einmal das Gefühl, dass jemand neben seinem Bett stand. Hagen Koog öffnete die Augen, sah jedoch nichts, weil es zu dunkel war. Da spürte er, wie sich das Bett bewegte. Er wollte sich aufrichten, doch eine kalte Hand legte sich auf sein Gesicht und drückte ihn nach unten. Koog war eigentlich stark, aber zu überrascht, um sich zu wehren. Er spürte einen scharfen Schmerz an seinem Hals, der ihm den Atem nahm. Dann erst schlug er um sich. Seine Hand traf einen fremden Körper, der rasch auswich. Er wollte aufstehen, um erneut zuzuschlagen, doch er fand kaum noch Kraft. Er konnte nicht einmal mehr Luft holen. In Todesangst griff er mit beiden Händen an seinen

Hals. Eine warme Flüssigkeit rann zwischen seinen Fingern hindurch, unaufhörlich. Mit jedem Tropfen wurde er schwächer. Er sank kraftlos zurück ins Kissen und spürte, wie sich etwas Kaltes, Feuchtes neben ihn legte. Röchelnd wandte Koog den Kopf zur Seite und erblickte eine schwarze Silhouette auf der anderen Seite des Bettes.

Der Tod lag neben ihm und beobachtete, wie das Leben aus seinem Körper floss und er für immer einschlief.

2

Dietmar Fickelbrocks Laune war an diesem Morgen besonders gut, als er das Haus verließ und zu seinem Auto schritt, um zur Arbeit zu fahren. Seine Frau hatte ihm eröffnet, dass seine Schwiegermutter nach dem Krebstod ihres Mannes nach München zu ihrem Sohn ziehen würde, nicht an die See zur Tochter. Fickelbrock war es nur recht. Er pfiff ein kleines Liedchen, das die Spatzen aus dem Gebüsch scheuchte, und setzte die getönte Brille auf, um seine Augen vor dem grellen Licht zu schützen. Die Sonne spiegelte sich in den Fenstern und im Metall der Fahrzeuge auf der Straße. Sie funkelte sogar in den Wassertröpfchen, die der Rasensprenger in der Nacht im Grün des Gartens hinterlassen hatte.

Sein Blick fiel auf die heruntergelassenen Rollläden vor den Schlafzimmerfenstern des Nachbarn. Koog schlief, wie immer, wenn er aus dem Haus ging, und würde fast den ganzen Tag verschlafen. Fickelbrock schüttelte sich bei dem Gedanken, in der Nacht arbeiten zu müssen. Er liebte es, seiner Arbeit als Küchenchef nachkommen zu können. Auch da wurde Schichtarbeit gefordert, aber nicht rund um die Uhr. Spätestens um zweiundzwanzig Uhr war Schluss.

Fickelbrock wandte sich von den Rollläden ab und sah auf den Rasensprenger. Er lag genau an der Grenze zum Nachbargrundstück, eigentlich sogar ein kleines bisschen zu sehr auf der anderen Seite. Rasch lief er auf das kleine Rasenstück zwischen den Grundstücken und hob ihn auf, um ihn am richtigen Platz in den Boden zu stecken. Dabei fiel ihm auf, dass das Ende des Sprengers zerbrochen war. Als wäre jemand auf das Plastikteil getreten und hätte es dabei zerstört. Sofort war Fickelbrocks gute Laune dahin. Mürrisch schielte er zum Nachbarhaus, als würde er hinter den Mauern den Missetäter vermuten, und stutzte. Das Kellerfenster stand offen. Das war ungewöhnlich. Normalerweise achtete der Nachbar streng darauf, alles geschlossen zu halten, wenn er schlief, damit kein Geräusch seinen Schlummer störte. Letzten Sommer war eine Katze durch das Kellerfenster geschlüpft und hatte in seinem Haus Radau gemacht, da wäre der gute Mann fast ausgeflippt. Seitdem war tagsüber nie wieder ein Fenster offen gewesen. Dass er jetzt die Katze erneut zur Anarchie einlud, war nicht normal, zumal es so aussah, als wären dicke Kratzspuren am Rahmen. Als wäre es aufgehebelt worden.

Etwas stimmte da nicht.

Waren vielleicht Einbrecher ins Haus eingedrungen, während der Mann bei der Arbeit gewesen war? Das Fenster war nicht groß, aber ein schlanker Erwachsener passte mühelos hindurch. Fickelbrock hatte schon oft gedacht, dass es doch eine Ironie des Schicksals wäre, wenn jemand in Koogs Haus einbräche, während er den Hafen bewachte. Jeder aufmerksame Beobachter konnte leicht feststellen, dass er immer abends sein Heim verließ, um erst gegen Morgen zurückzukehren. In der Zwischenzeit konnte man in Ruhe das Haus ausräumen. Und Diebe gab es auf der Insel genügend.

Fickelbrock schlich um das Haus herum wie eine Katze um ein Schälchen Milch. Sollte er klingeln? Klopfen? Wenn alles in Ordnung war, würde Koog ihm den Kopf waschen, weil er ihn geweckt hatte.

Unschlüssig drehte er noch eine Extrarunde um das Haus, um eventuell weitere verdächtige Spuren zu finden, ehe er Koog aufschreckte. Als er vor dem Kellerfenster tatsächlich einen eigenartigen Fußabdruck entdeckte, traf er eine Entscheidung. Er holte den Schlüssel, den Koog ihm nach der Scheidung gegeben hatte, falls es mal einen Notfall geben sollte, und schloss ganz leise die Tür auf.

Es war gespenstisch still im Haus. Der Kühlschrank in der Küche brummte, der Wasserhahn tropfte leise, ansonsten war nichts zu hören. Fickelbrock lauschte nach oben, wo sich das Schlafzimmer befand. Er war schon mehrere Male im Haus gewesen. Als Koog noch verheiratet gewesen war, hatten er und seine Frau die Nachbarn hin und wieder eingeladen, meistens zu Geburtstagen. Sie war eine laute, etwas dralle Person gewesen, die jeden sofort an ihren dicken Busen drückte. Er hingegen wirkte immer etwas mürrisch und wortkarg. Fickelbrock stand einen Augenblick lang regungslos am Fuß der Treppe. Kein Laut drang zu ihm herab. Leise schlich er die Stufen hinauf und blieb vor der Schlafzimmertür stehen. Sie war nicht geschlossen. Auch das kam ihm seltsam vor. Er lauschte erneut. Doch noch immer war nichts zu hören. Kein Atmen, kein Schnarchen, gar nichts.

»Hagen?«, flüsterte er. Keine Antwort. Fickelbrock biss sich auf die Unterlippe. Sollte er lauter werden? Oder einfach wieder verschwinden?

Mit vor Anspannung angehaltenem Atem huschte er zurück ins Erdgeschoss und sah in die Küche. Auf dem Tisch standen ein Teller und ein leeres Glas Milch, daneben lag die Zeitung vom heutigen Tag. Der Autoschlüssel hing an einem bunten Brettchen neben der Tür. Alles normal. Fickelbrock ging ins Wohnzimmer. Hier wirkte ebenfalls alles wie immer. Das Haus sah nicht aus, als wäre eingebrochen worden. Vermutlich war alles in Ordnung, und Koog schlief nur so ruhig, dass er außerhalb des Schlafzimmers nicht zu hören war.

Ein unbehagliches Gefühl überkam Fickelbrock. Koog würde ihn umbringen, wenn er wüsste, dass er hier stand und in seinem Haus spionierte. Rasch wandte er sich ab und wollte hinausgehen, als er einen Fleck bemerkte. Auf dem Dielenboden, nur wenige Schritte von ihm entfernt, hatte sich das Holz dunkel verfärbt und glänzte feucht. Ein Fleck von der Größe eines Tellers, der aussah, als wäre Wasser verschüttet worden und inzwischen beinahe getrocknet.

Fickelbrock schluckte. Wie kam diese Pfütze hierher? Die war doch auch nicht normal.

Er änderte seine Meinung und schlich wieder in den ersten Stock. Dort schob er die Tür zum Schlafzimmer leise weiter auf und sah zum Bett. Es war nicht viel zu erkennen, dafür war es zu dunkel. Doch es roch seltsam. Nach Metall und Fisch.

»Hagen?«, wollte er flüstern, aber das Wort blieb ihm im Halse stecken. Auf dem Laken war eine riesige dunkle Lache, die sich trotz Dunkelheit deutlich vom weißen Bettzeug abhob. Sein Herz raste.

Erschrocken wich er zurück, stolperte die Treppe hinunter und rannte aus dem Haus. Mit zitternden Fingern holte er sein Telefon aus der Tasche und rief die Polizei.

Es gab sicherlich nur wenige Menschen auf dieser Erde, die so glücklich über ihre Arbeit waren wie der Polizeihauptkommissar von Westerland, Eike Dahl. Jeden Morgen stand er mit Freude auf, um in seine Dienststelle zu gehen, den Kollegen ein munteres »Guten Morgen« zuzurufen, seine E-Mails zu lesen und dann mit der eigentlichen Arbeit zu beginnen. Was bedeutete, dass er eine Runde über die Insel drehte und zwischendurch bei Georg anhielt, um zu frühstücken. Georg betrieb die beste Fischbrötchenbude auf der ganzen Insel und bot außerdem ganz hervorragenden Kaffee an. Der Kiosk lag am Strand von Westerland, direkt neben dem Strandkorbverleih.

Dahl beobachtete die ersten Urlauber am Strand. Noch herrschte die sprichwörtliche Ruhe vor dem Sturm, nur vereinzelt stürzten sich ein paar Mutige in die Nordsee, um den Tag mit einem erfrischenden Bad zu beginnen. Gegen Mittag würde es hier richtig voll werden. Jeder Strandkorb wäre besetzt, jede Liege ausgeliehen. Jetzt war die beste Zeit, um die Insel wirklich zu genießen. Wenn die Urlauber noch in ihren Hotels beim Frühstück saßen, spürte man die Seele der Insel, den feinen Wind, der über den Sand blies und Geschichten von der Ewigkeit des Meeres wisperte.

»Guada Morga. Wie immer?«, fragte Georg in seinem schwäbischen Dialekt, der nach Sylt passte wie ein Pinguin in die Wüste.

»Moin. Natürlich.« Dahl beobachtete, wie der Schwabe ein frisches Fischbrötchen aus der Theke nahm, es auf einen Teller legte und mit Salatblättern und frischen Tomaten garnierte. Georg lebte schon seit über zwanzig Jahren auf der Insel, hatte seinen Dialekt aber nie abgelegt. Er war wegen der Liebe nach Sylt gekommen und geblieben, weil er schon bald nicht mehr ohne das Meer hatte leben wollen. Und natürlich nicht ohne Anja, seine Liebste, die es als Nordfriesin nicht einmal ansatzweise in Erwägung gezogen hatte, nach dem Studium in Bremen, wo sie Georg kennengelernt hatte, zu ihm nach Süddeutschland zu ziehen.

Dahl kannte das Problem nur zu gut. Bei ihm war es umgekehrt. Seine Frau stammte aus Berlin und hatte das Leben in der Großstadt mit dem auf der Insel getauscht, allerdings nicht nur für ihn. Sie arbeitete in einem der großen Hotels als Managerin und hätte lieber Folter und Verderben auf sich genommen, als zurück nach Berlin zu gehen. Ihr Berliner Mundwerk hatte sie dennoch nicht verloren.

Georg, dessen Familiennamen außer ihm niemand kannte, stellte den Teller mit dem Brötchen auf den Tresen, daneben einen frischen, dampfenden Kaffee.

»Danke.« Dahl bezahlte für sein Frühstück und lehnte sich an den Tresen, ehe er herzhaft in sein Fischbrötchen biss.

»Gibt es denn etwas Neues?«, fragte Georg, der auch die schwäbische Angewohnheit, viel zu reden, nicht abgelegt hatte. Schon dass er diese Frage stellte, zeigte, dass er kein echter Nordfriese war.

»Nö.«

»Ich habe gehört, eine Bande soll vom Festland gekommen sein und sich auf Taschendiebstahl spezialisiert haben. Das wäre überhaupt nicht gut fürs Geschäft. Macht ihr was dagegen?«

»'türlich.«

»Ist ja klar. Ich dachte aber, ich frage lieber nach.«

Dahl hielt Georg für einen Schwätzer, würde das jedoch niemals laut aussprechen. Dafür waren die Fischbrötchen viel zu gut.

»Was macht die Familie?« Der Schwabe war heute ganz klar in Plauderlaune.

»Alles wie immer.«

»Meine Tochter will übrigens zur Polizei gehen, was sagen Sie dazu? Sie hat uns gestern damit überrascht. Ich bin mir nicht sicher, ob ich das befürworten soll, aber schlecht ist das Leben in diesem Beruf hier bestimmt nicht.« Er grinste.

»Es ist okay.«

»Okay? Ich denke, es ist mehr als nur okay. Viel gibt es nicht zu tun. Obwohl ich gestern gehört habe, dass schlimme Zeiten auf uns zukommen. Man kriegt ja viel mit in diesem Job, wenn es nicht gerade Friesen sind, die bei mir essen. Die schweigen ja lieber. Hanussen meinte, er habe die Möwen belauscht, und sie hätten ihm gesagt, der Tod sei auf Sylt. Aber Hanussen redet viel, wenn der Tag lang ist.«

Hanussen war ein auf der Insel bekannter Trunkenbold, der so wirr im Kopf war, dass er keiner ordentlichen Arbeit nachgehen konnte. Im Sommer lebte er am Strand, im Winter in einem Obdachlosenasyl.

Dahl nickte und war froh, dass er gerade den Mund voll hatte und nicht antworten musste. Leider klingelte genau in diesem Moment sein Telefon. Das Büro rief an. Schnell schluckte er den viel zu großen Bissen hinunter und nahm den Anruf entgegen.

»Dahl«, meldete er sich heiser, weil ein paar monströse Brötchenkrümel in seiner Kehle kratzten.

»Es gab einen Anruf aus Rantum«, sagte die angenehme Stimme von Sophie, Polizeikommissarin und seine rechte Hand im Büro. »Ein Mann meint, er sei wegen eines offenen Fensters ins Nachbarhaus gegangen, um nach dem Rechten zu sehen, und habe seinen Nachbarn tot im Bett gefunden. Es sei alles voller Blut.«

»Ich kümmere mich darum.«

Sophie nannte ihm die Adresse. »Soll ich schon mal in Flensburg bei der Mordkommission anrufen?«

»Nein. Ich schaue mir das erst an.«

»Alles klar. Bis später.«

Er legte auf und stopfte sich das letzte Stück des Fischbrötchens in den Mund.

»Man sieht sich«, rief ihm der geschwätzige Schwabe hinterher, als Dahl zu seinem Auto lief und sich auf den Weg nach Rantum machte.

Das Haus lag sonnenüberflutet in einer ruhigen Straße. Der Wind raschelte in den Hecken und Büschen, die das Grundstück säumten, ansonsten war es still. Ein Krankenwagen parkte hinter einem Corsa in der Einfahrt, die Sanitäter stiegen gerade aus. Vor dem Nachbarhaus lief ein Mann auf und ab. Das musste der Nachbar sein, der die Polizei gerufen hatte, Dietmar Fickelbrock. Als er Dahls Streifenwagen sah, atmete er sichtbar auf und kam auf ihn zu.

Noch bevor Dahl ausgestiegen war, rief der Mann: »Er ist tot! Ich denke, er ist tot. Das Fenster im Keller stand offen, das hält er sonst immer geschlossen. Es sah aus, als wäre es aufgehebelt worden. Und da war ein Fußabdruck. Als ob jemand rausgeklettert und dann weggelaufen wäre. Dabei ist er wohl auf meinen Rasensprenger getreten. Und drinnen war ein feuchter Fleck auf dem Boden, deshalb bin ich nach oben gegangen. Es sah schlimm aus. Schrecklich! Alles voller Blut! Grauenhaft!« Bei jedem Wort fuchtelte er mit beiden Händen in der Luft herum. Sein Gesicht war rot, auf den Wangen zeichneten sich hektische Flecken ab.

»Beruhigen Sie sich bitte.« Dahl legte seine Hand auf die Schulter des Mannes. Der holte zweimal tief Luft, bevor er tatsächlich etwas ruhiger zu werden schien. »Und nun erzählen Sie mir der Reihe nach, was passiert ist.«

Dahl beobachtete, wie die Sanitäter ins Haus eilten, während sich Dietmar Fickelbrock angestrengt die Stirn rieb und etwas geordneter berichtete, was geschehen war.

»Es war schrecklich«, wiederholte er mit einem Schaudern in der Stimme. »Das viele Blut. Es war zwar dunkel im Zimmer, aber ich konnte es trotzdem sehen. Fürchterlich.«

»Wie heißt Ihr Nachbar?«

»Hagen Koog. Er arbeitet nachts als Wachmann im Hafen von Hörnum, deshalb schläft er immer tagsüber.«

»War noch jemand im Haus?«

Fickelbrock starrte ihn entsetzt an. »Ich denke nicht! Ich weiß es nicht. Ich habe niemanden gesehen.«

»Danke. Bitte warten Sie hier, ich gehe hinein und sehe mir alles an.«

Fickelbrock nickte und ließ die Arme hängen.

Dahl ging zum Haus, die Tür stand weit offen. Noch auf den Stufen kamen ihm die Sanitäter bereits wieder entgegen. Offenbar hatten sie nichts ausrichten können.

»Er ist tot«, sagte der jüngere der beiden. »Wir haben nichts angerührt.«

Dahl nickte und betrat das Haus. Als er in der Diele stand, zog er seine Waffe.

Er sah zuerst im Erdgeschoss in jeden Raum, danach stieg er die Treppe zum Obergeschoss hinauf. Er sah im Bad nach, wo die Sonne in die Wanne schien und sich in den Armaturen spiegelte. Dann betrat er ein Zimmer mit zwei Betten, an dessen Wänden Poster von Märchenfilmen hingen und von Bands, die nicht mehr existierten. Er ging wieder hinaus in den Flur und zur letzten Tür auf der Etage. Falls die Sanitäter den Lichtschalter betätigt hatten, so mussten sie das Licht beim Verlassen des Raumes wieder ausgeschaltet haben. Der Raum war komplett abgedunkelt. Kein Sonnenstrahl drang von außen herein. Es roch so stark nach Blut, dass Dahl sofort wusste, dass der Nachbar recht hatte. Er schaltete die Deckenlampe ein und blinzelte.

Dahl liebte seinen Job, weil er morgens entspannt sein Brötchen am Strand essen konnte, weil die Inselbewohner so viel Herz hatten, dass es nur weniger Worte bedurfte, weil der Wind und das Meer oftmals den Rhythmus des Lebens bestimmten und die Menschen sich diesem beugen mussten. Und weil es für ihn nichts Schöneres gab, als über die Ordnung und die geregelten Abläufe auf der Insel zu wachen und alles in Gang zu halten. Doch das, was er hier erblickte, verdarb ihm die Freude an seiner Arbeit. Es war das Schlimmste, was er je gesehen hatte. Hagen Koog lag tot in seinem Bett. Unterhalb des Kinns klaffte ein riesiger Schlitz in seiner Kehle, der aussah wie ein groteskes Grinsen. Das Bettzeug war voll Blut. Die Augen des Toten starrten zur Zimmerlampe hinauf, seine Hände lagen auf der Bettdecke, als würde er friedlich schlafen.

Dahl schaltete das Licht wieder aus und ging hinaus. Als er im Freien stand, rief er Sophie an und bat sie, die Spurensicherung und die Mordkommission in Flensburg zu benachrichtigen.

Außerdem forderte er einen Arzt an, damit dieser offiziell den Tod des Mannes feststellen konnte.

»Schrecklich, oder?« Fickelbrock kam aufgeregt auf Dahl zugelaufen.

»Ja. Wir kümmern uns darum. Sagen Sie mir bitte noch, was Sie angefasst haben.«

Fickelbrock versuchte, sich zu erinnern, und rieb sich die Schläfen. »Den Türknauf natürlich, außerdem vielleicht das Geländer der Treppe. Sonst habe ich nichts angefasst. Ich war allerdings früher schon mehrmals im Haus. Meine Fingerabdrücke sind sicher im Bad und im Wohnzimmer. Das ist aber schon ein paar Jahre her. Wie lange halten die sich denn?«

Dahl stöhnte innerlich. Schon wieder so ein Geschwätziger.

»Das kommt darauf an. Wo werden Sie den Rest des Tages zu erreichen sein?«

»Im Restaurant ›Deichblick‹. Ich habe schon Bescheid gesagt, dass ich später kommen werde, weil ich aufgehalten wurde.«

»Ich nehme Ihre Personalien auf, damit Sie zur Arbeit fahren können.«

Fickelbrock wirkte ein wenig enttäuscht, dass er nicht weiter als Zeuge zur Verfügung stehen sollte, fügte sich jedoch. Er reichte Dahl seinen Personalausweis, damit dieser die Daten notieren konnte, händigte ihm den Ersatzschlüssel zum Haus des Nachbarn aus und verabschiedete sich. Dahl beobachtete, wie Fickelbrock sich vom Sanitäter eine Aspirin geben ließ, bevor er in seinen Škoda stieg und davonfuhr. Der Nachbar wirkte nicht wie ein Mörder, der so eine Tat beging und dann die Polizei benachrichtigte. Dennoch würde er ihn später in Ruhe ausführlich vernehmen. Jetzt musste er erst einmal dafür sorgen, dass niemand das Grundstück betrat und etwaige Spuren verwischte.

Er schloss die Haustür und ging zu seinem Polizeiwagen, wo er angesichts dessen, was in den nächsten Stunden auf ihn zukam, bereute, nicht noch ein Fischbrötchen gegessen zu haben. Er setzte sich hinein und wartete auf den Arzt und die Kollegen aus Flensburg.

3

Die Luft im Konferenzzimmer der Polizeidirektion in Flensburg war zum Schneiden dick. Es roch nach Schweiß, Parfüm und alten Socken. Keiner der Anwesenden erweckte den Eindruck, die heutige Besprechung über bessere Effektivität am Arbeitsplatz zu genießen. Auch Kriminalhauptkommissar Hilmar Janssen hasste es, durch die in seinen Augen sinnlose Schulung zur Untätigkeit verdammt zu sein. Derartige Sitzungen raubten ihm wertvolle Lebenszeit, die er lieber darauf verwendet hätte, Verbrecher zu jagen oder seinem liebsten Hobby nachzugehen.

Vor drei Jahren hatte Janssen den Golfsport für sich entdeckt. Um die Kollegen zu mehr Teamgeist zu motivieren, hatte sein Chef die Abteilung zu einem Schnupperkurs im Flensburger Golfclub eingeladen, wo sie mehr schlecht als recht Bälle geschlagen und hin und wieder sogar einen getroffen hatten. Den meisten hatte es Spaß gemacht, aber Janssen hatte regelrecht Blut geleckt. Danach war er regelmäßig zum Training gegangen und hatte einen Platzreifekurs belegt. Nach bestandener Prüfung durfte er offiziell Golf spielen, mit Ausweis und allem Drum und Dran. Seitdem verbrachte er jede freie Minute auf dem Platz – bei Wind und Wetter. Dass er nun in diesem Konferenzraum feststeckte, um sich einen Vortrag uber mehr Ordnung am Arbeitsplatz und effektiveres Zeitmanagement anzuhören, passte ihm gar nicht, schon bei dem Gedanken ging ihm die Galle über.

Eine alternde Psychologin in einer rosa Strickjacke und mit einer viel zu großen Brille, die ihr ständig auf der Nase nach unten rutschte, erklärte der Abteilung, wie sie ihre Arbeit besser organisieren sollte. Als ob sie jemals auch nur eine Minute mit Polizeiarbeit verbracht hätte. Sie kannte nur die Theorie, nicht die Praxis, und wusste nicht, dass es während einer laufenden Ermittlung manchmal schlichtweg unmöglich war,

Blätter chronologisch abzuheften. Es nervte ihn, dass eine Fremde ihm vorschreiben wollte, wie er zu arbeiten hatte. Zu Beginn der Besprechung hatte er noch Gegenfragen gestellt, inzwischen schwieg er und lief in Gedanken den Kurs von Loch 3 bis Loch 5 ab, wo er auf dem Golfplatz immer wieder in Schwierigkeiten geriet. Seinen Kollegen schien es ähnlich zu gehen. Finn Mayer starrte zum Fenster hinaus, als würde er die Sprache der Spatzen lernen wollen, Konrad Wellborn faltete Kraniche aus den Blättern seines Notizblocks, wobei er die Schuhe ausgezogen hatte, um seine Socken zu lüften, und Rita Gerold manikürte ihre Fingernägel mit einem Taschenmesser. Umso glücklicher war Janssen, als sich die Tür öffnete und Olivia Peddersen hereinkam. Mit einem Kopfnicken bedeutete sie ihm, nach draußen auf den Flur zu kommen. Er sprang auf und lief hinaus.

»Was ist los? Du rettest mich gerade.«

»Ein Mord auf Sylt. Der Kollege auf der Insel benötigt Hilfe.«

Es passierte nicht oft, aber hin und wieder geschah auf Sylt ein Verbrechen, das ein Eingreifen der Flensburger Kriminalpolizei erforderlich machte. Janssen kannte Dahl daher bereits und wusste, wen Rita meinte.

»Alles klar. Die Spurensicherung weiß Bescheid?«

»Sie sind schon auf dem Weg zum Tatort.«

»Danke. Ich nehme Finn mit.«

Er ging wieder in den Besprechungsraum, wo die Luft noch unangenehmer geworden war, und holte Finn Mayer aus der Besprechung, der darüber genauso glücklich war wie er selbst. Der Kollege wirkte ohnehin wie eine jüngere Version von Janssen. Beide besaßen sie breite Schultern, waren groß und sportlich mit kurzen Haaren und modern gestutzten Bärten. Man hatte sie schon für Vater und Sohn gehalten, doch das waren sie nicht. Janssen hatte zwei erwachsene Töchter, die in Kiel arbeiteten. Finn Mayer stammte aus Hamburg und war nach der Ausbildung nach Flensburg gekommen.

»Ein Mord auf Sylt«, klärte Janssen den Jüngeren auf.

»Jemand, den man kennt?«
»Näheres weiß ich nicht. Wir werden alles vor Ort erfahren.«

»Der Tote heißt Hagen Koog, neunundvierzig Jahre alt, geschieden und allein lebend«, erklärte Eike Dahl, als die Kollegen aus Flensburg endlich vor ihm standen und ihn begrüßt hatten. »Der Nachbar hat ihn gefunden.«

Janssen und Mayer betrachteten das Haus von außen.

»Irgendwelche Spuren eines gewaltsamen Eindringens?«, wollte Mayer wissen.

»Auf der rechten Seite gibt es ein offenes Kellerfenster, es könnte aufgebrochen worden sein. Ansonsten war auf den ersten Blick nichts Auffälliges erkennbar. Aber das werden die von der Spurensicherung sicherlich klären. Sie sind bereits drin.«

Janssen ging mit Mayer ins Haus, Dahl folgte ihnen. Im Schlafzimmer befanden sich drei Kriminaltechniker, machten Fotos vom Toten und vom Tatort, nahmen Fingerabdrücke und untersuchten den Fußboden nach Spuren wie Fasern oder Abdrücken. Neben der Tür füllte eine Ärztin, deren mit rotem Faden bestickte Brusttasche sie als »Dr. Janhoff« auswies, den Totenschein aus.

»Sieht aus, als wäre er im Bett getötet worden«, sagte Dahl.

»Das sehe ich auch so.« Janssen betrachtete das Blut im Bettzeug und in der Matratze. »Und er scheint sich nicht gewehrt zu haben. Jedenfalls nicht sehr.«

»Der Täter hat ihn überrascht. Oder er kannte den Mörder«, mutmaßte Mayer.

»Oder er hat bereits geschlafen«, ergänzte Dahl.

»Auch möglich.«

»Wie lange ist er tot?«, fragte Dahl die Ärztin.

»Die Leichenstarre ist noch nicht voll ausgeprägt. Sechs, sieben Stunden, würde ich sagen.«

»Also ist er gegen sechs Uhr morgens gestorben, plus/minus eine halbe Stunde.«

»Ungefähr.«

»Können Sie sagen, woran er gestorben ist?«

»Genau weiß man es erst nach der Obduktion, aber auf den ersten Blick würde ich sagen, an dem enormen Blutverlust.«

»Wieso hat er sich nicht gewehrt?«, fragte Mayer.

»Werden beide Halsschlagadern komplett durchtrennt, verliert das Opfer durch den Blutverlust innerhalb von Sekunden das Bewusstsein, da das Gehirn nicht mehr mit Sauerstoff versorgt wird. Der Tod tritt nach etwa ein bis anderthalb Minuten ein. Es geht also schnell. Ein kleiner Trost ist, dass die Schmerzempfindung ausgeschaltet ist.«

»Er war also nicht mehr in der Lage, etwas zu fühlen oder sich zu wehren?«

»Ein schneller, tiefer Schnitt, und alles ist vorbei. Der Körper zuckt noch ein bisschen, aber Widerstand ist kaum noch möglich.«

»Danke.«

Janssen ging zur leeren Seite des Bettes, deren Matratze nicht vom Blut durchtränkt worden war, und beugte sich darüber. »Was ist das für ein Fleck?«

Dahl und Mayer traten neben ihn. Tatsächlich befand sich auf dem Laken eine kaum sichtbare Schattierung von der Größe eines Rückens.

Dahl berührte die Stelle vorsichtig mit dem Finger. Mit der anderen Hand strich er zum Vergleich über den Rand des Lakens. »Fühlt sich anders an.«

Janssen wandte sich einer Kollegin von der Spurensicherung zu. »Habt ihr das schon untersucht? Was ist das?«

»Wir haben noch keine Ergebnisse. Die Tests machen wir im Labor.«

Dahl ging etwas weniger wissenschaftlich vor und schnupperte am Finger, mit dem er den Fleck berührt hatte. Er roch neutral. Mit entsetzten Gesichtern beobachteten Janssen und Mayer, wie er den Finger ableckte und den Geschmack auf seiner Zunge kostete.

»Salzig«, konstatierte Dahl. »Vielleicht Salzwasser. Als ob jemand zuerst im Meer und danach im Bett gewesen wäre.«

»Jemand geht baden, kommt dann hierher, legt sich hin und bringt den Mann um?« Mayer klang ungläubig.

»Oder umgekehrt. Er schlitzt ihm die Kehle auf und legt sich hinterher hin.« Janssen hob die blutgetränkte Bettdecke über dem Opfer an. Darunter war das Bettzeug ebenfalls blutig, eine etwaige von Wasser durchfeuchtete Stelle war nicht zu erkennen.

»Möglich, aber nicht wirklich plausibel.« Dahl kam diese Theorie absurd vor. Niemand ging so vor, wenn er jemanden umbrachte. Jedenfalls war ihm so etwas nicht bekannt. »Unten im Erdgeschoss ist beziehungsweise war heute Morgen auch ein Fleck. Als hätte der Täter Wasser verschüttet.«

»Auf jeden Fall sollten wir das nicht an die Öffentlichkeit bringen«, sagte Janssen. »Falls die Presse kommt, und das wird sie, denn so ein Fall macht immer Schlagzeilen, erwähnen wir diesen Abdruck nicht. Ist das klar?«

»Selbstverständlich.« Es war immer besser, wenn es ein paar Einzelheiten gab, die nur der Polizei und dem Täter bekannt waren.

»War das Opfer eigentlich verheiratet? Wo ist die Frau?« Mayer deutete auf die leere Betthälfte und sah sich in dem Raum nach Zeugnissen einer Ehe um, fand aber keine. Nicht einmal ein Familienfoto an der Wand.

»Ex-Frau. Sie lebt mit den Kindern in Münster.« Dahl hatte die Wartezeit genutzt, um ein paar Erkundigungen über den Toten einzuholen. Zumindest das, was auf die Schnelle in Erfahrung zu bringen gewesen war. Er liebte es zwar, ganz entspannt am Strand bei Georg sein Fischbrötchen zu essen, aber er war auch ein sehr gewissenhafter Polizist.

»Hat sie ein Alibi?«

»Die Kollegen in Münster sind informiert und unterwegs zu ihr, um sie zu befragen.«

»Der Mann war ein Wachmann«, mischte sich Janssen ein. »Hatte er Feinde? Jemanden verärgert, weil er ihn nicht aufs Gelände ließ?«

»Es sind keine aktuellen Vorfälle im Hörnumer Hafen bekannt. Zumindest wurde nichts gemeldet.«

»Gibt es etwas Bedeutendes im Hafen? Wäre es möglich, dass ihn jemand beseitigen wollte, um dort aktiv zu werden?«

»Das sollten wir vor Ort klären«, bot Dahl an, und Janssen nickte.

Sie gingen ins Erdgeschoss, wo sie den feuchten Fleck auf dem Fußboden begutachteten, von dem nur noch eine feine Kruste übrig geblieben war, bevor sie den Tatort wieder den Kriminaltechnikern überließen und gen Süden zum Hafen von Hörnum fuhren.

Das Erste, was beim Besuch des Hörnumer Hafens ins Auge fiel, war der Leuchtturm. Auf einer kleinen, mit Kiefern bewachsenen Anhöhe thronte er über allen anderen Gebäuden und Anlagen. Auf der Aussichtsplattform blickten Touristen bewundernd aufs Meer hinaus und lächelten für ihre Selfies. Wer Wert auf romantische Fotos legte, fing auch das Glitzern der Sonne auf den Wellen der Nordsee ein.

Der Hafenmeister von Hörnum saß beim Mittagessen, als die drei Beamten im Hafen eintrafen. Frikadellen lagen friedlich vereint mit Kartoffelsalat und Sauerkraut auf Oles Teller. Diese Kombination gab es nur bei seiner Frau zu Hause, aber dafür war sie umso leckerer. Wenn Ole, der eigentlich Holger Olesand hieß, besonders gut drauf war, aß er noch eine riesige Portion Senf dazu. Doch heute reichte ihm etwas Ketchup, den er zu jeder Mahlzeit verspeiste – sehr zum Leidwesen seiner Frau. Diesen Spleen ließ er sich dennoch nicht nehmen.

Ole wollte gerade die erste Gabel in seinen Mund schieben, als er draußen vor dem Gebäude den Polizeiwagen vorfahren sah. Er fluchte leise, weil Besuch von der Polizei selten etwas Gutes bedeutete, nahm schnell den ersten Bissen und stand auf. Die Beamten wollten eben an seine Tür klopfen, da kam er ihnen zuvor und öffnete sie.

»Was ist los?«, knurrte er und wischte sich etwas Ketchup von der Unterlippe. Ketchup mit extra feurigem Paprika.

»Moin«, sagte der Sylter Beamte mit einem freundlichen Lächeln und stellte sich und seine Kollegen vor. »Wir haben ein paar Fragen an Sie.« Er hob die Nase, als würde er die Witterung des Essens aufnehmen.

»Aha.« Ole stellte sich mit breiten Beinen und verschränkten Armen wie ein Türsteher auf die Schwelle. Seine Begegnungen mit der Polizei waren in der Vergangenheit nicht immer positiv gewesen. Als Siebzehnjähriger war er wegen Fahrens ohne Führerschein verhaftet, aber immerhin nicht verurteilt worden. Mit dreißig hatte er seinen besten Freund im Knast in Flensburg besuchen wollen, doch ein Beamter hatte ihn wegen eines Taschenmessers dumm angemacht. Und erst im vergangenen Jahr war sein Sohn wegen Drogenbesitzes festgenommen worden. Fälschlicherweise, wie der Junge behauptete. Das Urteil stand noch aus.

»Es geht um Hagen Koog, den Wachmann. War er letzte Nacht hier und hat gearbeitet?«

»Soviel ich weiß, ja. Was ist mit ihm?«

»Er war also hier?«

»Ich geh davon aus.«

»Können Sie es uns genau sagen?«

Ole ging zurück in sein Büro und sah in den Unterlagen nach. Koog hatte sich gestern um zwanzig Uhr zum Dienst eingetragen und am Morgen um fünf wieder ausgetragen. Mit dem Buch in der Hand ging er zurück zu den Beamten, die artig an der Tür stehen geblieben waren.

»Ja, er war hier. Das ist seine Unterschrift.«

»Gibt es etwas Besonderes hier im Hafen?«

»Was soll es denn geben?«

»Irgendetwas Ungewöhnliches? Ein fremdes Schiff? Ungebetene Gäste? Ist Ihnen irgendetwas aufgefallen?«

Nun wurde Ole skeptisch. »Warum fragen Sie? Hier geht nichts Illegales vor sich, falls Sie das denken. Haben Sie einen Durchsuchungsbeschluss?«

»Wir sind nicht hier, um die Geschäfte im Hafen in Frage zu stellen«, erklärte Janssen. »Es geht darum, dass Hagen Koog am Morgen ermordet wurde und wir wissen wollen, ob es hier möglicherweise Hinweise dazu gibt.«

Ole sog scharf die Luft ein. »Koog ist tot?«

»Ja.«

»Wer war es? Haben Sie eine Ahnung?«

»Nein, haben wir nicht. Deshalb sind wir hier. Also, finden derzeit ungewöhnliche Aktivitäten im Hafen statt?«

Ole kratzte sich am Kopf und sah zum Kai, wo das Partyschiff lag, daneben ein Boot, das in einer halben Stunde ablegen sollte, um Touristen zu den Seehundsbänken zu bringen. Der Yachtclub war geöffnet, ein paar Boote befanden sich bereits auf See. Das Gleiche bei den Katamaranen.

»Es ist alles wie immer, nichts Besonderes«, knurrte er.

»Keine Fremden? Ungewöhnliche Gäste?«

»Nein, nichts.«

»Wann haben Sie heute mit der Arbeit begonnen?«, fragte Mayer.

»Um sechs, wie immer.«

»Da war Koog schon weg?«

»Er geht, wenn Flipper kommt.«

»Flipper?«

»Das ist einer unserer Hafenaufseher. Er heißt Kai Philipp, aber er wird nur Flipper genannt.«

»Wo ist Flipper jetzt?«

»Keine Ahnung, irgendwo da draußen.« Ole ging über den Platz vor dem Hafengebäude und sah am Kai nach. Er hatte einen Verdacht, wo Flipper sich aufhalten könnte. Und er hatte recht. Der Wachmann stand vor dem Steg des Bootes, das die Touristen zu den Seehundsbänken bringen sollte, und sah unauffällig den Frauen unter die Röcke, wenn sie vom Steg auf das Boot traten. »Flipper!«, rief er und winkte ihm zu. »Komm her! Dein Typ wird verlangt.«

Flipper löste sich widerwillig von seinem Platz und schlenderte auf ihn zu. Als er die drei Polizisten am Hafengebäude erblickte, wurde sein Schritt sofort eifriger, die Haltung aufrechter, der Blick professioneller.

»Moin«, sagte er und wischte mit der Hand unter seiner großen Nase lang, die immer etwas gerötet war und tropfte.

»Hast du heute Hagen Koog gesehen?«, fragte Ole den Hafenaufseher. »War er da? Hat er was gesagt?«

»Wir haben uns nur zugenickt. Das war alles.«

»Er hat nichts gesagt?«

»Nein. Kein Wort. Ich auch nicht. Ist das verboten?«

»Nein, das ist nicht verboten«, sagte Dahl. »Wir hätten nur gerne gewusst, ob Koog vergangene Nacht etwas Ungewöhnliches erlebt hat.«

»Davon weiß ich nichts.«

»Koog ist tot«, mischte sich Ole ein.

»Tot?« Flipper riss die Augen auf. »Was hat er gemacht? Ist er ins Wasser gefallen?«

»Er wurde ermordet«, sagte Dahl. »Ihnen ist also nichts aufgefallen?«

»Nein. Wer übernimmt jetzt die Nachtschichten?«

»Ich kümmere mich darum«, erklärte Ole.

Flipper nickte und wandte sich ab, um zurück zum Schiff mit den Touristen zu gehen. Offenbar erachtete er das Gespräch mit den Beamten für beendet. Die sahen ihm verwundert nach, hielten ihn jedoch nicht auf.

»Er war den ganzen Morgen hier?«, fragte Dahl mit einem Kopfnicken in Flippers Richtung.

»Ja, ganz sicher. Um sechs kam ich an, da war er hier und klönte mit der Crew der ›Albatros‹. Die beobachten das Verhalten der See, messen die Wasserqualität und so was. Sie waren gerade eingelaufen.«

»Die sind nachts draußen?«

»Sie waren zwei Tage draußen, Tag und Nacht. Heute früh sind sie wiedergekommen.«

»Haben die Koog noch gesehen?«

»Er war schon weg. Und selbst wenn, die sind harmlos. Ein paar Ökospinner, die können nicht einmal Mücken umbringen, geschweige denn Menschen«, sagte Ole. Er sehnte sich nach seinem Essen und überlegte, wie er die Beamten loswerden konnte, als er in einer Jackentasche das Klingeln eines Telefons vernahm.

Dahl holte sein Mobiltelefon heraus und sah auf das Display. Sophie rief an.

»Die Kollegen aus Münster haben sich gemeldet«, berichtete sie. »Koogs Ex-Frau war letzte Nacht in Münster. Sie hat einen neuen Freund, der war bei ihr, bis er um halb sieben zur Arbeit fuhr.«

»Sie und ihr Freund geben sich gegenseitig ein Alibi?«

»Die Kinder haben gesagt, dass sie ihnen heute wie immer das Frühstück gemacht hat. Außerdem erschien der Freund pünktlich um sieben bei der Arbeit. Er war also zur Tatzeit nicht auf Sylt. Das könnte er nicht geschafft haben.«

»Nein, ganz sicher nicht. Danke.«

Dahl legte auf und wandte sich an die Kollegen. »Die Ehefrau kann es nicht gewesen sein«, sagte er leise, damit Ole ihn nicht hören konnte.

»Hat sie einen Neuen?«, fragte Janssen. »Der war vielleicht eifersüchtig, falls sie noch Kontakt hatte.«

»Der war es auch nicht.«

»Okay, dann brauchen wir eine neue Spur.«

»Ich wäre ja schon mit einem Motiv zufrieden«, brummte Mayer.

Sie verabschiedeten sich und gingen zum Wagen.

»Sehen wir uns das Haus von Koog noch mal genauer an«, sagte Janssen, als er sich ans Steuer setzte. »Vielleicht finden wir einen Hinweis auf ein Motiv. Das wäre immerhin ein Anfang.«

4

Die Wellen plätscherten sanft um ihre Füße, küssten ihre Waden und streichelten die Haut knapp unter dem Knie. Katharina Weller stand seit einer halben Stunde im Wasser und genoss den Wind in ihren Haaren, die Sonne in ihrem Gesicht und den Duft von Sonnenmilch und Currywurst, der vom Strand an ihre Nase drang. Um komplett ins Wasser zu gehen, war ihr das Meer zu kalt. Sie war eine Frostbeule und schwamm nur in Pools, deren Temperatur der ihres Körpers ähnelte. Aber ganz meiden wollte sie es auch nicht. Dafür kam sie viel zu selten in den Genuss. Außerdem hoffte sie, dass es sie endlich auf andere Gedanken brachte. Sie krempelte die Beine ihrer kurzen Hose höher und ging ein Stück weiter hinein. In ihrer Nähe brachte ein Surflehrer zehn Schülern die ersten Bewegungen auf dem Brett bei. Etwa zehnmal so viele Zuschauer sahen ihnen dabei zu.

Auf einmal vernahm Katharina Rufe hinter sich, danach ein Bellen. Schnell drehte sie sich zu ihren Sachen um, die am Strand lagen. Ein Hund machte sich an ihrer Tasche zu schaffen.

»Hey, weg da!«, rief sie fast zeitgleich mit einem Jungen, der dem Hund hinterherhinkte. Sie lief aus dem Wasser ans Ufer und eilte zu ihrer Tasche, kam jedoch zu spät. Der Hund hatte die Tüte mit dem Gebäck entdeckt und bereits zwei Kekse vertilgt. Er kaute, verzog kurz das Maul, um eine Erdnuss zwischen den Zähnen hervorzuholen, anschließend wollte er sich über den nächsten Keks hermachen. Doch da war Katharina bei ihm und nahm ihm die Packung weg. Im selben Moment kam der Junge an und zog den Hund tadelnd am Halsband.

»Gangster, das darfst du nicht!« Der Junge war vielleicht neun Jahre alt, sein linkes Bein war verkrüppelt, er konnte nur schlecht gehen.

»Gangster heißt er?«, fragte Katharina. »Da macht er seinem Namen ja alle Ehre.« Sie lächelte, um dem Jungen zu zeigen, dass sie nicht verärgert über den Zwischenfall war.

»Es tut mir leid«, sagte der Junge mit zerknirschter Miene. »Er ist einfach losgerannt. Normalerweise macht er das nicht, aber jemand hat ihn erschreckt, da ist er fortgelaufen.«

»Es sind nur Kekse. Und wenn er sie frisst, landen sie wenigstens nicht als Speck auf meinen Hüften.« Sie prüfte, ob die Schachtel mit ihren Tabletten noch intakt war. Die hatte der Hund, Gott sei Dank, nicht erwischt. Auf Kekse konnte sie verzichten, auf die Medikamente nicht.

Der Junge grinste, erleichtert, dass sie den Vorfall so locker nahm.

»Lesen Sie das gerade?« Er deutete auf das Buch, das aufgeschlagen neben ihrer Tasche auf dem Handtuch lag. Sie hatte den halben Nachmittag am Strand gelesen, bevor sie beschlossen hatte, wenigstens bis zu den Knien ins Wasser zu gehen, damit sie nicht schon wieder unangenehme Fragen ihrer Freundin Sabrina zu ihrem Strandverhalten beantworten musste.

»Ja. Deutsche Märchen und Sagen. Die meisten kennst du bestimmt. Es sind aber einige dabei, die sind nicht so bekannt.« Sie nahm das Buch in die Hand und zeigte es dem Jungen, der interessiert näher trat.

»Cool! Ich mag Märchen sehr, aber nicht alle.«

»Die Märchen hier würden dir bestimmt gefallen. Setz dich.« Sie deutete auf das Handtuch, und der Junge ließ sich tatsächlich nieder. Sie setzte sich neben ihn und öffnete das Buch. »Märchen sind viel mehr als nur erfundene Geschichten für Kinder. Sie stellen bestimmte Menschen und Verhaltensweisen vor, die das Miteinander in einer Gesellschaft erklären, zum Beispiel den guten Helden und die böse Hexe. Die gibt es wirklich, natürlich nicht als Hexe mit einem Pfefferkuchenhaus. Aber Verbrecher, die Kinder entführen, die existieren. Das hast du bestimmt schon gelernt.«

»In der Schule war mal ein Polizist, der hat uns erzählt, wie wir uns verhalten sollen, wenn uns ein Fremder anspricht.«

»Für Kinder sind Märchen wichtig, weil sie die Welt erklären und ihnen Gut und Böse auf zauberhafte Weise nahebringen. Durch die Geschichten lernen sie, dass jeder Mensch auch Schattenseiten hat. Märchen können aber noch viel mehr. Sie erzählen eine Geschichte aus unserer Vergangenheit. Märchen, Sagen und Legenden sind vor vielen Jahrhunderten entstanden, als es noch kein Fernsehen und Internet gab. Da erzählten sich die Menschen Geschichten und gaben sie so von Generation zu Generation weiter. Wenn sie am Feuer zusammensaßen, berichteten sie einander von Kriegen und Kämpfen, von Drachentötern, verzauberten Höhlen und Geistern aus der Unterwelt. Damals glaubten die Menschen noch an mächtige Götter, Riesen und Ungeheuer, weil sie sich viele Ereignisse nicht erklären konnten. Wenn man sich mit den Märchen befasst, lernt man eine Menge über unsere Vorfahren.«

»Sie befassen sich damit? Ist das Ihre Arbeit?«

»Ich schreibe Bücher darüber und unterrichte dazu an der Universität.«

»Cooler Job. Märchentante.« Der Junge grinste.

Sie verzog den Mund. »Ja, Märchentante. So nennt man mich wirklich, auch an der Uni. Allerdings scheinen das nicht alle cool zu finden. Meine Stelle wird gekürzt, ich soll weniger arbeiten.«

»Warum?«

»Damit es einen weiteren Dozenten für Marketing und Wirtschaft geben kann. Geld ist manchen Menschen wichtiger als die Geschichten unserer Vorfahren.«

»Das ist schade.«

»Ja, finde ich auch. Stell dir vor, wie traurig es wäre, wenn du nie etwas über einen mutigen Drachentöter und den Schatz der Zwerge erfahren würdest.«

»Darf ich eigentlich auch einen Keks?«

Sie lachte. »Natürlich. Schlag zu, bevor es dein Hund tut.«

Gangster lag friedlich im Sand und beobachtete die zukünftigen Surfer, von denen bisher nur wenige länger als fünf Sekunden auf dem Brett stehen blieben.

»Danke.«

Der Junge nahm sich einen Keks, doch Katharina reichte ihm die ganze Tüte.

»Iss sie auf. Oder teil sie mit deinem Hund. Ich muss gleich los, meine Freundin kocht Abendessen.«

»Sind Sie zu Besuch hier?«

»Ja, aber nur noch eine Woche. Und du wohnst hier?«

»Meinem Vater gehört der Liegestuhlverleih dort drüben.« Er deutete auf einen Mann in einem blauen T-Shirt und schwarzen knielangen Hosen, der sich äußerlich nur dahingehend von den Urlaubern unterschied, dass er einer Familie gerade vier Liegestühle zur Verfügung stellte.

»Das wäre ein cooler Job: Liegestuhltester. Vielleicht mache ich das, wenn ich bald ganz von der Uni fliege.«

Der Junge lachte und erhob sich. »Danke für die Kekse. Viel Spaß mit den Märchen.«

»Danke, dir noch viel Spaß mit dem Gangster.«

Der Hund sprang sofort auf, als er seinen Namen hörte, sah sie an und lief über den Sand hinüber zur Promenade. Der Junge folgte ihm hinkend.

Katharina schob ihr Buch in die Tasche und sah den beiden nach, bis sie bei dem Mann im blauen T-Shirt angekommen waren. Danach stand sie ebenfalls auf, packte ihre Sachen ein und folgte ihnen zur Promenade. Sie ging aber nicht zum Liegestuhlverleih, sondern lief weiter, an der Häuserfront der Westerländer Promenade vorbei, bis sie zur Friedrichstraße kam. Die Straße war voller Touristen, die zum Strand spazierten, in Geschäften und Souvenirläden stöberten, Cafés und Restaurants aufsuchten oder zurück in ihre Hotels gingen. Ein Geschäft reihte sich hier an das andere, einige waren für Leute mit normalen Gehältern, andere schienen nur für Menschen ohne Scheu vor vielstelligen Preisschildern geeignet zu sein; aus den meisten drang Musik. Es roch nach gutem Essen und Alkohol, Parfüm, Sonnencreme und ein wenig auch nach sonnenverbrannter Haut.

Katharina schlenderte die Straße entlang, bis sie zu einem kleinen Café kam. Vor der Tür standen zwei Tische, an denen Gäste saßen, innen befanden sich drei weitere Tische, ebenfalls besetzt. Katharinas Freundin Sabrina, eine hübsche Frau Mitte dreißig, flitzte mit Getränken und Tellern voller Sandwiches zwischen Tresen und Tischen hin und her. Als sie Katharina erblickte, lächelte sie ihr zu.

»Wie war dein Tag?«, fragte Sabrina, als sie die Snacks abgeliefert hatte und mit Katharina hinter den Tresen ging, wo diese sich ebenfalls eine Schürze umband.

»Gut. Erholsam. Was soll ich tun?«

»Nichts. Du bist hier, um dich zu erholen und die schrecklichen Ereignisse in deinem Leben zu vergessen. Ich schaff das schon. Es wird gleich weniger, glaub mir. Das Schlimmste ist vorüber.«

Katharina ignorierte die Worte ihrer Freundin. Sie war zwar tatsächlich hier, um einen klaren Kopf zu bekommen und zu entscheiden, wie es in ihrem Leben weitergehen sollte, aber sie wollte nicht tatenlos zusehen, wenn ihre Freundin bis zum Hals in Arbeit steckte. Als Studentin hatte sie in Göttingen in einer Kneipe gekellnert, um ihr BAföG aufzubessern. Sie konnte sogar ein ordentliches Bier zapfen. Das bot Sabrina in ihrem Café zwar nicht an, dennoch wusste Katharina, was zu tun war, und räumte leeres Geschirr von den Tischen in die Spüle. Außerdem brachte sie die Bestellungen zu den Gästen, um Sabrina zu entlasten. Sie und Sabrina kannten sich seit Jahren, hatten zusammen studiert, wenn auch verschiedene Fächer. Während Katharina nach dem Abschluss eine Stelle als wissenschaftliche Mitarbeiterin an der Uni in Leipzig angenommen hatte, hatte Sabrina das Café samt Pension ihrer Eltern übernommen, die sich seit der Erkrankung des Vaters aus dem Geschäftsleben zurückgezogen hatten. Sabrinas Vater war inzwischen verstorben, die Mutter lebte in einer kleinen Wohnung in Westerland.

Tatsächlich war eine halbe Stunde später das Café fast leer. Die Gäste gingen in Clubs, Bars und Restaurants oder in ihre Hotels, um dort das Abendprogramm zu genießen. Die Pension verfügte nur über vier Zimmer. Katharina belegte momentan eines davon, in den anderen wohnten Gäste aus Hessen, Köln und ein Pärchen aus Passau. Das Frühstück war im Preis inbegriffen, Mittag- und Abendessen nicht.

»Ludwig hat angerufen«, sagte Sabrina, als nur noch das Pärchen aus Passau an einem Tisch saß und Postkarten schrieb. Echte Postkarten, keine virtuellen.

»Schon wieder?«

»Er möchte, dass du zurückrufst. Ich glaube, er will dich wirklich unbedingt zurück. Willst du denn?«

Katharina zuckte mit den Schultern. »Ich weiß nicht. Das Problem ist, ich kann ihm nicht mehr vertrauen.«

»Er hat dich mit einer Studentin betrogen. Billiger geht's nicht. Das ist beinahe so, als wäre es die Sekretärin.«

Katharinas Herz stolperte plötzlich. Fünf Jahre war sie mit Ludwig zusammen gewesen, einem Professor für Germanistik und Linguistik an der Uni Leipzig. Die tragischen Ereignisse der vergangenen Monate hatten ihre Beziehung jedoch auf eine harte Probe gestellt. Zuerst war ihr Großvater bei einem Unfall ums Leben gekommen. Danach war nur wenig später auch ihre Großmutter gestorben. Die beiden hatten sie aufgezogen und waren die wichtigsten Menschen in Katharinas Leben gewesen; ihr Verlust machte ihr schwer zu schaffen. Und dann hatte sie zufällig gesehen, wie Ludwig mit einer Studentin in seinem Auto saß und diese lange und innig küsste. Das hatte ihr das Herz gebrochen.

»Er hat mir fünfzehn Nachrichten auf dem Handy hinterlassen und achtmal angerufen. Ich habe aber noch nicht geantwortet und bin auch nicht rangegangen.«

»Richtig so. Er muss leiden. Und falls du wieder mit ihm zusammenkommen willst, musst du ihn noch länger leiden lassen.«

»Du würdest ihn am liebsten foltern. Ich kann das nicht.«

»Er hat dich betrogen! Das macht ein Mann nicht, wenn er seine Frau liebt. Schon gar nicht nach allem, was passiert ist. Er hätte dich trösten sollen, stattdessen hat er sich mit einer anderen amüsiert. Er ist ein mieser Betrüger. Ich habe ihn von Anfang an nicht gemocht.«

»Er ist ein guter Mann. Ich habe ihn sehr geliebt. Und wenn ich nicht … aber egal. Ich muss darüber nachdenken. Deshalb bin ich ja hier.«

»Genau. Um von allem abzuschalten. Deshalb solltest du ihm sagen, er soll dich in Ruhe lassen, damit du ... Was ist?«

Katharinas Blick war auf die Abendzeitung gefallen, die ein Bote im Sommer jeden Abend zum Abendessen brachte und die neben den üblichen Nachrichten über den neuesten Promiklatsch, das Sylter Wetter und die aktuellen Veranstaltungen informierte. Sie lag auf einem der leeren Tische. »Brutaler Mord in Rantum« lautete die Schlagzeile. Darunter stand etwas kleiner, aber dafür nicht weniger auffällig: »Ein rätselhaftes Blutbad – wieso war die andere Bettseite nass?«

»Ein Mord in Rantum?« Sabrina war neben Katharina getreten und sah über ihre Schulter. »Das wird den Leuten von der Tourismusbehörde nicht gefallen.«

»Die andere Bettseite war nass?« Katharina las den kompletten Artikel, der haarklein die blutgetränkte Bettseite des Toten beschrieb und auch erwähnte, dass es einen mysteriösen nassen Fleck im Bett neben der Leiche gegeben habe.

»Seltsam«, murmelte Katharina.

»Die Polizei wird sicherlich eine Erklärung dafür finden.«

»Ja. Trotzdem seltsam.«

»Was meinst du?«

Katharina winkte ab. »Mir fällt dazu eine Sage ein. Aber die hat mit diesem Mord natürlich nichts zu tun.«

»Welche Sage?«

»Die vom Wiedergänger.«

»Was ist ein Wiederganger?«

»Es gibt Legenden, die von Menschen erzählen, die auf See umgekommen sind und danach ihre Familien heimsuchen, damit die sich an sie erinnern. Sie hinterlassen dann einen nassen Fleck auf den Bettlaken. Das sind Wiedergänger.«

Sabrina lachte erst, doch dann schüttelte sie sich. »Du und deine Märchen. Das hier ist die Realität. Es gibt keine Wiedergänger. Jemand wurde ermordet, hat vorher vielleicht ins Bett gepinkelt oder was weiß ich. Der Mörder war auf keinen Fall ein Geist.«

»Natürlich nicht, Geister hinterlassen keine Flecken. Ich rede von einem Wiedergänger, das ist ein Unterschied. Aber du hast recht, es sind nur Sagengestalten.«

Die Idee war wirklich absurd. Figuren aus Legenden und Sagen gehörten nicht in die Wirklichkeit. Sie lebten in Büchern, Filmen und Bildern, aber nicht in der realen Welt.

Sabrina wechselte das Thema. »Was willst du essen? Wollen wir wirklich kochen oder lieber essen gehen?«

Katharina entschied sich dafür, in der Pension zu bleiben und mit Sabrina Abendessen zu kochen.

»Ist es okay, wenn Helge uns Gesellschaft leistet? Er fängt heute später an zu arbeiten.«

Helge war Sabrinas Freund und arbeitete als Manager in einer der vielen Sylter Bars. Er und Sabrina überlegten schon eine Weile, wie sie ihre Jobs zeitlich besser unter einen Hut bekommen konnten, waren aber noch nicht auf einen Nenner gekommen.

»Natürlich! Er ist witzig und treu, du hast auf jeden Fall den besseren Mann erwischt.«

Sabrina umarmte Katharina kurz, bevor sie zusammen das Abendessen vorbereiteten.

Helge traf bald darauf ein und war tatsächlich ein angenehmer Gesellschafter, der lustige Anekdoten aus dem Alltag einer Bar erzählen konnte. Als Sabrina auf den Mord in Rantum zu sprechen kam, war er genauso überrascht wie zuvor die beiden Freundinnen.

»Echt wahr? Einen Mord hatten wir ewig nicht auf der Insel. Und ich kann nicht behaupten, dass mir das gefehlt hätte.«

»Katharina meint, die Sache mit dem Fleck erinnert sie an einen Wiedergänger.« Sabrina lachte amüsiert, als würde sie die Idee für einen geistreichen Witz halten. »Sylt steckt zwar voller Sagen und Legenden, aber so märchenhaft ist die Insel dann doch nicht, dass so was wahr werden würde.«

»Du meinst einen Gonger.« Helge nickte wissend.

»Du kennst das?« Sabrinas Kinnlade klappte nach unten.

»Natürlich. Eine alte Sage von der Insel. Meine Großmutter erzählte früher solche Geschichten. Als Kind habe ich die geliebt und fest dran geglaubt.«

Katharina lächelte. »Die älteren Generationen haben eine engere Bindung zu Sagen und Legenden. Damals war auch der Aberglaube wesentlich stärker ausgeprägt.«

»Die Sage vom Gonger ist gut, aber eben nur eine Geschichte. Zumal Wiedergänger eigentlich keinen umbringen.«

»Das ist allerdings wahr«, stimmte Katharina zu.

»Mit den Details kennt sich Katharina bestens aus«, sagte Sabrina. »Sie ist die beste Sagenforscherin in ganz Deutschland.«

»Wenn ich wieder Geschichten zum Gruseln brauche, kann ich mich also an dich wenden?« Helge schmunzelte.

»Dann bin ich die Richtige.«

»Und demnächst wird sie in einem Schloss wohnen wie eine Königin in einem ihrer Märchen.« Sabrinas Augen leuchteten.

»Ich weiß ja noch gar nicht, ob ich einziehe«, wehrte Katharina ab. Auf Helges ratlosen Blick ergänzte sie: »Meine Großmutter ist vor einem Monat gestorben. Sie hat in einem Schloss gewohnt, das früher meinen Urgroßeltern gehört hat, ihr Verlag für Märchenbücher war darin untergebracht. Und sie hat es mir vererbt. Ich weiß aber noch nicht, ob ich dort einziehen werde. Das Schloss liegt im Osten von Sachsen, recht weit weg von Leipzig.«

»Deshalb ist Katharina hier, sie will darüber nachdenken, wie es in ihrem Leben weitergehen soll«, fügte Sabrina an.

»Ich verstehe.«

»Diese ganze Grübelei verdirbt mir nur leider den Appetit.« Katharina schob den Teller mit dem Dessert von sich.

»Da ist so ein Mord auf Sylt ja eigentlich eine perfekte Ablenkung«, bemerkte Helge.

»Etwas Fröhliches wäre mir lieber.«

»Du kannst das Rätsel lösen, zumal die Polizei noch keine Spur hat«, warf Sabrina ein.

»Das Opfer soll ein Wachmann gewesen sein. Es kann gut sein, dass er jemandem ein Dorn im Auge war, weil er etwas bewacht hat, was dieser Jemand haben möchte.«

»Das ist durchaus möglich!«

»Die Polizei wird sicherlich schon daran arbeiten.«

»Hoffentlich bleibt es bei diesem einen Mord«, sagte Helge nachdenklich.

»Das hoffe ich doch!« Sabrina erschauderte. »Einen Serienmörder können wir hier gar nicht gebrauchen.«

»Es muss ja kein Serienmörder sein, aber vielleicht brodelt es gerade in der Unterwelt.« Helge wiegte den Kopf. »In der Bar bekomme ich einiges mit. Ich habe zwar aktuell nichts in der Richtung gehört, aber das heißt nichts.«

»Wir werden sehen«, sagte Katharina und versuchte, den Gedanken an den Mord aus ihrem Bewusstsein zu verdrängen.

5

Musik schallte aus dem Lautsprecher und übertönte das leise Brodeln im Kochtopf. »Peer Gynt« von Edvard Grieg, »Morgendämmerung«. Enno summte die Melodie der Flöte mit, während er in T-Shirt und kurzen Hosen Kartoffeln schälte. Eines der schönsten Stücke, die er je gehört hatte. Er kannte es in- und auswendig. Die Sonne sank am Horizont ins Meer, färbte den Himmel knallig orange und tauchte die Küche in ein magisches Licht, was seine gute Stimmung noch verstärkte. Als die Haustür schlug und das Klappern von Absätzen durch die Diele hallte, lächelte er.

»Hallo, Schatz.« Er drehte sich zu seiner Frau um, sobald diese den modernen, großzügigen Raum betrat. Anita war groß und immer noch schlank, sie hatte sich in den dreißig Jahren, die sie bereits verheiratet waren, äußerlich kaum verändert. Nicht einmal die Geburten ihrer beiden Kinder hatten ihrer Figur etwas anhaben können. Feine Linien durchzogen ihr Gesicht. Sie waren mit der Zeit etwas tiefer geworden, aber Anita war immer noch eine schöne Frau.

»Was gibt es denn heute? Riecht gut!« Sie küsste ihn auf die Wange, ehe sie sich über den Topf auf dem Herd beugte, in dem es verlockend duftete.

»Grünkohl mit Kartoffeln, wie du es wolltest.«

»Das wollte ich? Ich liebe es, Grünkohl hatten wir lange nicht mehr.«

Enno dachte an die Notiz, die sie ihm heute Morgen hinterlassen hatte. »Du hattest es doch auf den Zettel geschrieben, den du mir hingelegt hast. Ich bin nach der Arbeit extra in den Gemüseladen gefahren.«

»Was für einen Zettel denn? Ich habe keinen geschrieben. Aber egal. Hauptsache, es gibt Grünkohl.«

Enno wunderte sich einen kurzen Moment lang und verdächtigte dann Gernot, seinen Sohn, Urheber der Notiz zu sein. Vielleicht hatte Anita den Zettel auch einfach vergessen. Sie hatte den Kopf voll, in ihrem Büro gab es immer viel zu tun. Er kam meistens früher nach Hause als sie, deshalb kümmerte er sich um das Essen, obwohl auch sein Architekturbüro über fehlende Aufträge nicht klagen konnte. Es wurde viel gebaut auf Sylt. Die Insel war nach wie vor äußerst gefragt, wenn es um den Kauf von Ferienwohnungen ging, trotz der extrem hohen Grundstückspreise. Da aber sein Sohn inzwischen die Leitung des Büros übernommen hatte, konnte Enno etwas kürzertreten.

»Wie war dein Tag?«, fragte er und widmete sich wieder den Kartoffeln.

»Wie immer. Wir haben neue Klienten. Die sind nicht einfach, aber das wird schon.« Sie setzte sich an den Küchentisch, blätterte die Post durch und rieb sich die Füße, die vom Tag in den engen Schuhen schmerzten. Anita arbeitete als Steuerberaterin in einer renommierten Kanzlei, zwölf Stunden am Tag, oftmals noch mehr. Hin und wieder riefen Klienten, wenn es dringende Probleme zu lösen gab, sogar in ihrer Freizeit an. Der Beruf war anstrengend, brachte jedoch viel ein. Das Haus war komplett abbezahlt, sie besaßen zwei Luxusautos und jeden technischen Schnickschnack, den man sich wünschen konnte.

»Willst du ein Glas Wein?«, fragte Enno, der seine Frau so gut kannte, dass er genau wusste, wonach ihr gerade der Sinn stand.

»Als ob du meine Gedanken lesen könntest.«

»Kann ich.« Er grinste und öffnete den großen Kühlschrank, um die Flasche Weißwein herauszuholen und ihr einzuschenken. »Hast du von dem Mord in Rantum gehört?«, fragte er, nachdem sie den ersten Schluck genommen hatte, und griff wieder zum Schälmesser. »Ein Wachmann ist in seinem Bett getötet worden.«

»Sie haben es vorhin im Radio gebracht. Es soll einen seltsamen Fleck im Bett gegeben haben. Vermutlich hat er sich eingemacht vor Todesangst.« Sie griff nach der Post, die auf dem Küchentisch aus seltenem Tropenholz lag.

»Oder der Mörder hat sich eingemacht, weil er so aufgeregt war.«

Anita verzog den Mund zu einem halben Lächeln. »Wenn es seine erste Tat war, möglicherweise. Hoffen wir mal, es war auch die letzte. Morde können wir hier gar nicht gebrauchen, da fallen die Immobilienpreise. Das würde einigen meiner Klienten gar nicht schmecken.«

»Richtig, das wäre fatal. Übrigens kommen wir mit dem Projekt in List jetzt voran. Der Eigentümer des Grundstücks hat sich endlich entschieden. Es wird eine Anlage mit Luxuswohnungen und Innenpool.« Enno drehte sich zu seiner Frau um, damit sie sein zufriedenes Gesicht sehen konnte.

»Natürlich. Luxuswohnungen. Das passt zu Sylt.«

»Ich übernehme die Reihe mit den kleineren Wohnungen, die anderen übernimmt Gernot.«

»Aha.«

Anita überflog einen Brief vom ADAC und legte ihn zur Seite, um den von der Bank zu öffnen.

»Der Investor ist …« Enno brach ab, als es an der Haustür klopfte, und sah verwundert auf die Uhr. Um diese Zeit waren Besucher selten. Vielleicht ein Nachbar, der Milch oder einen Rat benötigte. Anita wollte sich bereits erheben, doch Enno war schneller. »Ich gehe schon.« Er wischte die Hände am Handtuch ab und lief durch den Flur zur Haustür.

Anita konnte nicht sehen, was am Eingang geschah, sie hörte nur zwei Stimmen, eine davon war die ihres Mannes, ein paar dumpfe Geräusche und das Schlagen der Haustür. Danach war es eigenartig still, da in dem Moment auch die Musik in der Küche eine Pause machte.

Sie lauschte, vernahm auch noch kurz ein Rascheln und Knistern, aber dann nichts mehr.

»Enno?«

Der nächste Satz von »Peer Gynt« begann, aber ihr Mann antwortete nicht. War er mit dem Besucher hinausgegangen? In dem Fall hätte er doch etwas gesagt.

Anita erhob sich leise ächzend, ging zur Küchentür und sah in die Diele. Sie war leer. Sie versuchte, durch das Fenster zu erkennen, ob Enno vielleicht draußen mit dem Nachbarn weitersprach. Aber dort war ebenfalls niemand.

»Enno?«

Wo war ihr Mann? Wieso sagte er ihr nicht Bescheid, wenn er wegging? Barfuß lief sie hinaus in den Flur, vorbei an der Garderobe und dem Schuhschrank bis zur Eingangstür. Sie öffnete sie und sah hinaus. Zwei Wagen standen in der Einfahrt, der Mercedes von Enno und ihr Tesla. Die untergehende Sonne spiegelte sich in den Scheiben und blendete sie. Sie kniff die Augen zusammen. Vor dem Haus war niemand. Weder Enno noch ein Besucher.

Sie kehrte ins Haus zurück und wollte wieder in die Küche gehen, als sie eine Bewegung im Augenwinkel bemerkte. Es war jedoch zu dunkel, um viel zu erkennen. Die Sonne schien nur noch schräg durch das Fenster und warf lange Schatten, die das Haus in ein eigenartiges Halbdunkel tauchten. Die sonst luftige Diele, die in ein großzügiges Wohnzimmer überging, das sich fast bis zur Küche erstreckte, wirkte dadurch unheimlich und fremd. Nur am Herd in der Küche brannte schon eine Lampe, deren Schein den Rest des Hauses kaum erreichte. Anita schaltete das Licht im Wohnzimmer an. Enno war nicht hier.

»Enno? Wo bist du? Was soll das?«

Er antwortete nicht.

Sie schaltete das Licht wieder aus und wandte sich der Küche zu, da hörte sie etwas, das wie ein leises Rumpeln klang. Es hätte aber auch das Blubbern des Kohls auf dem Herd sein können. Nur dass es aus der anderen Richtung kam. Sie drehte sich um und öffnete die Tür zum Schlafzimmer. Auch hier war alles dunkel. Und als sie das Licht einschaltete, war niemand zu sehen.

Falscher Alarm, dachte sie. Vermutlich war es doch der Grünkohl, und Enno ist mit dem Nachbarn hinausgegangen, um etwas zu klären. Dessen Haus lag gleich hinter der Hecke, die ihre Grundstücke trennte. Sicherlich tauchte er gleich wieder auf.

Anita ging zurück in die Küche und steuerte den Herd an, um den Kohl umzurühren, als sie im Augenwinkel einen Schatten bemerkte, der eben noch nicht da gewesen war. Er schien sich aus dem Dunkel der Garderobe zu schälen, als hätte er sich hinter Jacken und Mänteln versteckt gehalten. Sie fuhr herum, sah eine schwarze Gestalt auf sich zukommen und hob schützend ihre Hand, doch da erhielt sie bereits einen harten Schlag gegen ihren Kopf. Sie taumelte und fiel zu Boden. Ihr Schädel dröhnte, ihre Schläfe schmerzte. Benommen versuchte sie aufzustehen, kam allerdings nicht weit, denn nun spürte sie die kalte Klinge eines Messers an ihrem Hals. Sie wollte sich wehren, doch der Angreifer schien darauf vorbereitet zu sein. Mit einem gekonnten, festen Schnitt durchtrennte er ihre Kehle und die beiden Halsschlagadern. Röchelnd hielt Anita sich den Hals, um das Blut aufzuhalten, das unaufhörlich aus der Wunde floss. Es half nicht. Sie merkte, wie sie mit jeder Sekunde schwächer wurde und ihr Hirn keinen Sauerstoff mehr bekam.

Als der Angreifer sie zum Küchentisch schleifte, leistete sie kaum Widerstand. Er zerrte sie nach oben auf den Stuhl, ging zum Herd und kam mit dem Topf voller Grünkohl zurück. Benommen blickte sie in sein Gesicht und stieß einen stummen, kraftlosen Schrei aus. Ihre Augen weiteten sich entsetzt. Als das Monster ihren Oberkörper aufrichtete, um ihren Kopf anzuheben und in den Topf mit dem Grünkohl zu legen, starb das Entsetzen mit ihr.

6

Eike Dahl hätte am liebsten seine halb leere Kaffeetasse mit der Aufschrift »Papa ist der Beste« gegen die Wand gepfeffert. Er hielt sich jedoch zurück, weil es seiner Fünfjährigen, die die Tasse eigenhändig bemalt hatte, das Herz gebrochen hätte. »Wer zum Henker hat das von dem Fleck auf dem Laken an die Presse weitergegeben? Wir haben doch ausdrücklich gesagt, dass das nicht an die Öffentlichkeit soll. Wer war es?«, fauchte er, das Gesicht vor Wut gerötet.

Etwa zwanzig Mitarbeiter aus der Wache standen vor ihm und sahen pikiert nach unten, auf ihre Fingernägel oder zu einem Kollegen, um seinem Blick auszuweichen.

»Keiner?«, donnerte Dahl. »Das kann nicht sein, irgendwer muss es ihnen gesteckt haben. Das haben die sich ja nicht ausgedacht. Das kann man nicht erfinden. Wenn ich rauskriege, wer es war, kann derjenige einpacken. Nur dass das klar ist!«

»Vielleicht war es der Nachbar«, sagte Sophie, deren blonder Pferdeschwanz Dahl immer an einen Strohbesen erinnerte.

»Der kann es nicht gewesen sein, das war ihm nicht aufgefallen. Er hat nur einen Fleck auf dem Fußboden im Erdgeschoss bemerkt.«

»Vielleicht hatte er bloß vergessen, es zu sagen.«

Dahl hob skeptisch eine Augenbraue. »Wie dem auch sei – wir müssen besser aufpassen. So etwas darf nicht an die Öffentlichkeit. Am liebsten wäre es mir, wenn gar keine Infos an die Medien gingen.«

»Sie rufen aus allen Teilen Deutschlands an und wollen mehr wissen«, sagte Sophie. »Ich wimmele jeden ab, da es eine laufende Ermittlung ist. Aber die Sylter Presse können wir nicht einfach ignorieren. Die wollen wissen, ob die Urlauber sicher sind.«

»Natürlich sind die Urlauber sicher. Es ist ja kein weißer Hai im Wasser.«

Ein paar Beamte lächelten bei der Anspielung. Dahl strich sich mit der Hand durch das rotblonde Haar. Er hatte schlecht geschlafen, weil ihn der Fall so beschäftigte. Ihm gefiel die Geschichte nicht. Zu rätselhaft, zu ungewöhnlich. Die Durchsuchung gestern hatte nichts ergeben. Im Haus schien nichts zu fehlen. Einen Raubmord hätte er aber schon allein deswegen ausgeschlossen, weil der Mann in seinem Bett getötet worden war. Für einen Dieb hätte er keine Gefahr dargestellt, da waren er, Janssen und Mayer sich einig gewesen. Auch die ausführliche Befragung des Nachbarn hatte keine weiteren Erkenntnisse gebracht.

»Noch einmal zum Mitschreiben: Keine Infos an die Presse. Null. *Zero.* Klar?«

»Klar.« Dahls Leute nickten. Obwohl er am liebsten noch weiter nachgeforscht hätte, wer für das Datenleck verantwortlich war, musste er die Sache vorübergehend ruhen lassen. Es gab Wichtigeres. Er wandte sich ab und ging mit seiner Kaffeetasse in sein Büro, wo Janssen und Mayer auf ihn warteten. Janssen saß auf Dahls Schreibtisch und ließ die Beine baumeln, Mayer studierte die Bilder an der Wand. Die meisten Fotos stammten von gemeinsamen Unternehmungen der Polizeitruppe, eins zeigte Dahl auf einer Feier, auf der er eine Auszeichnung erhalten hatte.

»Das ist gar nicht gut, dass der Fleck allseits bekannt ist«, sagte Janssen und rutschte vom Tisch. »Das wäre unser Ass im Ärmel gewesen. Das können wir nun vergessen.«

»Ich weiß, ich weiß. Ich werde herausfinden, wer es war. Und derjenige kann sich warm anziehen.«

»Das nützt uns nichts mehr.«

»Trotzdem muss ich es wissen. Vielleicht war es Kegel, seine Frau arbeitet bei der Zeitung. Er ist aber eigentlich verlässlich. Ich finde den Verräter schon noch.«

Janssens Mobiltelefon klingelte. Er nahm den Anruf an, sagte ein paarmal »Ja« und »Aha«, dann legte er auf und wandte sich an Dahl. »Es gibt einen vorläufigen Bericht der Rechtsmedizin. Sie schicken ihn per E-Mail.«

Kaum sagte er es, gab Dahls Computer einen leisen Laut von sich, das Zeichen, dass die E-Mail eingetroffen war. Dahl öffnete sie, während sich Janssen und Mayer um seinen Stuhl gruppierten.

»›Todeszeitpunkt sechs Uhr morgens‹«, las Dahl laut vor. »›Todesursache: Verbluten beziehungsweise hypoxische Hirnschädigung. Blutalkohol null. Keine bekannten Drogen.‹«

»Was schreiben sie noch?«, fragte Mayer, der sich vorbeugte, um besser lesen zu können.

»›Auf der Haut der Leiche befand sich Wasser, Salzgehalt circa drei Prozent, mit Spuren von Natrium, Kalium, Jod und anderen Mineralien, typisch für Meerwasser.‹«

»Die Nordsee hat etwa drei Komma fünf Prozent Salzgehalt«, sagte Janssen.

»Die Spurensicherung hat heute früh auch schon angerufen«, sagte Dahl. »Der Fleck im Bett war Meerwasser.«

»Also kein Urin.«

»Nein, das können wir ausschließen.«

»Wie ist das Wasser dorthin gekommen?«

»Keine Ahnung. Ich habe gestern lange darüber nachgedacht, aber mir ist nichts Plausibles dazu eingefallen.«

»Vor dem Mord wird nichts nass gewesen sein, das wäre Koog bestimmt aufgefallen, als er nach Hause kam und sich schlafen legte. Wäre der Täter bereits im Zimmer gewesen, hätte er sich auch mehr gewehrt. Also möglicherweise nach der Tat. Aber warum? Der Täter legt etwas Nasses ins Bett und lauscht, wie das Opfer sein Leben aushaucht?«

»Vielleicht gibt ihm genau das den Kick.«

Dahl holte eben Luft, um noch eine Vermutung auszusprechen, als Sophie eintrat.

»Hier ist jemand, der mit Ihnen reden möchte«, sagte sie mit entschuldigender Miene. »Eine Zeugin, die das Opfer vermutlich kurz vor dessen Tod gesehen hat.«

»Okay. Bringen Sie sie rein.«

Einen Augenblick später trat eine junge Frau ein. Sie hatte lange blonde Haare, hellblaue Augen und ein scheues Lächeln, das schon fast unbehaglich wirkte, als wäre sie äußerst ungern auf einer Polizeistation.

»Sind Sie die Polizisten, die den Mord an dem Wachmann aufklären?« Sie nestelte an der blauen Tasche, die sie quer über der Schulter trug.

»Die sind wir. Und wer sind Sie?«

»Mein Name ist Franka Jemlich. Ich habe von dem Mord in der Zeitung gelesen und glaube, dass ich den Mann gesehen habe. Also, vor seinem Tod natürlich. Ich bin mir nicht sicher, aber da stand, er sei ein Wachmann gewesen, und der Mann, dem ich begegnet bin, hat genau so eine Uniform angehabt.«

»Wann und wo war das?«, fragte Janssen und wirkte auf einmal wacher.

»Am Morgen, gegen fünf ungefähr. Ich war mit meinem Freund auf dem Weg zum Hörnumer Strand, da kam der Mann mit dem Fahrrad vorbeigeradelt.«

»Haben Sie mit ihm gesprochen?«, hakte Dahl nach, nachdem er einen bedeutungsvollen Blick mit Janssen gewechselt hatte.

»Ja, aber nicht viel. Er war nicht sonderlich gesprächig. Er sagte, er wolle nach Hause, und ist weitergefahren.«

»Warum haben Sie mit ihm gesprochen?«

»Nur so.« Sie zuckte verlegen mit den Schultern und errötete. »Es war ein schöner Morgen, einfach so.«

»Haben Sie sonst noch jemanden gesehen? Ist ihm vielleicht jemand gefolgt?«

Sie überlegte, schüttelte dann jedoch den Kopf. »Da war sonst niemand. Ich habe jedenfalls keinen gesehen.«

»Wie lange haben Sie mit ihm gesprochen?« Nun mischte sich auch Mayer ein.

»Zwei oder drei Minuten, länger nicht. Er hat nur kurz angehalten. Er war auf dem Radweg und wir auf dem Weg von unserer Unterkunft zum Strand. Das habe ich schon gesagt.«

»Wie heißt Ihre Unterkunft?«

»Wir sind in der Jugendherberge von Hörnum.«

»Was ist mit Ihrem Freund? Ist der mitgekommen? Können wir mit ihm sprechen?«, wollte Dahl wissen.

»Nein. Der wollte nicht.« Sie lächelte wieder scheu. »Er hält nicht so viel von der Polizei. Er weiß auch gar nicht, dass ich hier bin. Er würde mich fertigmachen, wenn er es wüsste. Aber ich dachte, Sie sollten das erfahren. Vielleicht hilft es Ihnen.«

Janssen runzelte die Stirn. »Warum hält Ihr Freund nicht viel von der Polizei? Was hat er getan?«

»Er ... nichts! Er hat nichts getan!« Sie sah erschrocken von Janssen zu Dahl, danach wieder zu Janssen. »Ich glaube, ich sollte jetzt gehen. Ich wollte es Ihnen nur sagen.«

»Danke«, sagte Dahl. »Wären Sie bitte noch so nett, uns Ihre Kontaktdaten zu geben?«

Sie trat von einem Fuß auf den anderen. »Ich weiß nicht ... ich will keine Schwierigkeiten bekommen. Mein Freund wird toben, wenn er erfährt, dass ich hier war.«

»Ihr Freund interessiert uns momentan nicht. Wir werden ihm nur Ärger machen, falls er den Mann ermordet hat.«

»Das hat er nicht! Ganz sicher nicht! Er war die ganze Zeit bei mir, und wir haben ...«

Dahl und die beiden anderen Beamten warteten darauf, dass sie zu Ende sprach, sie ließ die Männer jedoch im Unklaren darüber, was sie mit ihrem Freund getan hatte.

Dahl brach schließlich das Schweigen. »Sie haben was getan?«

Sie errötete wieder. Noch heftiger als zuvor. »Na ja, wir hatten ... Spaß. Sie wissen schon ... Sex.«

Dahl verkniff sich ein Lächeln. »Wir gehen der Sache nach. Und wenn Sie die Wahrheit sagen, haben Sie oder Ihr Freund auch nichts zu befürchten.«

»Okay.« Sie gab Dahl tatsächlich ihre Daten, bevor sie den Raum wieder verließ und den Duft von Flieder mit einem Hauch Alkohol zurückließ.

»Hilft uns das irgendwie weiter?«, fragte Mayer, der ihr lange nachgesehen hatte.

»Wenn sie die Wahrheit gesagt hat, nicht.« Dahl rieb sich die Stirn. »Ich werde sofort jemanden zur Jugendherberge schicken, der die Angaben überprüft.«

In dem Moment wurde erneut die Tür aufgerissen, und Sophie stürmte herein.

»Tut mir leid, dass ich schon wieder stören muss, aber es gibt ein weiteres Opfer«, sagte sie atemlos.

»Wo?«, fragte Dahl und rang plötzlich ebenfalls nach Atem.

»Kampen, in der Nähe vom Restaurant Gosch am Kliff.« Sie reichte ihm die Adresse.

»Derselbe Täter?«

»Möglicherweise. Das Opfer ist eine Frau. Der Sohn hat sie gefunden.«

Dahl, Janssen und Mayer standen auf. Mit betretenen Gesichtern verließen sie das Büro und fuhren nach Kampen.

Es befand sich bereits ein Krankenwagen vor dem modernen Haus, das zwar mit Reet gedeckt war wie die meisten auf Sylt, aber trotzdem nicht ganz zum Stil der übrigen Häuser im Ort passen wollte. Es hatte nur ein Stockwerk, bestand aus viel Beton und Glas und erinnerte an einen Legostein, zumal es in einem eigenartigen Gelbton gehalten war. Ein junger Mann in einem schimmernden Seidenanzug stand neben dem Krankenwagen und redete beruhigend auf einen Herrn in T-Shirt und kurzen Hosen ein, der schluchzend auf den Stufen des Fahrzeugs saß und von einem Sanitäter versorgt wurde.

»Polizeihauptkommissar Dahl. Haben Sie die Polizei gerufen?«, fragte Dahl den jungen Mann.

»Ja, ich bin Gernot Hauser. Jemand hat meine Mutter umgebracht und meinen Vater gefesselt in den Kleiderschrank gesteckt. Es ist grauenhaft und entsetzlich, zumal …« Er beendete den Satz nicht, als wäre die Wahrheit zu schrecklich, um sie auszusprechen.

»Zumal was?«

»Sie werden es selbst sehen, wenn Sie reingehen. Sie ist in der Küche. Ich habe nichts angefasst.« Gernot Hauser schluckte hart, sein Vater schluchzte auf und verbarg das Gesicht in den Händen.

Dahl sah zu Janssen und Mayer, die durch keinerlei Mienenspiel verrieten, was sie dachten.

»Bitte warten Sie hier«, sagte er und ging mit seinen Kollegen ins Haus, wo er bereits am Eingang einen unangenehmen Geruch nach Grünkohl und Blut wahrnahm. Die Küche befand sich am Ende der Diele und bot tatsächlich ein abscheuliches Bild. Überall war getrocknetes Blut, auf dem Tisch, auf dem Fußboden, auf dem Küchenstuhl. Darauf saß in sich zusammengesackt die tote Frau Hauser. Damit sie nicht auf den Boden rutschte, hatte der Täter ihren Oberkörper mit Klebeband am Stuhl fixiert. Ihr Gesicht lag in einem Kochtopf voller Grünkohl, der auf dem Tisch stand. In ihrem Hals klaffte eine riesige Wunde, genau wie bei dem ersten Opfer.

»Scheiße«, brummte Janssen. »Das gefällt mir nicht.«

»Mir auch nicht.« Dahl überkam eine seltsame Kälte, die die Haare in seinem Genick aufstellte, als hätte er eine Gänsehaut. Er sah zum Herd, der so modern war, dass er sich von allein ausstellte, wenn kein Topf darauf stand. Neben dem Kochfeld lagen mehrere Kartoffeln auf der Arbeitsplatte, ein paar davon waren bereits geschält. Anscheinend waren die Eheleute beim Kochen unterbrochen worden. Auf dem Küchentisch lag neben dem Topf mit Grünkohl die Post, ein Brief war geöffnet worden, der andere noch nicht. Blut war auf beide getropft. Ein Glas Weißwein, halb ausgetrunken, stand davor.

Nahe der Küchentür verunstaltete eine große Lache Blut den Boden. Eine verschmierte Blutspur führte zum Tisch, am Rand befand sich ein Muster, das aussah wie ein Fußabdruck.

»Es sieht aus, als hätte sie dort das meiste Blut verloren.« Janssen deutete auf die Lache. »Dann hat er sie zum Tisch gebracht und dort auf dem Stuhl festgebunden.«

»Er wollte sie wohl nicht einfach auf dem Boden liegen lassen.«

»Warum nicht? Und warum der Kochtopf?«, fragte Mayer.

»Und wieso hat er nur die Frau getötet und den Ehemann nicht?« Dahl war ratlos.

»Vielleicht ist er unterbrochen worden«, erwiderte Janssen. »Wir müssen mit dem Ehemann reden. Möglicherweise hat er etwas gesehen.«

»Und mit dem Sohn.«

Sie verließen den Tatort, wobei Janssen die Spurensicherung anrief, und gingen zurück zum Krankenwagen. Dahl sollte die Befragung von Gernot Hauser übernehmen, der am Führerhaus lehnte und in sein Telefon tippte. Janssen und Mayer hingegen gingen zum Heck des Wagens und befragten den Ehemann der Toten.

Als Dahl zu ihm kam, beendete Gernot Hauser sofort seine schriftliche Unterhaltung und steckte das Telefon weg.

»Sie haben die beiden gefunden?«, fragte Dahl und nahm seinen Notizblock zur Hand.

»Ja. Es sollte heute eine Besprechung mit einem wichtigen Kunden stattfinden, deshalb wollte ich mit meinem Vater frühstücken und mit ihm über das Projekt reden, bevor wir ins Büro fahren. Ich habe einen Schlüssel und bin einfach reingegangen. Um die Uhrzeit sind sie immer wach. In der Küche habe ich meine Mutter entdeckt und bin dann panisch durch das ganze Haus gerannt, um meinen Vater zu finden. Er steckte gefesselt und geknebelt im Schrank. Wer macht so einen Scheiß?« Der Mann hatte Mühe, die Tränen zurückzuhalten.

»Sie haben die Fesseln bei Ihrem Vater entfernt?«

»Ja, ich konnte ihn doch nicht so lassen!«

»Nein, natürlich nicht. Hat Ihr Vater den Täter gesehen?«

»Ich weiß nicht. Ich glaube nicht. Er ist fix und fertig. Er konnte kaum gehen, weil er die ganze Nacht zum Paket verschnürt im Schrank gesessen hat. Und beim Anblick meiner Mutter ist er endgültig zusammengebrochen. Die beiden waren immer ein Herz und eine Seele.« Verlegen wischte er sich eine Träne aus dem Augenwinkel.

»Daraufhin haben Sie den Krankenwagen gerufen?«

»Die Polizei auch. Und ich habe soeben die Besprechung im Büro abgesagt. Es geht nicht.«

»Ist Ihnen bei Ihrer Ankunft etwas Ungewöhnliches aufgefallen? Wurde die Haustür aufgebrochen?«

»Alles war wie immer. Ich habe jedenfalls nichts bemerkt.«

»Gibt es jemanden, der Ihren Eltern schaden wollte, speziell Ihrer Mutter?«

Er sah Dahl ratlos an. »Keine Ahnung. Sie hat nichts erzählt. Sie erzählt sowieso nie viel von ihrem Job, er ist allerdings auch extrem langweilig. War. War langweilig.« Er wischte noch eine Träne weg.

»Können Sie mir die Anschrift der Firma geben, in der Ihre Mutter gearbeitet hat?«

»Natürlich. Fennel Steuerbüro in der Innenstadt von Westerland. Das Werbeschild ist nicht zu übersehen.«

»Ich kenne es. Danke.«

»Hat der Mord an meiner Mutter etwas mit dem Toten von gestern zu tun? Es stand groß in der Zeitung.«

»Das wissen wir noch nicht. Ich kann Ihnen nichts dazu sagen.«

»Ich habe schon nach einem nassen Fleck gesucht, aber keinen gesehen.«

Wieder ärgerte sich Dahl über die Indiskretion seiner Mitarbeiter, wer auch immer es gewesen war, der dieses Detail ausgeplaudert hatte.

»In welchem Zimmer fanden Sie Ihren Vater, im Schlafzimmer?«

»Ja, im Kleiderschrank. Er hockte zusammengekauert darin, Hände und Füße gefesselt und mit einem Paar Socken im Mund, damit er nicht schreien konnte.«

»Sie haben nicht zufällig ein Foto gemacht, als Sie ihn gefunden haben?«

»Natürlich nicht! ›Warte mal, Vater, ich knips dich kurz, bevor ich dich befreie. Vielleicht noch ein Selfie?‹«

Dahl nickte mitfühlend. Er konnte den Mann gut verstehen. Als Sechzehnjähriger hatte er den Tod seiner Großmutter miterlebt, die bei einem Konzert in der Musikmuschel an der Promenade von Westerland die Treppe hinuntergestürzt war und sich das Genick gebrochen hatte. Er hätte in dem Moment alles getan, um ihr zu helfen. Daran, die Arbeit der zusammen mit dem Notarzt eingetroffenen Polizei zu unterstützen, hatte keiner von ihnen auch nur einen Gedanken verschwendet. Das Leid seiner Großmutter zu lindern war das Wichtigste gewesen.

»Das sollte nicht zynisch klingen. Es hätte uns jedoch vielleicht weitergeholfen.«

»Tut mir leid, so abgebrüht bin ich nicht. Aber nach zwei, drei weiteren Morden denke ich bestimmt daran«, entgegnete Hauser bitter.

»Ich hoffe nicht. Danke für Ihre Mithilfe.«

Janssen und Mayer standen vor Enno Hauser, dessen Hände bebten, als hätte er Schüttelfrost. Seine Stimme klang brüchig.

»Wann ist es passiert?«, fragte Janssen erstaunlich behutsam. Wenn er wollte, konnte er sanft wie ein Lämmlein sein.

»Gestern Abend, halb neun etwa. Sie war gerade nach Hause gekommen.« Hauser unterbrach sich, weil er atmen und schlucken musste. Er hustete, bevor er weitersprach. »Ich habe gekocht. Grünkohl.« Wieder unterbrach er sich, um Luft zu holen und zu schlucken. Das Sprechen fiel ihm schwer. »Es klopfte. Ich bin zur Tür gegangen und habe geöffnet.« Erneute Pause. »Es stand ein Mann davor, er hatte eine Kapuze auf, sodass ich sein Gesicht nicht sehen konnte. Ich wollte ihn wegschicken, doch da hat er mich geschlagen.« Eine weitere Pause. »Es passierte alles ganz schnell. Er schlug mich noch einmal, und ich ging zu Boden. Ich weiß noch, dass er mich getreten hat, dann kann ich mich nur noch an Bruchstücke erinnern. Er zerrte mich in den Schrank und schlug die Tür zu.« Wieder schluckte, atmete und hustete er. »Ich habe versucht, mich zu bewegen, aber es ging nicht. Es ging gar nichts. Ich konnte auch nicht rufen. Nichts ging. Gar nichts.«

Es folgte eine lange Pause, in der Janssen geduldig wartete, bis der Mann sich so weit erholt hatte, dass er weitererzählen konnte.

»Irgendwann gab ich auf. Als ich Gernot nach mir rufen hörte, habe ich meinen Kopf gegen die Schranktür gedonnert, um ihn auf mich aufmerksam zu machen. Er hat mich rausgeholt, und dann habe ich sie gesehen.« Er schluchzte auf und konnte nicht mehr weitersprechen.

»Es tut mir leid, dass Sie das erleben mussten«, sagte Janssen mitfühlend. »Ich muss Ihnen allerdings noch mehr Fragen stellen. Geht das?«

Enno Hauser nickte und wischte mit dem kurzen Ärmel seines T-Shirts unter seiner Nase lang.

»Was können Sie mir über Ihre Frau sagen? Hatte sie Feinde? Gab es jemanden, der ihr schaden wollte?«

»Privat nicht, das wüsste ich. Wir haben einige sehr gute Freunde, die so etwas niemals tun würden. Und beruflich? Ihr Job war fordernd, aber es schien alles in Ordnung zu sein. Sie hat kaum etwas erzählt, wenn es um ihre Arbeit ging. Immer nur ein, zwei Sätze. Mehr sagte sie nicht.«

»Wirkte sie in letzter Zeit anders als sonst? Bedrückt oder ängstlich?«

»Nein, sie war wie immer. Mir ist nichts aufgefallen.«

»Kam sie spät nach Hause?«

»Ja, aber das tut sie immer. Sie arbeitet viel, es gibt jede Menge zu tun.«

»Sonst ist Ihnen nichts aufgefallen? Etwas Außergewöhnliches?«

»An ihr? Nein.«

»Und an dem Mörder? War es ein Mann? Können Sie ihn beschreiben?«

»Ich konnte wegen der Kapuze kaum etwas von ihm erkennen.«

»Und die Silhouette? War er groß oder klein? Hager oder dick? Was konnten Sie sehen?«

»Er war groß, würde ich sagen, wie ich. Oder vielleicht etwas größer.«

»Was trug er für Kleidung?«

»Schwarze Hose, schwarze Jacke, denke ich. Alles schwarz.«

»Können Sie sich sonst noch an etwas erinnern?«

Hauser kramte sichtlich angestrengt in seiner Erinnerung, schüttelte jedoch den Kopf. »Nein, es ging alles zu schnell.«

Mayer räusperte sich. »Hatten Sie die ganze Zeit diese Schuhe an?« Er deutete auf die Badeschuhe an Hausers Füßen.

»Ja, die trage ich immer im Haus.«

»Dürfen wir die mitnehmen? Es gibt einen Fußabdruck in der Küche, wir möchten nur ausschließen, dass er von Ihnen stammt.«

»Natürlich.« Sofort streifte Enno Hauser die Schuhe ab. Mayer nahm sie vom Boden auf und steckte sie in eine Plastiktüte, bevor er zu Gernot Hauser ging und diesen ebenfalls um seine Schuhe bat. Hauser protestierte kurz, fügte sich aber schließlich.

»Wir möchten Sie bitten, Stillschweigen über den genauen Ablauf zu wahren«, sagte Janssen, als Mayer mit Hauser und Dahl zu ihnen zurückgekehrt war. »Die Einzelheiten der Tat sind sehr ungewöhnlich, es könnte die Ermittlungen erschweren, wenn etwas durchsickert.«

Gernot Hauser nickte. »Natürlich.«

Sein Vater kräuselte angewidert die Nase. »Denken Sie wirklich, ich plaudere gerne über den grausamen Tod meiner Frau?«

»Nein, aber falls die Presse Ihnen Fragen stellt, bitten wir Sie, nicht darüber zu reden.«

»Okay.«

Janssen, Dahl und Mayer wechselten einen Blick. Dieses Mal würden keine Details an die Öffentlichkeit gelangen. Nicht einmal die Polizeikollegen würden eingeweiht werden. Nur wer direkt an den Ermittlungen beteiligt war, würde die Einzelheiten erfahren, niemand sonst.

7

Das Geschrei war ohrenbetäubend. Etwa zwölf Möwen hatten sich auf dem Dach des gegenüberliegenden Hauses niedergelassen und diskutierten über etwas, was nur Möwen verstehen konnten. Katharina legte genervt ihr Buch zur Seite. Es war unmöglich, sich auf den Inhalt zu konzentrieren, zumal sich auch noch ein paar Tauben zu den Möwen gesellt hatten und ihren Senf zu dem Geschrei dazugaben. Nach dem Frühstück hatte sich Katharina in ihr Zimmer gesetzt, um sich auf das neue Semester vorzubereiten. Aber wie es aussah, würde sie das hier nicht erledigen können.

Sie erhob sich und sah zum Fenster hinaus. Die Sonne stand hoch am Himmel und warf gleißendes Licht auf die Häuserfassaden in der Friedrichstraße. Vielleicht sollte sie wieder an den Strand gehen. Der Tag war viel zu schön, um ihn im Zimmer zu verbringen. Zumal sie schon wieder zu grübeln begann. Wann immer sie nichts zu tun hatte, begannen ihre Gedanken zu kreisen und sich um die Erlebnisse der vergangenen Monate zu drehen. Und das war gar nicht gut. Um vernünftig über ihre Zukunft nachdenken zu können, brauchte sie einen klaren Kopf und keine Grübeleien. Doch wenn sie ganz ehrlich mit sich war, verschob sie das Nachdenken über ihr zukünftiges Leben stets auf später, so als würde sich etwas in ihr heftig dagegen sträuben, eine Entscheidung zu treffen. Jedes Mal, wenn sie es versuchte, verkrampfte sich alles in ihr. Ihr Puls beschleunigte sich, ihre Hände zitterten, und eine bleierne Traurigkeit nistete sich in ihrem Körper ein.

Katharina nahm vorsichtshalber eine der Tabletten, die ihr die Ärztin in Leipzig verschrieben hatte und die das Gedankenkarussell in ihrem Kopf zum Schweigen brachte, und ging hinunter ins Café, wo ihre Freundin herzhafte Sandwiches für die Mittagsgäste vorbereitete.

»Konntest du etwas arbeiten?« Sabrina sah kurz zu Katharina

auf, während sie Kekse und Kuchen, das Dessert, auf einen Teller legte.

»Ein bisschen. Brauchst du Hilfe?«

»Nicht wirklich. Aber wenn du schon fragst, kannst du bitte Gemüse schneiden für den Salat? Ich habe alles zurechtgelegt. In der Zwischenzeit kümmere ich mich um die Säfte.« Zu Sabrinas Angebot am Mittag gehörten mehrere frisch gepresste Obst- und Gemüsesäfte.

»Natürlich.«

Katharina schnitt Gurken, Tomaten, Paprika und ein paar frische Kräuter, um sie anschließend in einer Schüssel zu einem Salat zu mischen.

»Bist du weitergekommen mit deiner Entscheidung?«, fragte Sabrina, als die Saftmaschine kurzzeitig verstummte.

»Nicht wirklich. Aber der Nachlassverwalter hat mich vorhin angerufen. Es gibt wohl Probleme mit der Bibliothek im Schloss, weil nicht geklärt ist, wer sie übernimmt.«

»Du könntest sie leiten, wenn du einziehst.«

»Ich weiß aber noch nicht, ob ich einziehen will. Ich müsste meine schöne Wohnung in Leipzig aufgeben. Und ob ich immer über hundert Kilometer pendeln will, um zu arbeiten, bin ich mir auch nicht sicher.«

»Dein Wegzug würde auch deinem Ex nicht gefallen.«

»Es ist wie ein Kreislauf, der keine glückliche Lösung bereithält.« Katharina seufzte resigniert.

»Mir ist immer noch nicht klar, wieso er dich betrogen hat. Ich dachte eigentlich, ihr wärt glücklich miteinander.«

Katharina presste die Lippen aufeinander. Wir waren ja auch glücklich, dachte sie. Doch das Leben hat manchmal andere Pläne und wirft alles durcheinander, verursacht Schmerz und Chaos. »Ich bin nicht ganz unschuldig an dem Dilemma«, gab sie zu. »Aber egal. Es ist passiert.«

»Es war wirklich keine leichte Zeit für dich. Gut, dass du hier bist.«

Es war ein brutales Jahr, dachte Katharina. »Ich bin auch froh, dass ich hier bei dir sein darf.«

»Genieße es.«

»Darauf kannst du dich verlassen.«

Die Tür öffnete sich, und ein junger Mann in einem blauen Overall trat ein. »Guten Morgen, schöne Frauen«, sagte er mit einem breiten Grinsen. Er war groß und schlaksig und trug ein Basecap, auf dem »I love Sylt« stand.

»Guten Morgen, Ingo.« Sabrina legte die Orange zur Seite, die sie halbieren wollte. »Hast du was Gutes für mich?«

»Wie immer nur das Beste.«

Er stemmte die Tür auf, bis sie einrastete, und ging wieder hinaus, um mehrere Kisten Getränke zu holen, die er in der Küche in die dafür vorgesehene Ecke stellte. Drei leere Kisten nahm er wieder mit.

»Danke, Ingo.«

»Es war mir ein Vergnügen.« Er wandte sich zum Gehen, blieb jedoch kurz vor dem Ausgang stehen. »Ich habe noch einen heißen Tipp für euch. Kocht heute keinen Grünkohl. Oder lieber nie wieder.«

»Warum nicht?«

»Das endet neuerdings tödlich.«

Als er Sabrinas und Katharinas fragende Gesichter sah, fügte er mit einem großspurigen Lächeln hinzu: »Ihr habt es nicht gehört?«

»Was denn?«

»Es ist wieder ein Mord passiert. Und …«, er trat einen Schritt näher, »… dieses Mal ist es noch eigenartiger. Man hat …« Er hielt erneut mitten im Satz inne und kam noch näher. »Was ich euch jetzt verrate, dürft ihr nicht weitersagen. Streng geheim. Die Polizei will nicht, dass es jemand weiß, damit die Ermittlungen nicht erschwert werden. Ich denke trotzdem, man sollte es wissen. Und ihr sowieso. Ihr seid keine Mörder, sondern eher Opfer. Damit ihr gewarnt seid.«

»Was ist es denn?« Sabrina nahm das Messer, mit dem sie die Orangen halbiert hatte, und fuchtelte drohend damit herum, damit er endlich zum Punkt kam.

»Einer Frau wurde die Kehle durchgeschnitten, danach hat

der Mörder ihr Gesicht in einen Topf mit kochendem Grünkohl gelegt.«

Katharina spürte, wie eine Gänsehaut über ihren Körper zog. »War die Frau zufällig Finanzbeamtin?«, fragte sie mit heiserer Stimme.

Ingo blickte sie erstaunt an. »Nein, aber so was in der Art. Sie war Steuerberaterin.«

Mit großen Augen wandte sich Sabrina an Katharina. »Wie bist du denn darauf gekommen?«

»Es ist wie in einer weiteren Sylter Sage. Langsam wird es wirklich seltsam.«

»Eine Sage?«

»Ja, aber vermutlich ist es ein Zufall. Sind Sie sicher?«

»Natürlich bin ich sicher. Mein Freund ist Sanitäter, er war am Tatort und hat den Ehemann betreut. Den hatte der Mörder in den Schlafzimmerschrank gesperrt. Er hat auch die Leiche in der Küche gesehen. Es war kein schöner Anblick.«

»Nein, bestimmt nicht.«

»Ihr wisst also Bescheid. Keinen Grünkohl.« Er grinste Sabrina und Katharina an, als würde er sich freuen, ihnen die Botschaft übermittelt zu haben, und zwinkerte. Seit acht Jahren arbeitete er im Getränkehandel und lieferte Kisten mit Bier, Wasser, Cola und anderen Getränken an die Restaurants, Pensionen und Cafés. Die einzige Abwechslung bestand normalerweise darin, dass jemand die Biermarke änderte oder von Coca-Cola auf Pepsi umstieg. Umso mehr freute er sich, dass er eine Sensation zu vermelden hatte, etwas, was außer ihm und ein paar Eingeweihten bei der Polizei niemand wusste.

»Der Mord wurde schon wieder wie in einer Sage verübt?«, fragte Sabrina, sobald die beiden Frauen wieder allein waren. Sie wischte ihre Hände an einem Tuch ab und stemmte eine Hand in die Hüfte. Die Säfte waren unwichtig geworden.

»Die Sage von Pidder Lüng. Ein dänischer Finanzbeamter wird in einem Topf voll Kohl ertränkt, als er bei den Friesen Steuern eintreiben will.«

Sabrina schwieg einen Moment, während sie Katharina nachdenklich betrachtete, als würde sie mit sich kämpfen oder ein schwieriges Problem wälzen. »Vielleicht solltest du mal mit der Polizei sprechen«, sagte sie schließlich.

»Das denke ich auch. Es kann Zufall sein, aber vielleicht auch nicht.«

»Wenn es kein Zufall ist, könnte es bedeuten, dass die beiden Morde zusammenhängen und auf Sylt ein Serienmörder umgeht, der seine Opfer wie in den Sagen umbringt.«

»Hast du die Nummer der Polizeidienststelle?«

Sabrina gab sie ihr und wartete ungeduldig mit ihr darauf, dass jemand antwortete, dem sie ihre Theorie vorstellen konnte. Die Beamtin, die den Anruf entgegennahm, bat Katharina jedoch, persönlich im Revier vorbeizukommen, um mit den ermittelnden Kommissaren zu sprechen. Sie verabredeten eine Zeit und legten auf.

»Du sollst hinkommen?«

»In zwei Stunden.«

»Ich begleite dich.«

»Was ist mit den Gästen?«

Sabrina überlegte einen Moment, bevor sie abwinkte. »Meine Pensionsgäste essen sowieso nie bei mir. Und die Laufkundschaft kann heute mal für eine Weile auf mich verzichten. Es ist ein Notfall.«

Katharina lächelte. »Du bist neugierig, was die Polizei zu meiner Theorie sagt.«

»Aber so was von! Ich liebe Krimis, und das ist einer, der direkt in meinem Leben passiert. Da muss ich live dabei sein. Alles andere kann warten.«

Die beiden verbrachten die zwei Stunden mit der weiteren Zubereitung der Sandwiches, und als die ersten Gäste erschienen, erklärten sie ihnen, dass sie momentan nur Essen auf die Hand verkaufen konnten. Keine Speisen im Café. Anschließend brachen sie auf.

»Die beiden waren also wirklich um sechs Uhr wieder in der Jugendherberge?«, fragte Polizeihauptkommissar Dahl seinen

Kollegen am Telefon. Er war gerade vom Tatort ins Revier gekommen, voller Sorgen, weil ihm die beiden Morde die Ruhe raubten.

»Ja, definitiv. Auf der Überwachungskamera sind sie eindeutig zu sehen. Sie sind nach Mitternacht raus, kamen um vier Uhr kurz zurück, um sofort wieder loszuziehen. Zwei Minuten vor sechs Uhr waren sie schließlich in ihrem Zimmer und haben es bis zum Nachmittag nicht mehr verlassen.«

»Weißt du zufällig, wo sie gestern Abend waren, so gegen einundzwanzig Uhr?«

»Zufällig weiß ich das. Auf einer Open-Air-Party am Strand. Die Heimleiterin hat mich darüber aufgeklärt, weil sie den beiden die Tickets besorgt hat.«

»Okay, danke. Sie waren es also nicht.«

»Nein, sieht nicht so aus. Es wäre auch zu einfach gewesen.«

Dahl legte auf, als Sophie die Tür einen Spalt öffnete, um ihm zu sagen, dass schon wieder eine Frau mit ihm sprechen wolle.

»Hat sie gesagt, worum es geht? Ist sie eine weitere Zeugin?«

»Sie meint, sie habe eine Theorie, wie die Morde zusammenhängen.«

Dahl stöhnte leise. »Steht schon wieder was in der Zeitung? Das wäre zu früh. Sie können noch nichts wissen.«

»Online schreiben sie, dass es eine Tote in Kampen gab, aber nichts Konkretes.«

»Woher weiß sie dann, dass es ein Mord ist?«

»Das hat sie mir nicht verraten. Ich habe ihr gesagt, sie soll persönlich vorbeikommen und mit Ihnen sprechen.«

»Gut. Schicken Sie sie dann zu mir rein.«

Er sah die Mails durch, weil er hoffte, bereits den Bericht der Forensik zum Mord an Anita Hauser erhalten zu haben, aber das Postfach war leer. Nur wenig später traf Janssen ein und trug einen Hauch von einem herben Aftershave in den engen Raum.

»Ich habe auf dem Weg mit Paulsen gesprochen, dem Rechtsmediziner«, sagte er und setzte sich auf die Kante des Schreibtischs. »Er hat eine vorläufige Todesursache. Die Frau ist durch den Schnitt gestorben, verblutet, bevor der Mörder ihren Kopf in den kochenden Grünkohl steckte. Die Haut hat Blasen, aber das hat sie vermutlich nicht mehr gespürt.«

»Warum tat er es?«

»Weil er irre ist? Ich denke, wir haben es mit einem Verrückten zu tun. Beim ersten Mord war es noch nicht sicher, aber der zweite zeigt es deutlich.«

»Aber warum hat er sich gerade diese beiden ausgesucht? Ein Wachmann und eine Steuerberaterin. Was verbindet sie? Der Frage sollten wir nachgehen.«

»Wenn er verrückt ist, kann er sie zufällig getroffen haben. Auf der Straße, im Restaurant, am Strand. Vielleicht geht er ja auch nach dem Telefonbuch vor.«

»Oder er ist nicht verrückt und verfolgt einen Plan. Dann müssen die beiden irgendeine Gemeinsamkeit aufweisen.«

»Ich knöpfe mir noch einmal den Hafenmeister vor. Mayer ist direkt in die Steuerkanzlei gefahren. Ich fürchte aber, die werden nicht einfach kooperieren, sondern einen richterlichen Beschluss verlangen, wenn wir wissen wollen, mit wem sie zusammengearbeitet hat.«

Janssens Telefon gab ein leises Zirpen von sich. »Als hätte er uns gehört«, sagte er mit einem Blick auf das Display und nahm das Gespräch an.

Er hörte Mayer eine Weile aufmerksam zu, anschließend nickte er. »Das dachte ich mir. Wir brauchen also erst Beweise, dass der Mord mit ihrer Tätigkeit zu tun hat, bevor wir weiterkommen. Wissen sie was über ihr Privatleben?« Er hörte wieder eine Weile zu, ehe er abermals zustimmend nickte. »Okay, danke. Wir fahren später noch ins Krankenhaus zum Ehemann. Du kannst nach Flensburg zurückkehren. Wenn was ist, melde ich mich.« Er legte auf und sah zu Dahl. »Anita Hausers Kollegen wissen nichts von Morddrohungen oder Einschüchterungen. Sie hatte viele gut betuchte Klienten, aber Namen werden sie nur mit richterlichem Beschluss rausrücken. Wir brauchen mehr, um das durchzusetzen.«

Es klopfte an der Tür, und Sophie öffnete sie einen Spalt. »Sie haben Besuch.«

Bevor Dahl etwas entgegnen konnte, öffnete sie die Tür komplett, und die angekündigte Besucherin trat ein.

Dahl musterte sie kurz. Wacher Blick, gepflegtes Äußeres, die Kleidung nicht aus dem Discounter, sondern aus Boutiquen, allerdings keine bekannten, teuren Marken. Gepflegte Zehennägel und elegante Sandalen. Sie sah nicht aus wie eine Verrückte, die mit erfundenen Geschichten die Aufmerksamkeit der Polizei auf sich lenken wollte.

»Was kann ich für Sie tun?«, fragte er mit einem freundlichen, unverbindlichen Lächeln.

»Mein Name ist Katharina Weller. Ich bin Sagenforscherin an der Uni Leipzig und gerade zu Besuch hier auf Sylt. Ich habe von den Morden gelesen und möchte Ihnen meine Theorie mitteilen.«

»Sie haben eine Theorie zu den Morden?« Der Unglaube in Janssens Stimme war nicht zu überhören.

»Es ist keine echte Theorie, sondern eher eine Beobachtung. Wie gesagt, ich beschäftige mich mit Sagen. Und bei beiden Taten wurde ich an Sagen von der Insel Sylt erinnert. Der feuchte Fleck im Bett kommt beim Gonger vor, einem Wiedergänger. Unschuldig Ermordete oder Selbstmörder zum Beispiel finden keine Ruhe im Grab und kehren als Gonger wieder. Ebenso Seeleute. Kommt jemand auf hoher See um, legt er sich in der Nacht in die Betten von Verwandten, um nicht vergessen zu werden, und hinterlässt einen feuchten Fleck.«

Janssen schnaubte verächtlich. »Sie wollen uns erzählen, dass ein Untoter den Mord begangen hat? Das ist eine sehr interessante Theorie: The Killing Dead. Vielen Dank. Dort ist die Tür.« Er stand auf, um sie hinauszuschieben, doch sie wich aus und machte einen Schritt auf Dahl zu, der nachdenklich an seinem Schreibtisch saß.

»Bitte, hören Sie mir zu«, sagte sie eindringlich. »Es gibt eine weitere Sage, die von Pidder Lüng. Ein altes Gedicht, das den Widerstand der friesischen Bevölkerung gegen die Herrschaft der Dänen beschreibt. Bei dem Versuch des dänischen Adligen, Abgaben einzufordern, kommt es in der Hütte von Pidder Lüng zum Eklat. Lüng verweist auf die Freiheiten der Friesen und verweigert die Zahlung. Der Amtmann reagiert, indem er voll Verachtung in den Topf mit Grünkohl spuckt, der auf dem Herd der Fischersfamilie köchelt. Daraufhin packt Lüng den Beamten und drückt dessen Gesicht so lange in den heißen Kohl, bis dieser erstickt ist. Die bewaffneten Gefolgsleute des Dänen greifen erst ein, als dieser schon tot ist, und erstechen den Fischer, bevor sie sich brutal an den Syltern rächen.«

Dahl holte scharf Luft. »Wie kommen Sie auf die Sache mit dem Grünkohl?«

»Ich weiß, dass das nicht an die Öffentlichkeit soll. Ich habe aber trotzdem davon gehört. Ist es wahr?«

»Wir können über eine laufende Ermittlung keine Auskunft geben«, sagte Janssen. Unter die Verachtung in seiner Stimme hatte sich Verbitterung gemischt.

Dahl konnte es ihm nicht verdenken. Schon wieder hatte jemand geplaudert und bedrohte damit die Ermittlungen.

»Wer hat Ihnen das gesagt?«, fragte er nun nicht mehr so freundlich wie bei ihrem Eintreten. Sein Lächeln war verschwunden, seine Stimme hatte Schärfe bekommen.

»Ich möchte niemanden reinreiten. Ich habe es eben gehört. Falls es stimmt, gehen beide Morde auf Sagen von Sylt zurück und stehen miteinander im Zusammenhang. Es war vermutlich derselbe Täter.«

Janssens Gesicht wurde noch verkniffener, und Dahls Miene ähnelte inzwischen stark der einer Bulldogge.

»Sie müssen uns sagen, woher Sie das wissen. Womöglich haben Sie mit dem Täter gesprochen.«

»Nein!« Erschrocken wich sie einen Schritt zurück. »Er ist nicht der Täter, ganz sicher nicht.«

»Dann nennen Sie uns den Namen.«

»Bekommt er dadurch Schwierigkeiten?«

»Wenn es jemand ist, der Stillschweigen zu wahren hatte, ja.«

»Hatte er nicht. Er ist ein Unbeteiligter, der es von einem halb Beteiligten erfahren hat.«

Janssen stöhnte auf. »Reden Sie nicht länger um den heißen Brei herum. Wer war es?«

»Der heiße Brei stammt übrigens von einer Redewendung, bei der es hieß, eine Katze schleicht um den heißen Brei herum, um die kühlste Stelle zu finden. Dabei –«

»Keine Legenden oder Sagen, nur die Wahrheit wollen wir wissen«, warf Dahl ein, bevor sie weiter vom Thema ablenken konnte. »Wer war es? Nennen Sie uns einen Namen.«

»Ich möchte nicht, dass er Ärger bekommt.«

»Mit diesem Detailwissen gehört er zum Kreis der möglichen Verdächtigen. Sie können ihm also helfen, indem Sie uns sagen, wer er ist, damit wir ihn überprüfen und diesen Verdacht gegen ihn ausräumen können. Sagen Sie es uns nicht, können wir mit Sicherheit zurückverfolgen, mit wem Sie heute Kontakt hatten. Sie können uns also auch gleich den Namen nennen.«

Sie schien einen Augenblick darüber nachzudenken, ob sie wirklich die Möglichkeit hatten, herauszufinden, mit wem sie gesprochen hatte.

»Seinen vollen Namen kenne ich nicht«, sagte sie schließlich leise. »Ich weiß nur, dass er Ingo heißt und Getränke liefert. Sein Freund ist Sanitäter, er war am Tatort.«

Dahl wandte sich an Janssen. »Der Sanitäter hat also mit seinem Freund darüber geredet. War er auch am Tatort in Rantum?«

Ohne Janssens Antwort abzuwarten, griff Dahl zum Telefon und rief bei Sophie an. »Ich will alle Namen der Anwesenden an beiden Tatorten. Sanitäter, Krankenwagenfahrer und so weiter. Ohne Ausnahme.« Danach legte er auf.

»Bekommt er nun Ärger?«

»Das weiß ich noch nicht«, knurrte Dahl. Es nervte ihn, dass die Leute dumm genug waren, solche Details auszuplaudern. Natürlich war es verlockend, etwas so Ungewöhnliches weiterzutragen, aber seine Anweisungen an alle Beteiligten waren eindeutig gewesen. Und es behinderte nicht nur die Ermittlungen, es war unter Umständen auch gefährlich. Es gab nicht wenige Täter, die Zeugen beseitigten, die zu viel wussten. »Was können Sie uns noch darüber mitteilen?«, fragte er. »Außer dass es Sie an Sagen erinnert?«

»Das ist alles. Ich dachte, das sollten Sie wissen.«

»In Ordnung. Danke. Viel Spaß noch auf Sylt.«

Sie sah ihn zuerst etwas verunsichert an, dann wandte sie sich in Richtung Tür. »Okay, ich gehe wieder. Viel Erfolg bei der Aufklärung.«

»Es wäre nett, wenn Sie Ihre Theorie nicht weitertragen würden«, brummte Dahl. »Sie ist interessant, würde jedoch von den Medien zu sehr ausgeschlachtet werden. Wir wollen nicht, dass der Täter auf noch schrecklichere Ideen kommt.«

»Natürlich nicht. Wiedersehen.«

Katharina schlich wie ein geprügelter Hund durch die Flure zum Ausgang. Sie fühlte sich, als hätte sie in der Schule Mist gebaut und den Unwillen des Direktors auf sich gezogen. Erst als sie sich wieder im Freien befand, konnte sie das ungute Gefühl abschütteln.

Sabrina eilte ihr sofort entgegen. »Was haben sie gesagt?«

»Ich fürchte, sie glauben mir nicht. Und ich denke, sie werden dem armen Ingo und seinem Freund die Hölle heißmachen.«

»Schade. Es ist ja aber auch echt irre, was du herausgefunden hast. Es wäre zu abgefahren.«

»Ich weiß. Wenn ich Polizistin wäre und nicht Sagenforscherin, würde ich auch keiner Dahergelaufenen glauben, die solch eine krude Theorie vertritt. Trotzdem ist ein Zusammenhang nicht von der Hand zu weisen.«

»Ich muss zurück ins Café. Willst du mitkommen?«

»Nein, ich denke, ich laufe ein bisschen am Strand entlang. Ich brauche frische Luft.«

»Okay, wir sehen uns später.«

Katharina sah der Freundin hinterher, die zum Parkplatz flitzte, bevor sie abbog und den Weg zum Strand nahm.

Dahl grübelte und fühlte sich eigenartig befangen. Er wusste, dass an der Theorie dieser Dozentin aus Leipzig etwas dran war, aber es klang einfach zu verrückt, um wahr zu sein.

»Ein Wiedergänger?«, fragte Janssen mit zusammengezogenen Augenbrauen. »Das glaubst du doch nicht wirklich, oder?«

»Natürlich nicht. Aber sie hat recht, die Geschichten existieren. Und sie sind mit dieser Insel assoziiert. ›Frii es de Feskfang, frii es de Jaght, frii es de Strönthgang, frii es de Naght, frii es de See, de wilde See en de Hornemmer Rhee.‹«

»Frei ist der Fischfang, frei ist die Jagd, frei ist der Strandgang, frei ist die Nacht, frei ist die See, die wilde See an der Hörnumer Reede.« Janssen kannte die Worte ebenfalls.

»›Lewwer duad üs Slaav‹.«

»›Lieber tot als Sklave‹. Das steht unter dem Wappen der Nordfriesen.«

»Aber was hat das mit der Toten zu tun?«

»Keine Ahnung. Ich weiß auch nicht, was Pidder Lüng und sein Grünkohl mit Anita Hauser zu tun haben.«

»Sie war zwar keine Finanzbeamtin, aber Steuerberaterin. Das ist ziemlich ähnlich.«

»Und wie verhält es sich mit Hagen Koog und dem Wiedergänger? Was hat das miteinander zu tun?«

»Der Wiedergänger legt sich zu Verwandten, damit sie ihn nicht vergessen.« Dahl überlegte. »Ist in Koogs Verwandtschaft jemand auf See ums Leben gekommen?«

»Sollen wir das etwa überprüfen?«

»Solange wir nicht wissen, nach welchen Kriterien der Mörder seine Opfer aussucht, sollten wir jeder Spur nachgehen.«

»Dafür ist mir meine Zeit zu schade. Ich fahre noch mal in den Hafen. Es ist nur ein Gefühl, aber ich denke, dass Koog seinen Mörder dort getroffen hat. Er war nicht sehr gesellig, wie es scheint. Tagsüber hat er geschlafen, nachts gearbeitet. Es gibt also nicht viele Möglichkeiten, wo er ihm begegnet sein könnte. Vielleicht hat er ihn sogar auf die Insel gelassen.«

»Okay. Ich höre mich bei der Verwandtschaft um.«

Janssen verzog spöttisch den Mund, sagte jedoch nichts.

Sobald der Flensburger Kollege gegangen war, griff Dahl zum Telefon. Janssen dachte bestimmt, er würde Koogs Verwandtschaft befragen, Dahl hatte allerdings seine eigene im Sinn.

»Eike! Wie geht es dir? Was machen deine süßen Kinder? Alles gut bei euch?«

»Ja, alles bestens, Tante Nina. Ich rufe eigentlich mehr beruflich an. Es geht um die alte Sage vom Gonger, weißt du die noch?«

»Natürlich. Ich habe sie dir und deinem Bruder erzählt, als ihr klein wart. Ihr konntet nicht genug von diesen gruseligen Geschichten bekommen.«

»Wie ging die Geschichte genau?«

»Es gibt verschiedene. Eine Legende besagt, dass ein Schiffer mit seinen beiden Söhnen nach Holland segeln wollte. Einer der Söhne hatte ein ungutes Gefühl und bat seine Mutter, die Reise zu verhindern. Sie konnte ihm aber nicht helfen. In jener Nacht verunglückte der Vater mit seinen Söhnen, und als die Mutter am Morgen drei Blutstropfen auf einem Tuch vor ihrem Bett fand, wusste sie, dass sie umgekommen waren und sie nachts heimgesucht hatten.«

»Sie haben keinen feuchten Fleck im Bett hinterlassen?«

»Das sind die, die auf See ertrunken sind. In der Abenddämmerung oder in der Nacht erscheint ein Ertrunkener in der Kleidung, in der er gestorben ist, und schleicht um das Haus der Nachfahren herum. Tropfnass betritt er die Räumlichkeiten und löscht das Licht mit der Hand, bevor er sich zu den Schlafenden ins Bett legt. Am nächsten Morgen zeugt dann eine Spur von Salzwasser von seiner Anwesenheit. Es heißt, er kehrt so lange wieder, bis die Erinnerung an ihn wachgerufen und sein Tod anerkannt wird.«

»Aber er bringt sie nicht um.«

»Nein, er bringt niemanden um. Es heißt jedoch, dass man einem Gonger nicht die Hand reichen darf, denn dann verbrennt sie, wird schwarz und fällt ab.«

»Das hatte ich nicht vor.«

»Gott sei Dank, mien Jung.« Sie lachte.

»Danke für die Informationen. Wie geht es dir?«

Ihr Lachen wurde heiser, als ob sie zu viele Zigaretten geraucht hätte. »Alles gut, mien Jung. Alles gut.«

»Ich muss wieder an die Arbeit. Wir kommen bestimmt bald mal mit den Kindern vorbei.«

»In ein paar Wochen ist Sanddornernte, vielleicht passt es ja dann.«

»Das wäre super. Ich werde es mit Anne besprechen.«

»Liebe Grüße an sie und die Kinder.«

»Danke, richte ich aus.«

Er legte auf und dachte nach. Beim Gonger handelte es sich nicht um historische Fakten, das war ihm durchaus bewusst. Er glaubte auch nicht daran, dass ein Untoter auf Sylt sein Unwesen trieb. Doch er war aus tiefstem Herzen Sylter, aufgewachsen mit der rauen See und den damit verbundenen Legenden, und seine innere Stimme sagte ihm, dass er die Theorie der Sagenforscherin lieber nicht als kompletten Unsinn abtun sollte.

Er rief bei der sächsischen Polizei an, um sie um Informationen über Katharina Weller zu bitten. Danach öffnete er im Computer die Statistiken zu den Todesfällen der vergangenen Monate. Auf Sylt waren in diesem Jahr bislang exakt zweihundertein Personen verstorben, die meisten eines natürlichen Todes. Zwei waren bei einem Verkehrsunfall ums Leben gekommen, einer zu Hause verunglückt. Eine Frau hatte sich das Leben genommen, ein Kind war ermordet worden. Ein Vorfall fiel besonders aus dem Rahmen. Im März hatte sich ein tragisches Unglück auf See ereignet. Eine Explosion hatte ein Boot zerrissen. Die komplette Crew von sieben Personen war dabei umgekommen.

Dahl verspürte ein unangenehmes Gefühl in seinem Nacken. Eine Kälte, die vom Rücken zu seinem Kopf kroch und ihm die Nackenhaare aufstellte. Es hatte tatsächlich Tote auf See gegeben. Sieben verunglückte Seemänner. War einer von ihnen ein Wiedergänger?

Der Gedanke war absurd. Dennoch setzte er sich Dahl in den Kopf wie ein Geschwür und wollte nicht weichen.

8

Der Hörnumer Hafen wimmelte von Menschen. Ein Boot hatte angelegt und entließ etwa hundert Passagiere an Land. Die meisten hatten ein glückliches Lächeln im Gesicht, andere hingegen wirkten etwas grün um die Nase, als wäre ihnen die Fahrt auf See nicht so gut bekommen.

Kriminalhauptkommissar Janssen betrachtete den Strom Touristen mit skeptischem Blick. War der Mörder mit einem Boot auf die Insel gekommen? Hatte er Koog hier getroffen und verfolgt oder ihm zu Hause aufgelauert?

Der Hafen war nicht sonderlich groß, lediglich drei größere Schiffe lagen am Kai, der Rest waren kleine Segelyachten. Ein Frachtkahn löschte seine Waren, die in einen Truck verladen wurden. Es gab ein paar Imbissbuden und ein Zelt, in dem Kleidung verkauft wurde. Im Hintergrund ragte der Leuchtturm wie ein erhobener Zeigefinger empor und wachte über das Geschehen. Janssen bummelte über das Gelände und beobachtete das Verhalten der Hafenarbeiter. Keiner achtete auf ihn, es verhielt sich aber auch niemand auffällig. Genauso die Urlauber. Alles wirkte normal, niemand erregte Aufsehen. Als Janssen sich einem der Schiffe näherte, das Touristen aufnahm, bemerkte er Flipper, der neben dem Steg stand, als würde er dort einer wichtigen Aufgabe nachgehen. Welche das war, blieb allerdings fraglich. Er trat nur jedes Mal, wenn eine Frau im Rock über den Steg lief, einen Schritt vor und sah zu ihr hinauf.

Janssen ging zu ihm, ohne dass der Wachmann ihn bemerkte.

»Gute Sicht heute?«, fragte er, als er direkt hinter Flipper stand, woraufhin dieser ertappt zusammenzuckte. »Fotografieren Sie den Ausblick auch? In dem Fall würde ich Sie jetzt verhaften, und Sie bekommen bis zu zwei Jahre Haft.«

»Nein! Ich mache keine Fotos!«

»Sicher nicht? Kann ich mal Ihr Handy sehen?«

»Ich mache wirklich keine Fotos. Ganz bestimmt nicht!«

»Ich möchte trotzdem Ihr Handy sehen.« Janssen streckte auffordernd seine Hand aus. Flipper gehorchte allerdings immer noch nicht.

»Da ist nichts drauf.«

»Ich kann Sie auch mit auf die Wache nehmen und Ihr Handy offiziell beschlagnahmen. Ich weiß allerdings nicht, ob Ihr Arbeitgeber das so gut findet.«

Flipper knurrte einen Fluch, dann holte er sein Mobiltelefon aus der Tasche und reichte es Janssen.

»Entsperren Sie es bitte, damit ich mich davon überzeugen kann, dass wirklich keine Fotos von Frauenunterwäsche darauf sind.«

»Da sind … andere Bilder.«

»Entsperren Sie bitte das Telefon!«

Flipper gehorchte und gewährte Janssen freien Zugang zum digitalen Fotoalbum. Der sah sich sofort die jüngsten Aufnahmen an. Die meisten waren privater Natur. Zwei Hunde tauchten öfter auf – auf der Düne, beim Baden im Wasser, auf einem kleinen Segelboot. Außerdem gab es Unmengen von Bildern einer Frau in Flippers Alter. Auf den meisten war sie nackt oder in Dessous, die wenig verbargen.

»Das ist meine Freundin«, sagte Flipper. »Solche Fotos sind nicht verboten.«

»Sofern sie mit ihrer Einwilligung gemacht wurden. Aber es sieht so aus, als hätte sie nichts dagegen gehabt.«

»Sie steht drauf. Ich auch.«

»Das ist schön für Sie.« Janssen gab ihm das Handy zurück. »Reden wir über Hagen Koog. Was wissen Sie über ihn? Hatte er das gleiche Hobby wie Sie: Frauen ausspähen?«

»Er war immer nur nachts hier, ich weiß nicht, was er da getrieben hat.«

»Sie haben nie miteinander geredet? Erfahrungen ausgetauscht?«

»Wenn, dann nur über die Arbeit. Er ist nicht so mein Typ. Wir sind nicht befreundet.«

»Warum nicht?«

»Er ist … war ein Eigenbrötler. Blieb lieber für sich. Und er war immer so genau. Hat nie eine Minute länger gearbeitet, hat exakt auf die Uhr gesehen. So was mag ich nicht.«

»Hat das sonst noch jemandem nicht gefallen?«

»Keine Ahnung.«

»Sie sprechen doch sicher mit anderen hier, wenn schon nicht mit Koog. Wie reden die Leute über ihn?«

»Sie denken wie ich. Das heißt aber nicht, dass sie ihn umbringen würden.«

»Mit wem haben Sie über ihn gesprochen?«

»Na ja, mit ihm zum Beispiel.« Er deutete mit dem Kopf auf den Kapitän des Bootes, der am Bug des Schiffes stand und auf die Schlange von Passagieren hinabsah, die sich auf dem Kai gebildet hatte.

»Was sagt er?«

»Er sieht es ähnlich wie ich. Aber Sie müssen schon selbst mit ihm reden.«

»Das werde ich. War Koog in letzter Zeit anders? Oder hatte er neue Bekannte?«

»Das weiß ich nicht. Ich habe ihn immer nur ganz kurz gesehen. Er war meistens sofort weg.«

»Und wie war das am Dienstag?«

»Da habe ich gar nicht mit ihm gesprochen. Als er mich sah, stieg er gleich aufs Rad und fuhr davon. Wir haben uns nur kurz zugenickt.«

»Fuhr er immer denselben Weg?«

»Ja. Nach Norden am Golfplatz vorbei.«

»Ist ihm jemand gefolgt?«

»Ich habe niemanden gesehen.«

»Sie haben also nie eine Übergabe gemacht? ›Alles klar bei mir, viel Erfolg mit deiner Schicht?‹ So was in der Art?«

»Nein, meistens nicht. Es ist ja nie etwas passiert. Was soll man da übergeben?«

»Nachts passiert hier nichts?«

»Nein, das meiste geschieht am Tag.«

»Und die Partyschiffe?«

»Hin und wieder gibt es Sunset-Cruises, aber die starten erst wieder in zwei Wochen. Die letzte war vor einem Monat.«

»Hat in letzter Zeit ein unbekanntes Schiff hier angelegt?«

»Nein.«

»Keine ungewöhnlichen Gäste oder fremden Besucher?«

»Es war eigentlich alles wie immer. Nichts Besonderes.«

»Danke.« Janssen sah dem Mann mahnend in die Augen. »Keine Fotos von Frauenunterwäsche, oder ich nagele Sie fest.«

»Ganz sicher nicht. Wenn meine Lady die sehen würde, wäre ich geliefert.«

Janssen ließ ihn stehen und ging zum Steg, wo er sich an den Touristen vorbeischlängelte. Als ein Mitarbeiter am Eingang zum Boot sein Ticket sehen wollte, wies er sich als Kriminalhauptkommissar aus. »Ich muss mit dem Kapitän sprechen.«

Der Mitarbeiter nickte und deutete auf den Mann am Bug. Janssen steuerte sofort auf ihn zu.

»Janssen, Kripo Flensburg. Ich möchte gern mit Ihnen über Hagen Koog sprechen.«

»Über wen?«

»Hagen Koog. Er hat hier als Wachmann gearbeitet.«

»Oh ja, Koog. Warum? Was hat er angestellt?«

»Er ist tot. Ich habe gehört, Sie haben mit anderen über ihn gesprochen. Worum ging es dabei?«

Der Kapitän wich erstaunt einen Schritt zurück. »Koog ist tot? Seit wann?«

»Seit gestern. Also, worum ging es?«

»Es war nichts Bedeutendes. Ich habe ihn nicht oft gesehen, weil er nur nachts hier war. Er war ein brummiger Geselle, kein Sympathieträger, wie man so schön sagt. Das ist alles, was ich über ihn weiß. Und mehr habe ich über ihn auch nicht gesagt. Wurde er getötet? Warum fragen Sie mich über ihn aus?«

Der Kapitän besaß ein braun gebranntes Gesicht, in dem sich tiefe Furchen gebildet hatten. Seine schmale, lange Nase ragte wie bei einer Sonnenuhr daraus hervor und warf einen Schatten auf sein Gesicht. So, wie er stand, war es bei ihm gerade halb acht.

»Es war Mord. Wann haben Sie ihn das letzte Mal gesehen?«

Der Kapitän musterte Janssen einen Moment schweigend, so als müsste er die Mitteilung erst verdauen, bevor er antwortete: »Vor zwei oder drei Wochen, denke ich. Wir hatten nach einem Maschinenschaden Verspätung und kamen erst in der Nacht an, da war er hier.«

»Haben Sie mit ihm gesprochen?«

»Nur wenig und nur Dienstliches. Er hat die Passagiere zum Parkplatz begleitet und mit mir durchgezählt, ob alle von Bord gegangen waren. Das war alles.«

Janssens Telefon klingelte, ehe er etwas erwidern konnte. Es war Dahl.

»Es klingt vielleicht seltsam, aber es wäre gut, mal jemanden im Hafen zum Bootsunglück im März zu befragen«, sagte der Polizeihauptkommissar am anderen Ende der Leitung.

Janssen hätte ihm gerne ein paar Fragen dazu gestellt, wollte aber nicht, dass der Kapitän davon etwas mitbekam.

»Okay«, sagte er deshalb nur und legte wieder auf. Danach wandte er sich erneut an den Kapitän. »Was wissen Sie über das Bootsunglück, das sich vor ein paar Monaten ereignet hat?«

»Die Explosion auf dem Meer?« Der Kapitän wurde ernst. »Das war schrecklich. Die ganze Crew ist umgekommen. Es war vermutlich ein defekter Tank.«

»Welches Schiff war das?«

»Die ›Delphi‹, eines aus unserer Flotte. Vorigen Sommer noch hat es Hunderte Touristen nach Helgoland gebracht. Nicht auszudenken, wenn das passiert wäre, als es voller Menschen gewesen war. So erwischte es nur die Männer von der Besatzung. Aber das ist schlimm genug.«

»Kannten Sie die Toten?«

»Ja, alle sieben. Mit zwei von ihnen hatte ich schon zusammengearbeitet. Die anderen kannte ich flüchtig.«

»Kannten Sie Anita Hauser?«

Der Kapitän sah in den Himmel, um in den Tiefen seiner Erinnerung ungestört nach einer Person zu kramen, auf die dieser Name passte.

»Nein, nie gehört. Wer soll das sein?«

»Eine Sylter Steuerberaterin.«

»Ich mache meine Steuern auf Föhr, tut mir leid.«

»Wer kann mir mehr über das Bootsunglück erzählen?«

»Dominik Vrees, der Schiffseigner.«

»Und wo finde ich den?«

»Er hat sein Büro in List, dort liegen noch mehr Schiffe von ihm.«

»Danke.« Janssen ging von Bord, schlängelte sich dabei wieder an den Touristen vorbei und steuerte das Büro des Hafenmeisters an. Flipper stand nicht mehr an seinem Platz am Steg. Offenbar war ihm die Lust auf Frauenschlüpfer vergangen.

Holger Olesand saß am Computer und diskutierte mit einem Hafenarbeiter auf Plattdeutsch über dessen Arbeitsstunden. Als er Janssen entdeckte, verzog er unwillig das Gesicht. »Was wollen Sie denn schon wieder? Ich weiß nichts über Koog.«

Janssen blinzelte irritiert. Auf der Wange des Hafenmeisters klebte direkt neben der Nase ein kleiner roter Fleck, der aussah wie Ketchup. »Es geht um das Bootsunglück vor ein paar Monaten. Es war kaum etwas davon in der Presse. Ich jedenfalls habe nichts davon mitbekommen. Warum nicht?«

»Soviel ich weiß, sollte nicht publik werden, dass ein Schiff der Flotte einen Defekt hatte. Der Chef meinte, es würde die Urlauber verschrecken.«

»Mit ›Chef‹ meinen Sie Vrees?«

»Genau den. Dem gehören die Schiffe.«

»Kannten Sie die Männer, die umgekommen sind?«

»Ja.« Er presste die Lippen zu einer schmalen Linie zusammen. Janssen fiel sofort auf, dass er damit keine Trauer um die Getöteten zum Ausdruck bringen wollte.

»Sie mochten die Männer nicht?«

»Ein paar von ihnen waren schwierig, um es nett zu formulieren. Langner zum Beispiel hat immer Probleme gemacht. Er war vorbestraft, Vrees gab ihm eine Chance. Doch er hat zu viel getrunken, zu viele Drogen.«

»Und die anderen?«

Ole zuckte mit den Schultern. »Hin und wieder ein paar Schlägereien. Von Bergen weiß ich, dass er Passagiere bestohlen hat. Er sollte eigentlich entlassen werden, kam aber mit einem blauen Auge davon.«

»Was noch?«

»Das ist alles.«

Der Hafenarbeiter, der die ganze Zeit neben Ole gestanden und zugehört hatte, räusperte sich. »Sie waren alle okay. Harte Männer, aber okay. Ich kam gut mit ihnen zurecht.«

»Kannten Sie auch Hagen Koog?«, fragte Janssen interessiert.

»Natürlich. Ich hatte aber nie viel mit ihm zu tun.«

»Ist Ihnen im Hafen in den vergangenen Tagen etwas aufgefallen? War etwas anders als sonst? Andere Menschen? Fremde Boote?«

Der Mann schüttelte den Kopf. »Nein, alles wie immer. Nichts Besonderes.«

»Und Koog auch? Ganz normal?«

»Den hab ich selten gesehen, das letzte Mal vorige Woche. Da war er ganz normal.«

»Okay, danke.« Janssen wandte sich wieder an Ole. »Kennen Sie eine Anita Hauser?«

Der Hafenmeister kratzte sich am Kopf. »Nein. Nie gehört. Wer soll das sein?«

Janssen ging nicht darauf ein. »Haben Sie die Nummer von Vrees? Dann muss ich nicht das Revier bemühen.«

»Klar.« Ole kritzelte die Nummer auf einen Zettel, der aussah, als hätte er schon mehrere Generationen von Ketchup überlebt, und reichte ihn Janssen.

»Wenn ich weitere Fragen habe, komme ich wieder.«

»Ich freue mich drauf«, knurrte Ole unwillig.

Der Hafenarbeiter lächelte schief. Janssen nickte ungerührt und ging zurück zu seinem Wagen. Er fuhr jedoch noch nicht sofort los, sondern wählte Dahls Nummer.

»Was hat es mit dem Bootsunglück auf sich?«, fragte er, als der Kollege sich meldete.

»Nur eine Idee.«

»Ich hoffe, die Idee hat nichts mit dem Märchen vom Wiedergänger zu tun.«

»Natürlich nicht. Ich muss los«, entgegnete Dahl kurz angebunden. Er fragte nicht einmal nach den Ergebnissen der Ermittlung im Hafen. »Wir treffen uns im Büro.«

»Ich habe vorher noch etwas anderes zu tun. Bis später.« Janssen legte auf und stützte die Arme auf das Lenkrad. In dieser Haltung konnte er am besten nachdenken, wenn er sich nicht gerade mitten auf der Autobahn befand. Wenn er jetzt ins Büro zurückfuhr, um dort auf Dahl zu warten, würde er wertvolle Zeit verschwenden. Und die Idee mit dem Bootsunglück war nicht so dumm, wie er Dahl hatte weismachen wollen. Er wusste zwar noch nicht, wohin es führte, aber es konnte zumindest nicht schaden, ein paar Fragen zu stellen. Er sollte dem Eigner des verunglückten Schiffes einen Besuch abstatten.

Janssen startete den Wagen und fuhr vom Süden der Insel bis an die nördlichste Spitze. Der Wind zerrte an seinen Haaren und wütete sogar in seinem kurzen Bart, als er in List aus dem Auto stieg. Das Wetter hatte sich verschlechtert. Graue Wolken zogen über den Himmel und verhießen Regen. Ein paar Schwalben flogen so tief, dass sie fast Janssens Hosenbeine berührten. Dennoch war der Hafenparkplatz voller Fahrzeuge. Wer heute von List aus eine Reise nach Dänemark unternahm, würde mit hohem Wellengang rechnen müssen. Für eine Landratte sicherlich kein angenehmes Erlebnis, vor allem, wenn der Magen so wie seiner eine eigene Meinung zu dem Thema hatte.

Das Wahrzeichen des Hafens, das Riesenrad, drehte sich, ein paar Kinder kreischten. Vermutlich ließ der Wind die Gondeln schaukeln. Janssen holte seine Jacke aus dem Kofferraum, zog sie über und schlug den Weg zum Büro des Hafenmeisters ein. Unterwegs änderte er jedoch die Richtung, weil er ein Schild an einem der Restaurants gesehen hatte, auf dem der Name »Vrees Inc.« prangte. Im Untergeschoss des Reedereigebäudes befand sich ein Austernlokal, im ersten Stock das Büro von Dominik Vrees. Janssen lief durch das halb volle Restaurant, in dem ihn keiner eines Blickes würdigte, und stieg in den ersten Stock hinauf. Roter Teppich lag auf den Stufen, als wäre jeder Gast ein VIP.

Oben gingen von einem schmalen Gang mehrere Räume ab. Eine Toilette, ein Sekretariat, wie über der Eingangstür zu lesen war, und ein Büro mit einer Glasscheibe als Tür, auf der ebenfalls »Vrees Inc.« stand. Janssen klopfte und trat ein, ohne eine Antwort abzuwarten. Beim Anblick der im Büro Anwesenden blieb er erstaunt stehen.

»Was machst du denn hier?«, fragte er Dahl, der neben einem schlanken, elegant gekleideten Mann stand und verdutzt zurückstarrte.

»Ermittlung im Fall Koog. Es geht um das Bootsunglück.« Der Kollege war sichtlich bemüht, seine Überraschung abzuschütteln und schnell wieder sachlich und professionell zu wirken.

»Gut. Dann sind wir jetzt zu zweit.« Janssen ärgerte sich, weil Vrees – er hatte keinen Zweifel, dass es sich bei dem anderen Mann um den Reeder handelte – mitbekam, dass sie ihre Ermittlungsschritte nicht miteinander abgesprochen hatten. Das war nicht gut. Gar nicht gut.

»Ich weiß nur leider nicht, wie ich Ihnen da weiterhelfen kann«, sagte Vrees, wobei er bedauernd mit den Schultern zuckte. »Es war ein grauenhaftes Unglück, furchtbar. Ich bereue es, nicht mehr für meine Männer getan zu haben, vor allem, dass ich die Sicherheit der Schiffe nicht noch mal überprüfen ließ. Ich ging davon aus, dass sie in Ordnung waren, weil sie im Herbst gecheckt worden waren. Die nächste Inspektion war erst im Mai fällig. Nach dem Unglück habe ich alle Schiffe noch einmal extra überprüfen lassen. Bei einigen waren Leitungen angerostet, die habe ich sofort austauschen lassen. Ein Motor wurde neu eingebaut. Jetzt sind alle Schiffe wie neu. So etwas wird nicht noch einmal passieren.«

»Es kamen sieben Männer ums Leben?«, fragte Dahl.

Vrees nickte. »Sie waren bei der Explosion zerfetzt worden, es gab keine Überlebenden.«

»Wo wurden sie bestattet?«

Janssen warf Dahl einen überraschten Blick zu. Wollte er etwa überprüfen, ob die Männer in ihren Gräbern lagen oder als Wiedergänger ihr Unwesen trieben? Das wäre zu grotesk.

»Es konnten nur Leichenteile geborgen werden, ein Rumpf, ein Bein, ein paar blutige Schuhe. Der Rest liegt auf dem Meeresgrund. Es war richtig schlimm. Ich habe den Angehörigen sofort etwas Schmerzensgeld überwiesen, jede Familie bekam zehntausend Euro. Ich weiß, es ist kein Gegenwert für den Tod eines geliebten Menschen, aber ich dachte, so kommen die Hinterbliebenen wenigstens die ersten Wochen nach dem Unglück über die Runden.«

»Können Sie uns die Namen der Hinterbliebenen geben?«, bat Janssen.

»Selbstverständlich.«

Vrees suchte im Computer nach den Kontaktdaten. In der Zwischenzeit sah sich Janssen im Büro um. Es war dezent und schlicht eingerichtet, ein einfacher Schreibtisch aus Holz, Regale von IKEA, harte Besucherstühle. Es passte überhaupt nicht zu Vrees, der einen Designeranzug und Lederschuhe trug, die es in keinem normalen Schuhladen zu kaufen gab.

»Hier sind sie. Zwei Familien wohnen auf Föhr, drei auf Sylt, einer in Cuxhaven, einer hatte entfernte Familie in Flensburg.« Vrees druckte eine Liste aus und reichte sie Janssen.

»Danke.« Janssen steckte sie ein.

»Kannten Sie Hagen Koog?«, fragte Dahl. »Er arbeitete als Wachmann im Hörnumer Hafen.«

»Flüchtig. Er war meistens in der Nacht da, ich arbeite tagsüber, deshalb gab es nicht viele Berührungspunkte. Er wurde ermordet, habe ich gelesen. Und es gab einen feuchten Fleck in seinem Bett. Fragen Sie deshalb nach dem Bootsunglück? Sie denken, es war ein Gonger? Das ist verrückt. Es ist nur eine alte Sage.« Vrees lachte auf und musterte Dahl, als würde er ihn am liebsten in die geschlossene Psychiatrie einweisen lassen.

»Natürlich nicht. Aber wir müssen jeder Spur nachgehen«, entgegnete Dahl, und Janssen glaubte, eine leichte Röte im Gesicht des Kollegen zu bemerken.

»Wo waren Sie eigentlich gestern gegen fünf Uhr morgens?«, fragte er den Schiffseigner.

Vrees wurde sofort wieder ernst. »Sie denken, ich habe den Wachmann getötet? Das habe ich nicht. Ich war zu Hause, mit meiner Freundin. Sie kann es bestätigen. Jeden Morgen um fünf steht sie auf und geht joggen, manchmal begleite ich sie. Gestern bin ich mitgelaufen. Es gibt nichts Schöneres als einen Lauf am Strand an einem frischen Sommermorgen. Um fünf Uhr dreißig waren wir beim Bäcker und haben Brötchen geholt. Er wird es bestätigen. Wir haben geduscht und zusammen gefrühstückt, dann bin ich ins Büro gefahren.«

»Wir werden das überprüfen.«

»Kennen Sie Anita Hauser?«, fragte Dahl, dessen Röte mittlerweile verschwunden war.

»Anita Hauser?« Vrees schüttelte den Kopf. »Noch nie gehört, den Namen.«

»Und wo waren Sie gestern Abend gegen einundzwanzig Uhr?«

»Bei einer Feier. Meine Nichte hatte achtzehnten Geburtstag, sie hat eine Party gegeben, die sich gewaschen hat. Es gibt knapp hundert Zeugen. Die können Sie alle befragen.«

»Wo war die Party?«

»Bei meinem Bruder auf dem Grundstück. Er besitzt einen Reiterhof in Tinnum. Aber warum wollen Sie das wissen? Ist diese Anita Hauser etwa auch ermordet worden?« In seine Stimme hatte sich leichte Besorgnis geschlichen.

Dahl beantwortete die Frage nicht. »Auch das werden wir prüfen.«

»Sie haben doch bestimmt einen guten Eindruck von der Insel, von den Menschen, die hierherkommen«, sagte Janssen. »Ist momentan etwas anders? Haben Sie Unregelmäßigkeiten bemerkt, Fremde, jemanden, der nicht hierhergehört? Ist Ihnen etwas aufgefallen?«

Vrees dachte einen Augenblick nach. »Neben den normalen Urlaubern? Die Insel ist um diese Jahreszeit voller Fremder. Aber ich habe nichts Ungewöhnliches bemerkt. Es ist alles wie immer. Vielleicht mehr Banden, die Häuser ausrauben. Haben Sie schon in diese Richtung ermittelt? Das würde sich lohnen, denke ich. Es herrscht zurzeit eine regelrechte Einbruchswelle. Ich habe schon von vielen gehört, dass Türen aufgebrochen wurden und Geld und Wertgegenstände fehlten.«

»Diese Menschen leben noch, deshalb konnten sie Ihnen davon berichten.«

»Natürlich.«

»Unser Täter tötet, aber nimmt nichts mit. Jedenfalls nicht auf den ersten Blick.«

»Den Einbrüchen sollten Sie trotzdem mal nachgehen. Es kann nicht so weitergehen. Autos werden auch ständig aufgebrochen, meines erst vor zwei Monaten. Das Diebesgesindel darf nicht mit allem davonkommen.«

Dahl wandte sich zur Tür. »Wir behalten Ihren Hinweis im Hinterkopf.«

Janssen nickte zustimmend. »Falls wir noch Fragen haben, melden wir uns.«

»Sylt ist eine Insel, da müsste sich doch kontrollieren lassen, wer kommt und wer geht.« Vrees' Stimme war voller Schärfe, so als wollte er den Beamten persönlich einen Vorwurf machen.

»Wie gesagt, wir behalten es im Hinterkopf.«

Janssen und Dahl verließen das Büro, während Vrees noch weiter leise über die wachsende Kriminalität klagte.

»Ich mag ihn nicht«, sagte Janssen, als sie auf dem roten Teppich nach unten gingen. »Aber das ist nur eine persönliche Antipathie, kein Ergebnis unserer Untersuchungen.«

»Ohne ihn hätte Sylt Probleme, und das weiß er. Ihm gehören die meisten Schiffe, die Ausflüge für Touristen anbieten. Er muss keine Angst haben, bei den Leuten schlecht angesehen zu sein. Unsympathisch oder nicht, sie brauchen ihn.«

Sie durchquerten das Austernrestaurant. Als sie einen freien Tisch passierten, blieb Janssen stehen. »Hast du Hunger?«

»Jetzt?«

»Ja, wir sind einmal hier. Ich bezahle. Es tut gut, mal wieder auf der Insel und dem Büro entronnen zu sein.«

Dahl zuckte mit den Schultern. »Okay, warum nicht.«

Sie setzten sich, und Janssen bestellte alkoholfreies Bier und einen Teller Austern für beide.

»Jetzt mal Tacheles«, sagte er, als der Kellner sie allein gelassen hatte. »Denkst du wirklich, unser Täter könnte ein Wiedergänger sein?«

Dahl errötete erneut. »Nein, ich weiß, es wäre verrückt, das zu glauben. Ich finde allerdings, wir sollten jeder Spur nachgehen.«

»Aber ernsthaft – ein Gonger? Das ist tiefster Aberglaube.«

»Das ist mir klar. Trotzdem wollte ich der Sache auf den Grund gehen. Und weshalb warst du hier?«

»Weil du mich gebeten hast, mehr über das Bootsunglück in Erfahrung zu bringen. Ich weiß allerdings nicht, wie es mit unseren Morden in Zusammenhang steht.«

»Zumal Anita Hauser anscheinend nichts mit Koog oder seiner Arbeit als Wachmann zu tun hatte.«

»Und die Geschichte mit dem Kohltopf hat mit dem Gonger nichts zu tun. Das Motiv muss also woanders liegen.«

Dahls Gesichtsfarbe normalisierte sich wieder. »Wir haben noch nicht geprüft, ob bei den Hausers etwas fehlt.«

»Dazu sollten wir den Ehemann befragen.«

»Denke ich auch. Ich glaube aber, es war kein gewöhnlicher Einbruchdiebstahl.«

»Sieht nicht so aus. Selbst wenn etwas fehlen sollte, ging es dem Täter wohl primär um den Mord, und zwar speziell um den Mord an der Frau, weil der Mann verschont wurde.«

Dahl seufzte resigniert. »Wir sind noch keinen Schritt weiter.«

Der Kellner kehrte mit den Getränken und Austern zurück, und für ein paar glückliche Minuten waren die beiden Hauptkommissare lediglich damit beschäftigt, ihre Mägen zu füllen und die vielen offenen Fragen Fragen sein zu lassen.

9

Katharina lief die hölzernen Stufen zum Strand hinunter, die Schuhe in den Händen und die Tasche quer umgehängt, damit sie nicht störte. Der warme Sand unter ihren Fußsohlen fühlte sich wunderbar an, wie eine Pflege ihrer Füße. Der Wind, der ihre Haare verwehte und ihre Haut streichelte, war eine Wohltat für ihre Seele. Sie ärgerte sich über sich selbst, dass sie zur Polizei gegangen war und von den Sagen erzählt hatte. Die Beamten hielten sie jetzt mit Sicherheit für verrückt, und sie konnte es ihnen nicht einmal verdenken. Dabei hatte sie gar nicht gemeint, dass Sagengestalten tatsächlich lebendig geworden waren. Sie hielt es lediglich für möglich, dass jemand auf Sylt alte Sagen als Vorlage nahm, um zu morden.

Es war später Nachmittag, und der Strand war voller Sonnenhungriger; fast jeder Strandkorb war besetzt. Die Wolken hatten sich nach Osten verzogen, doch der Wind wehte noch heftig und trieb feinen Sand vor sich her. Da ihre Füße nach der Wanderung schmerzten, setzte sich Katharina in den Sand und beobachtete das Geschehen. Sie blieb jedoch nicht lange sitzen, weil ihr Magen knurrte. Richtig essen würde sie erst bei Sabrina in der Pension, aber ein Eis am Stiel als Erfrischung zwischendurch wäre jetzt genau das Richtige.

Sie lief zu einem Kiosk, der Getränke, Zeitungen und Eis am Stiel anbot. Als sie in der Schlange wartete, entdeckte sie ein bekanntes Gesicht in der Nähe. Der Junge mit dem verkrüppelten Bein stand neben seinem Vater, der die zurückgebrachten Liegestühle zusammenklappte, und warf gebrauchte, zu einem Haufen aufgetürmte Handtücher in einen riesigen Wäschekorb. Neben ihm lag Gangster im Sand und döste, als ginge ihn die Welt mit ihrem Lärm und geschäftigen Treiben überhaupt nichts an. Katharina kaufte zwei Eis, für den Jungen auch eins. Als sie das Geld auf die Theke legte, fiel ihr Blick auf das Abendblatt, das an der Seite des Kiosks hing. Die Schlagzeile konnte auffälliger kaum sein: »Verrückte Theorie: Mordet ein Gonger auf Sylt? Wohl kaum!«

»Ich nehme eine Zeitung mit«, sagte sie und legte zwei Euro zu den Münzen. Danach ging sie zu dem Jungen. Er erkannte sie sofort wieder.

»Hallo, Märchentante«, sagte er grinsend und sah kurz zu seinem Vater, der zu einem Urlauber gegangen war, um ihm beim Aufstellen des Liegestuhles zu helfen.

»Hallo, Junge, dessen Namen ich nicht weiß. Willst du ein Eis?«

»Na klar. Das reimt sich sogar, weiß – Eis. Ich heiße Remo.« Er ließ die Handtücher liegen und nahm das Eis entgegen. Er riss die Verpackung auf, als hätte er seit Ewigkeiten keine Leckerei mehr gegessen.

»Hilfst du deinem Vater?«, fragte Katharina und schlug die Zeitung auf, während sie sich mit ihrem Eis auf eine Stufe der Treppe setzte, die vom Strand zur Promenade führte.

»Klar, aber eigentlich braucht er mich gar nicht. Ich habe Ferien und sonst nicht viel zu tun, deshalb bin ich dabei. Und warum sind Sie hier? Wollen Sie wieder Märchen lesen?«

Sie antwortete nicht, weil sie bereits begonnen hatte, den Artikel zu überfliegen. Der Verfasser machte sich darüber lustig, dass die Theorie aufgekommen war, ein Untoter könne für den Mord an dem Wachmann verantwortlich sein, und Katharina musste ihm zustimmen. Sie fand seine Argumente durchaus einleuchtend und die Idee genauso verrückt, bis sie ihren Namen entdeckte. Der Journalist hatte es sich nämlich nicht nehmen lassen, auch den Ursprung der abstrusen Idee zu benennen und sogar das Wort an sie zu richten: »Sagenforscherin Katharina Weller aus Leipzig bringt Sylt auf verrückte Gedanken. Liebe Frau Weller: Untote existieren nur in der Sagenwelt, nicht im echten Leben.«

Sie spürte, wie ihr das Blut in den Kopf schoss. Der Satz war wie ein Schlag ins Gesicht. Jemand von der Polizei musste ihren Namen der Presse verraten haben.

»Alles klar?«, fragte Remo, dem ihre Reaktion aufgefallen war.

»Jaja, alles in Ordnung.« Wütend legte sie die Zeitung zur Seite und leckte an ihrem Eis, um die Schmach zu lindern.

»In der Zeitung steht nur Mist, sagt mein Vater. Und in den Nachrichten im Fernsehen muss man sich den Müll auch noch als Film ansehen, sagt er.«

»Dein Vater ist ein kluger Mann.«

Er schielte auf die Schlagzeile. »Was ist ein Gonger?«

»Du kennst diese alte Sylter Sage nicht?«

Remo schüttelte den Kopf. »Ist er so was wie der böse Wolf in den Märchen oder ein Hexer?«

»Nein, ein Mann, der auf See ertrunken ist und wiederkommt, damit er nicht vergessen wird.«

»Das gibt es nicht im echten Leben.«

»Nein, natürlich nicht. Das habe ich auch nicht behauptet, ich weiß nicht, wieso das so in der Zeitung steht. Lass uns nicht länger darüber reden.«

»Ich muss sowieso noch mit Gangster eine Runde zum Hundestrand.«

»Magst du Gesellschaft haben? Dann komme ich mit.«

Gemeinsam gingen sie mit dem Hund über den Strand zu einem ruhigeren Abschnitt.

»Was ist eigentlich mit deinem Bein passiert?«, fragte Katharina mit Blick auf sein Hinken.

»Ich bin als Kind aus dem Auto gefallen, und mein Bein kam unter ein Rad. Es konnte nur mit Mühe gerettet werden, fast hätte ich es verloren. Doch es wächst seitdem nicht mehr richtig.«

»Das tut mir sehr leid.«

»Ja, das ist blöd, aber ich habe mich daran gewöhnt.«

Katharina bewunderte den Gleichmut des Jungen, der mit dieser Behinderung leben musste.

»Hast du Geschwister?«

»Nur eine Schwester, die ist aber kleiner als ich.«

Sie liefen einen Moment schweigend und aßen ihr Eis, bis Remo wieder das Wort ergriff. »Bekommen Sie jetzt Schwierigkeiten, weil das von dem Gonger in der Zeitung steht?«

»Nein, bestimmt nicht. Es wird keine Auswirkungen haben.«

»Dann ist es ja nicht weiter schlimm.«

»Nein, eigentlich nicht.« Sie überlegte, ob sie Dahl anrufen und zur Rechenschaft ziehen sollte. Aber vielleicht wäre es besser, die Sache auf sich beruhen zu lassen. Oder sie stellte noch einmal klar, wie sie ihre Aussagen gemeint hatte. Womöglich war alles nur ein Missverständnis gewesen. »Gibt es hier im Ort eine Bibliothek?«, fragte sie den Jungen, während sie eine Kehrtwende einlegten und zurück zum Liegestuhlverleih gingen, weil Gangster inzwischen sein Geschäft erledigt hatte. Es baumelte in einer Tüte, die Remo in der Hand hielt.

»Ja, gleich hinter dem Rathaus. Die haben viele Bücher. Aber ich habe keine Zeit zum Lesen. Nur Harry Potter, den ersten Teil habe ich gelesen. Der war echt cool.«

Katharina lächelte. »Den fand ich auch gut. Wie er auf dem normalen Gleis steht und plötzlich auf dem verzauberten landet.«

»Das würde ich gerne erleben.« Seine Augen begannen zu leuchten.

»Hogwarts würde ich gern mal besuchen und mir die Bilder, die mit einem reden, ansehen.«

»Die fand ich nicht so gut. Aber den Mantel hätte ich gern, um unsichtbar zu werden.«

Sie lachte. »Das wäre praktisch. Man könnte jedem nachspionieren, und keiner würde es merken.«

»Ich würde meine Fünf in Mathe einfach umändern.«

»Oder die verhauene Arbeit gegen eine gute austauschen, damit es eine Eins wird.«

»Das wäre natürlich noch besser. Oder, wenn die Schule wieder anfängt, im Unterricht sitzen, während alle denken, ich bin nicht da. Dabei bekomme ich alles mit.« Er kicherte.

Sie waren zurück am Liegestuhlverleih, und Remo warf die Tüte mit dem Hundekot zusammen mit dem abgeleckten Eisstiel in den Mülleimer. »Danke für das Eis«, sagte er und strahlte Katharina an.

»Hat mich gefreut, Remo. Ich drücke dir die Daumen, dass du einen Unsichtbarkeitsmantel findest.«

»Das wäre echt cool.«

»Wir sehen uns.«

»Laufen Sie dem Zombie davon, wenn er kommt.« Er grinste, bevor er sich abwandte und wieder den Handtüchern widmete. Der Haufen war in seiner Abwesenheit deutlich größer geworden.

Katharina stieg lächelnd die Stufen zur Promenade hinauf und schlug den Weg zum Rathaus ein. Das Gebäude mit der Spielbank lag an einem kleinen Park, im rechten Winkel dazu befand sich ein rotes Haus, die »Alte Post«, in der die Stadtbücherei untergebracht war. Eine Mitarbeiterin packte gerade ihre Tasche, als Katharina eintrat.

»Ich habe nur eine Frage«, sagte sie, als sie das pikierte Gesicht der Frau sah. »Ich will Sie nicht daran hindern, nach Hause zu gehen. Haben Sie Sagenbücher hier?«

»Natürlich. Märchenbücher, Sagenbücher, was suchen Sie speziell?«

»Gibt es bei Ihnen ein Buch über die Sagen von Sylt? Zum Beispiel die ›Sagen und Erzählungen der Sylter Friesen, nebst einer Beschreibung der Insel Sylt als Einleitung und einer Karte der Insel Sylt als Zugabe‹ von Christian Peter Hansen. Es ist von 1875.«

»Natürlich haben wir das. Es wird hin und wieder ausgeliehen. Die Sagen gehören zum Kulturgut von Sylt.«

»Also kann die jeder lesen?«

»Die werden auch in den Buchhandlungen verkauft. Und im Internet sind sie ebenfalls zu finden. Sie sind sehr beliebt. Sylt besitzt einen reichen Sagenschatz, und viele Bewohner sind stolz darauf. Nicht umsonst sind manche Pensionen und Lokale nach Sagengestalten benannt.«

Katharina seufzte. Die Legenden gehörten offenbar nicht zu einem geheimen Wissen, zu dem nur wenige Auserwählte Zugang hatten, was die Suche nach dem Täter vereinfacht hätte.

»Danke. Schönen Feierabend.«

Katharina verließ die Bücherei und lief zurück zur Pension ihrer Freundin. Inzwischen schmerzten ihre Füße dermaßen, dass sie sich am liebsten sofort hingelegt hätte. Doch Sabrina war wieder mit der Bedienung der Gäste beschäftigt und in Schweiß ausgebrochen. Katharinas Füße mussten also noch eine Weile durchhalten, denn sie würde die Freundin auf keinen Fall mit der Arbeit alleinlassen. Sie ging zu ihr hinter den Tresen und band sich die Schürze um.

»Es ist ein Artikel über dich und deine Theorie in der Zeitung«, murmelte Sabrina. »Du solltest die Polizei verklagen. Nur die können es weitergegeben haben.«

»Ich denke nicht, dass ich das machen werde. Aber ein Wörtchen mit Hauptkommissar Dahl könnte nicht schaden.«

»Mindestens. Der Artikel ist nicht besonders nett.«

»Ich weiß. Ich habe ihn gelesen.«

»Mach dir nichts draus. Dein Chef an der Uni wird nichts davon hören, bis nach Leipzig spricht sich das nicht rum.«

»Er würde an meinem Verstand zweifeln und meine Stelle wahrscheinlich sofort streichen.« Katharina fragte sich für einen Moment, was ihre Großeltern davon halten würden, wenn sie den Artikel in die Finger bekämen. Sie würden lachen und ihr sagen, dass sie es nicht so ernst nehmen sollte. Die Zeitungen schrieben immer nur das, was ihnen die meiste Aufmerksamkeit brachte. In der Welt der Medien bedeutete Aufmerksamkeit bares Geld. Sie spürte auf einmal eine so heftige Sehnsucht nach diesen beiden Menschen, dass ihr Herz schmerzte. Der Schmerz breitete sich über ihren ganzen Körper aus, bis er die letzte Zelle erreicht hatte.

»Die haben keine Ahnung, das sind nur Schmierfinken«, sagte Sabrina; Katharina hörte es wie aus weiter Ferne.

»Ich danke dir, dass du es so siehst«, krächzte sie, um irgendetwas zu sagen. Sie schluckte gegen den Kloß in ihrem Hals an, der ihr das Sprechen schwer machte. Nur ganz langsam verflüchtigte sich der Schmerz.

»Natürlich. Du bist ja nicht verrückt und denkst, dass es Untote gibt.«

»Das denke ich ganz sicher nicht. Ich glaube, dass der Täter die Sagen benutzt, nicht, dass er eine Sagengestalt ist.«

»Genauso ist es.«

Der Schmerz war verschwunden, ihr Herz schlug fast wieder normal, und Katharina beschloss, sich nicht mehr über den Artikel zu ärgern. Sie räumte das leere Geschirr von den Tischen, brachte Getränke zu den Gästen und schmierte ein paar Sandwiches. Als die letzten Gäste gegangen waren, setzte sie sich endlich hin und rieb ihre Füße.

»Aperol Spritz?« Sabrina gesellte sich zu ihr und schenkte zwei Gläser ein, ohne die Antwort abzuwarten. Aber schon die Frage war unnötig gewesen.

»Du rettest mich. Danke.« Katharina trank einen Schluck und schloss genussvoll die Augen. Jede Ablenkung tat gut, auch Alkohol.

»Hat sich dein Ex wieder gemeldet?«, fragte Sabrina, nachdem sie ebenfalls getrunken hatte.

»Ja, aber ich habe nicht reagiert.«

»Er wird dich nicht in Ruhe lassen, er scheint sehr hartnäckig zu sein.«

»Das fürchte ich auch. So schnell gibt er sich nicht geschlagen. Aber ich kann noch nicht mit ihm reden.«

»Nicht dass er dich mit Gewalt zurück nach Leipzig zerren will!«

Katharina stöhnte leise. »Das fehlte noch, dass ich selbst in ein tödliches Drama hineingezogen werde. Das wäre ein Alptraum.«

»Wollen wir mal lieber nicht so weit gehen zu unterstellen, dass er dich umbringt. Ich schätze, er wird irgendwann merken, dass es sinnlos ist, dich zu belagern, und aufgeben.«

»Ich bin hier, um Ruhe zu finden und mir klar zu werden, wie ich mein Leben in Zukunft leben will. Wenn er ständig anruft, ist es, als nähme man Urlaub, weil man kurz vor dem Burn-out steht, aber müsste trotzdem jeden Tag mit dem Chef reden.«

Sabrina lachte leise. »Guter Vergleich. Du siehst müde aus.«

»Ich bin lange am Strand entlanggelaufen. Meine Füße schmerzen wie die Hölle.«

»Ich mache dir was zu essen, danach legst du dich hin. Keine Telefonate mit dem Chef.«

»Nein.«

Sabrina zauberte ein köstliches Lachsomelett, das von Katharina in Rekordzeit verschlungen wurde. Dazu gab es einen weiteren Aperol Spritz. Als sie eine Stunde später in ihr Zimmer ging, fühlte sie sich etwas besser. Sie schloss die Tür auf und zog die Vorhänge zu. Dann blieb sie abrupt stehen. Etwas war anders. Sie konnte nicht sagen, was es war, aber irgendetwas störte sie. War es der Koffer, der halb offen neben dem Schrank stand? Er hatte heute Morgen auch so ausgesehen, aber die Klappe schien jetzt weiter geöffnet als vorher. Und die Sachen auf dem Stuhl lagen anders, als sie es gewohnt war. Wo kam dieser Abdruck auf dem Bett her? Es sah aus, als hätte jemand an der Seite auf der Matratze gesessen.

Katharina hatte auf einmal Mühe beim Luftholen. War jemand in ihrem Zimmer gewesen? Aber wer? Und warum? Einen Zimmerservice gab es in der Pension nicht, das erledigte Sabrina. Für Katharinas Zimmer war jedoch vereinbart, dass sie sich nicht darum kümmern musste, sie würde die Reinigung selbst erledigen, schließlich wohnte sie kostenlos bei ihr.

Ludwig, ihr Ex? War er auf die Insel gekommen?

Oder doch Sabrina? Hatte sie vielleicht ausnahmsweise trotz ihrer Abmachung sauber gemacht?

Katharina ging ins Bad. Die Flecken von der Zahnpasta, die sie hier gestern hinterlassen hatte, klebten noch im Waschbecken. Es war also nicht gesäubert worden. Das Toilettenpapier war auch fast alle und nicht nachgelegt. Sie ging zurück in ihr Zimmer und öffnete den Schrank. Ihre Wäsche lag darin, wie sie sie hineingelegt hatte. Die Schmutzwäsche schien ebenfalls unangetastet.

Sie fühlte sich nicht wohl, als sie sich auszog und unter die Dusche ging. Als ob die Schatten im Zimmer Augen hätten. Doch es war niemand da. Nachdem sie aus der Dusche gestiegen war, sah sie sogar unter dem Bett nach.

Auch dort lauerte keiner.

Sie schob ihre Paranoia auf die beiden Drinks und ihre Erschöpfung, putzte sich die Zähne und ging ins Bett. Als sie das

Buch zur Hand nahm, das auf dem Nachttisch lag, stutzte sie erneut. Sie hatte das Buch über die Sylter Sagen mitgenommen, um in ihrem Urlaub eventuell ein paar legendäre Orte aufzusuchen. Am Abend hatte sie es aus dem Koffer geholt und die Legenden erneut gelesen. Doch das Lesezeichen lag bei einer anderen Geschichte als der, die sie zuletzt aufgeschlagen hatte.

Jemand hatte das Buch angefasst.

Oder hatte sie das Lesezeichen selbst falsch gesteckt, weil sie abgelenkt oder müde gewesen war? Beim markierten Kapitel handelte es sich um die Sage von einer jungen Frau, die gegen ihren Willen einen Meermann heiraten sollte.

Katharina legte das Buch wieder zur Seite. Vermutlich spielten ihr ihre Sinne heute Streiche. Sie hatte die Sage wohl doch gelesen und das Lesezeichen selbst hineingelegt. Sie war sehr müde und deprimiert gewesen. Durchaus möglich, dass sie sich jetzt nicht mehr daran erinnerte. Eine logische Erklärung.

Sie schaltete das Licht aus und starrte ins Halbdunkel. Der Vorhang blähte sich leicht in der Brise, die durch das angekippte Fenster hereinwehte. Ein schmaler Lichtstreifen kroch unter der Tür hindurch.

Katharina stand noch einmal auf und prüfte, ob sie die Tür wirklich abgeschlossen hatte. Nachdem sie sich davon überzeugt hatte, dass sie sicher war, fühlte sie sich ruhiger. Sie schloss die Augen und lauschte nur noch den Geräuschen des Abends. Dem Lärm von Feiernden, der Musik im Restaurant an der Ecke, dem Wind im Vorhang.

Nach einer Weile schlief sie ein.

10

Sophie rutschte ungeduldig auf ihrem Schreibtischstuhl hin und her, als Dahl und Janssen ins Polizeirevier zurückkehrten. Sie besaß Konzertkarten für »Die Fantastischen Vier« auf dem Sylter Flughafengelände heute Abend. Ihr Mann war ein Fan dieser Band und hatte schon dreimal angerufen, um zu fragen, ob sie endlich Feierabend machen könne.

Sie sprang auf, kaum dass die beiden Hauptkommissare den Raum betraten. »Ich hab was über Koog herausgefunden. Er hatte massive Geldprobleme. Er musste das Haus abbezahlen, doch die Hälfte seines Lohns ging für Unterhaltszahlungen an seine Frau und die Kinder drauf. Im Winter konnte er das Öl für die Heizung nicht bezahlen, er stand kurz vor der Pfändung. Irgendwie hat er es aber doch hinbekommen.«

»Vielleicht hat er Schulden gemacht und bei einem Kredithai Geld geliehen, konnte aber die Summe nicht zurückzahlen«, mutmaßte Janssen. »Das wäre eine einigermaßen logische Erklärung für einen Mord wie diesen.«

»Ermordet, weil er seine Schulden nicht bezahlt hat?« Dahl wiegte den Kopf. »Das wäre tödlich für das Geschäft. Der Gläubiger würde sein Geld nie wiedersehen.«

»Vielleicht hat sich Koog dabei andere Feinde gemacht. Es ist nicht auszuschließen.«

»Wir sollten der Spur auf jeden Fall nachgehen.«

»Dazu würde passen, dass Koog im März auf einmal mehrere Rechnungen gleichzeitig bezahlt hat«, fuhr Sophie fort. »Er hat sogar ein Fenster reparieren lassen, das bei einem Sturm kaputtgegangen war.«

»Er ist also wirklich plötzlich zu Geld gekommen. Fragen wir doch bei den bekannten Kredithaien nach.« Dahl sah zu Janssen. »Erst zu Hauser und dann in die Spielbank?«

Janssen runzelte die Stirn. »Du willst spielen gehen? Und das gibst du offen zu?«

Dahl schmunzelte. »Du bist kein Fan von Glücksspiel? Nur Golf?«

»Golf reicht mir. Du willst wirklich ins Casino?«

»Ja. Aber nur, um mit Volker Van Kamp zu sprechen. Er ist ein bekannter privater Geldgeber auf Sylt. Und er verbringt seine Abende in der Spielbank.«

»Ach so.« Janssen atmete erleichtert auf. »In dem Fall bin ich dabei.«

»Danke, Sophie.« Dahl lächelte immer noch, als er im Computer nachsah, ob der forensische Bericht aus Flensburg endlich eingetroffen war, bevor er mit Janssen ins Krankenhaus fuhr.

Enno Hauser lag blass in den Kissen, die Augen geschlossen. Durch eine Kanüle tropfte eine klare Flüssigkeit in seinen Körper. Auf einem kleinen Tisch neben seinem Bett stand eine Vase mit Lilien, deren Duft den ganzen Raum erfüllte. Er befand sich allein in seinem Zimmer, das Nachbarbett war leer. Als die Tür quietschte, weil die beiden Hauptkommissare eintraten, öffnete Hauser die Augen.

»Wie geht es Ihnen?«, fragte Dahl und trat ans Bett.

»Es ging mir schon besser. Ich habe einen Schock, meint der Arzt. Und dass ich dehydriert sei. Sie pumpen mich mit Wasser voll oder was auch immer dadrin ist.« Er blickte zum Tropf. Der Mann klang kraftlos und müde, als hätte er gerade das Ende der Welt überlebt.

»Wir müssen Ihnen noch ein paar Fragen zur Tat stellen, es tut mir leid, aber es geht nicht anders.«

»Schon klar. Ich weiß nur nicht, was ich noch sagen soll. Sie wissen alles, was ich weiß.«

»Erzählen Sie es noch einmal. Manche Erinnerungen tauchen erst später wieder auf, wenn Sie sich von den schrecklichen Erlebnissen etwas erholt haben. Wann genau drang der Täter ins Haus ein?«

»Halb neun, ungefähr. Anita war gerade nach Hause gekommen. Ich war dabei, Kartoffeln zu schälen. Da klopfte es an der Tür.«

»Er klopfte? Haben Sie keine Klingel?«

»Doch, aber er hat geklopft.«

»Was war dann?«

»Ich bin an die Tür gegangen. Und da stand ein Mann. Ich konnte ihn nicht richtig sehen, er hatte eine Kapuze auf und vielleicht eine Maske. Die Sonne blendete mich. Ich glaube, er sagte etwas, ich konnte ihn aber nicht verstehen. Er klang ganz heiser, deshalb bin ich einen Schritt auf ihn zugegangen. Und er ist auch näher gekommen. Dann hat er mir einen Schlag verpasst und noch einen, sodass ich zu Boden gegangen bin. Ich konnte überhaupt nicht reagieren.« Er stöhnte leise und schloss für einen Moment die Augen.

»Lassen Sie sich Zeit«, sagte Dahl mit ruhiger Stimme.

»Er hat mir was in den Mund geschoben, damit ich nicht schreien kann. Außerdem hat er mich wohl zur Seite geschleift und gefesselt. Ich war halb weggetreten und habe alles nur noch wie durch Watte mitbekommen. Ich glaube, Anita kam an die Tür, weil sie sich wunderte, wo ich geblieben war. Ich wollte rufen, aber sie hörte mich nicht. Ich habe versucht, mich zu bewegen, damit sie wenigstens das mitbekam, aber es ging nicht.« Er stöhnte erneut, sammelte sich aber schnell. »Der Kerl kam noch mal mit einem Knüppel zu mir zurück, und an mehr erinnere ich mich nicht. Vermutlich hat er mir noch einen Schlag verpasst. Anschließend muss er mich ins Schlafzimmer geschleift und in den Schrank gestopft haben. Als ich zu mir kam, konnte ich mich kaum bewegen, so eng war es. Und ich kam nicht raus, ich habe es die ganze Zeit versucht, es ging nicht.« Gequält schloss er die Augen. »In der Zwischenzeit hat er meine Anita getötet. Und ich habe nichts davon mitbekommen und konnte nichts tun.« Er schwieg einen langen Moment.

»Sie können nichts dafür«, sagte Dahl in die Stille hinein. »Hätten Sie sich gewehrt, hätte er Sie sicherlich auch getötet. Es hätte nichts genutzt.«

»Sind Sie sicher?«

»Ja«, log Dahl. Er war sich keineswegs sicher, es gab zu viele unbeantwortete Fragen in dem Fall, aber er wollte nicht, dass Hauser sich die Schuld gab. Der Mann hatte genug mitgemacht, er musste sich nicht noch mitverantwortlich für den Tod seiner Frau fühlen. Dahls Ausbilder hatte mal gesagt, er habe ein viel zu weiches Herz für den Job. Dahl hatte es ihm damals nicht geglaubt, doch inzwischen wusste er, dass der Mann richtiglag. Geschadet hatte es ihm bisher aber nie.

»Was konnten Sie vom Täter sehen?«, fragte Janssen. »Was war das für eine Maske? Was für eine Jacke hatte er an? Uns hilft alles, woran Sie sich erinnern.«

»Er roch nicht gut, das weiß ich. Irgendwie nach Abfall oder Verwesung.«

»Und sonst?«

»Wie gesagt, ich konnte nicht viel erkennen. Schwarze Jacke, schwarze Hose. Seine Schuhe waren ebenfalls schwarz. Ach ja, darauf war an der Seite ein blauer Seehund abgebildet. Das ist mir vorhin eingefallen, als eine Schwester einem Patienten auf dem Flur eine Robbe aus Plüsch gebracht hat.«

»Ein blauer Seehund auf dem Schuh?«

»Ja, den konnte ich kurz sehen, als er mich über den Boden geschleift hat.«

»Was ist Ihnen noch aufgefallen? Als er gesprochen hat, was hat er gesagt?«

»Ich habe ihn ja nicht verstanden. Ich weiß es nicht.«

»Sprach er Deutsch?«

»Ich denke schon.«

»Und seine Stimme, war die tief oder hell?«

»Heiser. Tut mir leid, mehr kann ich wirklich nicht sagen. Ich wünschte, ich wüsste noch etwas, was geeignet wäre, ihn zu überführen. Den ganzen Tag grüble ich bereits darüber nach. Ich habe schon einen Knoten im Gehirn.«

»Ihre Erinnerungen werden sicherlich nach und nach wiederkommen. Haben Sie etwas Geduld. Wenn Ihnen noch etwas einfällt, rufen Sie uns an.« Dahl legte die Karte vom Polizeirevier auf den Nachttisch neben die Vase mit den Lilien und schrieb seine Handynummer dazu. »Sie können mich gern jederzeit anrufen, auch mitten in der Nacht. Meine Frau schläft tief, die stört es nicht.«

Hauser nickte. »Danke.«

»Ist Ihnen eigentlich aufgefallen, ob im Haus etwas fehlt?«, fragte Janssen.

»Ob etwas gestohlen wurde, meinen Sie? Nein. Ich habe aber auch nicht darauf geachtet. Wenn man seine Frau im Kohltopf findet, interessiert man sich nicht so dafür, ob der Rembrandt noch im Wohnzimmer hängt.«

»Sie haben einen Rembrandt im Wohnzimmer?«

»Nein, das war nur so dahingesagt. Aber wir haben einige Kunstgegenstände im Haus. Ich habe eine Zeit lang Skulpturen und Bilder gesammelt.«

»Sie können also nicht sagen, ob etwas fehlt?«

»Sobald ich wieder zu Hause bin, werde ich nachsehen.«

»Danke, wir melden uns wieder.« Janssen wandte sich zum Gehen, doch Dahl blieb stehen.

»Kommt Ihre Frau eigentlich immer so spät von der Arbeit?«, fragte er.

»Oft. Es steht in ihrem Partnervertrag, dass sie jederzeit bereit sein muss, Überstunden zu leisten.«

»Sie war Partnerin in der Kanzlei?«

»Eine von vier.«

»Gab es dort Stress? Irgendwelche Streitigkeiten?«

»Nicht dass ich wüsste. Aber sie hat nie viel von der Arbeit gesprochen. Wenn sie zu Hause war, ging es nur um uns und die Familie. Sie legte Wert darauf, und ich denke, das war gut so.« Er wischte eine Träne weg, die über seine Wange rann. »Ich kann immer noch nicht glauben, dass sie nicht mehr da ist.«

»Mein Beileid«, sagte Dahl. »Bekommen Sie psychologische Hilfe?«

»Der Arzt hat es angeboten, aber ich will nicht. Ich werde schon irgendwie damit zurechtkommen. Wo ist sie jetzt?«

»In Flensburg im rechtsmedizinischen Institut«, antwortete Janssen.

»Hat sie gelitten?«

»Nein. Es ging schnell.«

»Wann bekomme ich sie zurück, damit sie beerdigt werden kann?«

»Wir geben Ihnen Bescheid.«

»Okay.« Hauser schloss wieder die Augen, als würde er in seinem Inneren nach Bildern aus glücklichen Zeiten suchen, um sein Leid zu lindern.

»Haben Sie eigentlich oft Grünkohl gekocht?«, fragte Dahl, weil ihn die Frage beschäftigte, seitdem Katharina Weller die Sage von Pidder Lüng erwähnt hatte.

»Nein, aber Anita hatte es sich gewünscht.« Hauser sah ihn gequält an. »Sie hatte mir extra einen Zettel dagelassen. Obwohl sie später gesagt hat, sie hätte ihn nicht geschrieben. Vielleicht war es Gernot. Oder sie hatte es vergessen.«

»Wo ist der Zettel jetzt?«

»Im Müll. Ich habe ihn weggeworfen.«

»Danke. Gute Besserung.«

»Bitte finden Sie den Bastard.«

Dahl ging zu Janssen, ohne etwas zu erwidern. An der Tür drehte er sich noch einmal zu Enno Hauser um. Der Mann lag reglos, die Hände krallten sich in die Bettdecke, als würde er jemandem den Hals umdrehen wollen. Unter den geschlossenen Lidern quollen Tränen hervor.

Dahl und Janssen verließen das Krankenzimmer und traten hinaus auf den Flur, wo eine Krankenschwester gerade das Abendessen auf die Zimmer verteilte.

»Wann wird er entlassen?«, fragte Dahl die Frau.

»Vermutlich morgen, spätestens übermorgen. Er hat eine leichte Gehirnerschütterung und war dehydriert. Es gibt keinen Grund, ihn länger hierzubehalten.«

Sie öffnete die Tür zu einem Zimmer, in dem ein alter Mann auf seinem Bett herumturnte. »Herr Hanussen, Sie müssen liegen bleiben!«, rief sie erschrocken und eilte zu ihm. Doch der Mann hüpfte auf der Matratze auf und ab wie ein Kind auf dem Trampolin.

Dahl und Janssen folgten der Schwester für den Fall, dass sie ihre Hilfe benötigte.

»Herr Hanussen! Kommen Sie da runter und legen Sie sich hin!«, befahl sie streng.

»Ich bin gesund, ein junger Hund!« Hanussen lachte und hüpfte noch einmal. Er war abgemagert und ausgemergelt, als hätte er sich seit Monaten nur von Abfällen ernährt.

»Der Mann lebt am Strand«, sagte Dahl leise zu Janssen. »Man kennt ihn dort. Er ist ein bisschen verrückt.«

»Ich bin nicht verrückt«, sagte Hanussen und wurde plötzlich ruhig. »Verrückt, verrückt, wenn manche Sache glückt.« Erneutes Lachen, doch er setzte sich.

»Herr Hanussen, wenn Sie sich hinlegen, gebe ich Ihnen etwas zu essen«, sagte die Krankenschwester lockend.

»Essen? Ja, essen.« Er legte sich wirklich hin und wartete ungeduldig, bis ihm die Schwester das Tablett hingestellt hatte. Gierig begann er, die belegten Brote zu essen.

Für Janssen und Dahl gab es hier nichts mehr zu tun. Sie wollten den Raum gerade verlassen, da rief ihnen der alte Hanussen mit vollem Mund hinterher: »Der Tod ist auf der Insel. Der Tod ist da.«

Dahl fuhr herum. Brotkrümel klebten im Gesicht des Alten und hingen im Bart, doch sein Blick war ganz klar.

»Wen meinen Sie?«

»Der Tod ist da«, wiederholte Hanussen und stürzte sich auf das nächste Brot, ohne zu antworten.

»Wer ist der Tod?«, fragte Dahl und trat näher.

»Der Tod ist rot wie Blut. Rot, Tod, Kot.« Der Alte lachte, und Janssen zog Dahl am Ärmel.

»Komm. Es hat keinen Zweck.«

Dahl nickte und folgte ihm zur Tür. Dort drehte er sich noch einmal nach Hanussen um, doch der stopfte ein Brot nach dem anderen in sich hinein, die Polizisten nahm er gar nicht mehr wahr.

Als sie im Flur standen, kam auch die Krankenschwester aus dem Zimmer.

»Es ist fast Vollmond, da drehen viele durch«, sagte sie entschuldigend. »Bei Vollmond ist die Notaufnahme immer voll, es gibt mehr Schlägereien und Unfälle.«

Dahl fühlte sich nach den Worten des Alten seltsam angespannt. »Sagt er das öfter?«

»Das mit dem Tod? Sicher. Er ist ein kranker, alter Mann. Wir nehmen ihn hin und wieder auf, um ihn ein wenig aufzupäppeln, bevor wir ihn wieder rauslassen.«

»Er gehört in eine Anstalt«, knurrte Janssen.

»Solange er niemandem schadet, können wir ihn nicht gegen seinen Willen einweisen.«

»Er schadet dem Steuerzahler.«

»Mein Kollege ist überarbeitet, deshalb sagt er das.« Dahl lächelte entschuldigend und legte seine Hand auf Janssens Schulter. »Wir müssen leider noch woandershin, bevor er Feierabend machen kann. Danke für die Informationen. Und weiter so!«

Er schob Janssen auf den Fahrstuhl zu.

»Ich bin nicht überarbeitet«, brummte der Kriminalhauptkommissar, als Dahl den Knopf ins Erdgeschoss drückte.

»Ich weiß.« Dahl versuchte, die Anspannung abzuschütteln. Hanussen war wirklich nur ein armer, irrer, alter Mann, der verrücktes Zeug faselte. »Ich finde es gut, dass sie den Alten hin und wieder aufnehmen und versorgen. Sonst wäre er sicherlich schon tot.«

»Er hat bestimmt keine Krankenversicherung.«

»Garantiert nicht. Es ist eine Frage der Menschlichkeit, wenn du mich fragst.«

»Mag sein.«

»In einer Anstalt bezahlt seinen Aufenthalt auch der Steuerzahler. So hat er seine Freiheit und ist trotzdem versorgt.«

»Hast ja recht.«

»Mir gefällt nur nicht, was er gesagt hat. Das mit dem Tod.«

»Er spinnt. Du hast die Schwester selbst gehört. Der ist verrückt.«

»Ich weiß. Aber vielleicht hat er etwas gesehen oder gehört, was erst in seinem Kopf zu dem Irrsinn wurde, den er von sich gibt. Möglicherweise hat er einen Mord gesehen. Oder den Täter.«

Die Fahrstuhltür öffnete sich, doch Janssen blieb wie angewurzelt stehen. »Du hast recht. Er könnte jemanden gesehen haben, den er für einen Mörder hält. Oder er hat eine Tat beobachtet.«

»Genau.«

»Ob man ihn befragen kann?«

»Wir bräuchten einen Psychologen, der uns dabei behilflich ist.«

»Wir sollten es zumindest mit auf die Liste setzen. Aber zuerst der Kredithai.«

Sie verließen den Fahrstuhl und gingen auf den Ausgang zu.

»Wir sollten außerdem die Kollegen von der Spurensicherung bitten, den Zettel zu suchen, den Anita Hauser angeblich geschrieben hat. Ihr Mann meinte, sie habe sich Grünkohl gewünscht, konnte sich aber nicht mehr daran erinnern. Was, wenn sie die Notiz wirklich nicht verfasst hat?«

»Du denkst, der Täter hat sie geschrieben?«

Dahl zuckte mit den Schultern. »Ich frage mich einfach, woher er wusste, dass es an dem Abend Grünkohl gab.«

»Es kann Zufall sein. Er sah, dass der Grünkohl auf dem Herd kochte, und hat ihren Kopf aus einer Laune heraus in den Topf gesteckt, um es aussehen zu lassen wie in der Sage.«

»Möglich. Trotzdem würde ich mir den Zettel gerne ansehen.«

Janssen blieb abrupt stehen, während Dahl in seinem Smartphone eine Nachricht an die Spurensicherung verfasste.

»Du bist wirklich der Meinung, dass der Täter es mit Absicht getan hat?«

»Möglich ist es.«

»Du denkst, diese Sagenfrau aus Leipzig könnte recht haben?«

»Zumindest halte ich es nicht für ausgeschlossen. Beide Morde sind zu ominös. Es kann kein Zufall sein.«

Janssen schürzte die Lippen, während er nachdachte.

»Okay«, sagte er schließlich.

Die Spielbank befand sich in demselben Gebäude wie das Rathaus. Auf der einen Seite konnte man seinen neuen Wohnsitz auf Sylt anmelden und auf der anderen Seite sein Geld verspielen. Als Dahl und Janssen ihre Dienstausweise zeigten, durften sie hinein. Das Casino war gut besucht, die Roulettetische voll. An der Bar saß ein Mann vor einem Glas Bier, neben sich einen Laptop, in den er emsig Zahlen tippte.

»Stören wir Sie bei der Buchhaltung?«, fragte Dahl, als er mit Janssen zu ihm trat.

»Hauptkommissar Dahl!« Volker Van Kamp klappte den Computer zu. »Welche Freude. Nicht.«

Dahl verzog einen Mundwinkel. »Ganz meinerseits. Das hier ist mein Kollege Janssen von der Mordkommission in Flensburg.«

»Mordkommission? Es geht also dieses Mal nicht um Wettbetrug, Geldwäsche und Steuerhinterziehung? Sie steigern sich.«

Dahl wandte sich Janssen zu. »Van Kamp stand eine Weile im Verdacht, Geldwäsche im Casino zu betreiben. Wir konnten ihm jedoch nichts nachweisen.«

»Wo alles sauber läuft, könnt ihr mir keinen Schmutz anhängen. Auch keinen Mord. Wer ist ermordet worden? Ich lese keine Zeitung. Zu negativ.«

»Hagen Koog.« Dahl beobachtete genau das Gesicht von Van Kamp. Er zeigte keine Regung.

»Wer soll das sein?«

»Ein Wachmann vom Hörnumer Hafen. Kannten Sie ihn?«

»Nope.«

»Er kam im Frühjahr plötzlich zu Geld, und wir dachten, Sie hätten ihm vielleicht welches geliehen.«

Van Kamp öffnete seinen Laptop wieder und klickte eine Datei an. »Hagen Koog?«

»Ja.«

Er ging eine Liste mit Namen durch, es waren mindestens hundert, schien jedoch nicht fündig zu werden, denn er sah kopfschüttelnd auf. »Ein Hagen Koog hat von mir kein Geld erhalten. Tut mir leid.«

»Sind Sie sicher?«

»Das ist die Liste meiner Schuldner. Wenn er nicht draufsteht, habe ich ihm kein Geld gegeben.«

»Das heißt, er muss es woanders bekommen haben.«

»So sieht es aus. Er wurde ermordet? Wegen des Geldes?«

»Wir stehen noch am Anfang der Ermittlungen.«

»Mit anderen Worten: Ihr habt keine Ahnung und keine Spur, wahrscheinlich nicht einmal ein Motiv. Also kommt ihr zu mir, weil ihr euch an jeden Strohhalm klammert. Rührend.« Er nahm vor gespieltem Mitgefühl einen großen Schluck von seinem Bier.

»Sagt Ihnen der Name Anita Hauser etwas?«, fragte Janssen gereizt. Van Kamps Arroganz schien ihm gehörig auf die Nerven zu gehen.

»Anita? Natürlich. Sie macht meine Steuern. Alles ganz legal. Ich zahle brav jeden Cent an Vater Staat und finanziere damit Kriege in Afghanistan und das Scheitern des Gesundheitswesens.«

»Wann haben Sie sie das letzte Mal gesehen?«

»Vor drei Wochen ungefähr, da war die Vorauszahlung fällig. Sie war hier, es gibt Zeugen. Alles völlig legal.«

Janssen hatte Mühe, ruhig zu bleiben. »Sie macht Hausbesuche?«

»Manchmal. Warum fragen Sie?«

»Anita Hauser ist ebenfalls tot.«

Nun erfolgte doch eine Reaktion. Van Kamp schnappte hörbar nach Luft. »Wie ist das passiert? Wer war es?«

»Das wissen wir noch nicht.«

»Dann wissen Sie aber vielleicht, wann sie ermordet wurde.«

»Gestern Abend.«

»Ich war hier, es gibt mehrere Zeugen.« Van Kamp wandte sich an den Barkeeper. »Wann war ich gestern hier?«

Der Mann legte kurz das Wischtuch ab, mit dem er Cocktailgläser poliert hatte, und überlegte. »Von neunzehn Uhr bis kurz nach Mitternacht«, sagte er schließlich.

»Und er ist nicht zwischendurch mal weggegangen?«, hakte Janssen nach.

»Nein, nur aufs Klo oder an einen der Spieltische. Aber nie lange.« Der Barkeeper nahm das Wischtuch wieder auf und setzte seine Arbeit fort.

Van Kamp warf ihnen einen triumphierenden Blick zu. »Ich war es nicht. Warum sollte ich auch? Sie war gut, sie kannte eine Menge Tricks und Kniffe. Sie hat mir geholfen, viel Geld zu sparen.«

»Geld, mit dem Vater Staat ein paar Lehrer bezahlen oder neue Schulen bauen könnte«, sagte Dahl.

»Wenn er es nur dafür verwenden würde.« Van Kamp hob mit theatralischem Bedauern beide Hände. »Er gibt es leider immer für das Falsche aus.«

»Er zahlt unser Gehalt.«

»Sehen Sie! Völlig falsch.« Van Kamp grinste, wurde aber sofort wieder ernst. »Es tut mir leid um Anita. Sie war ein Schatz. Ihr Verlust ist schrecklich, nicht nur, weil sie mir geholfen hat, Geld zu sparen. Ich bin gut mit ihr klargekommen.«

»Wir werden es an ihren Mann weitergeben.« Dahl wandte sich ab, Janssen folgte seinem Beispiel.

»Sie können noch Uwe Diest befragen, er verleiht auch Geld«, rief ihnen Van Kamp hinterher. »Aber er wohnt inzwischen in Niebüll.«

Dahl hob die Hand zum Zeichen, dass er ihn verstanden hatte.

»Ich sage morgen Sophie Bescheid, dass sie alle Kredithaie in Schleswig-Holstein anrufen und fragen soll, ob sie Koog Geld geliehen haben. Bei irgendeinem muss er auf der Liste stehen.«

»Oder er hat das Geld auf anderem Wege bekommen.«

»Durch Erpressung?«

»Möglich.«

»Hatte er eigentlich einen Computer?«

»Ich habe bei ihm keinen gesehen.«

»Am besten ist es, wir gehen noch einmal in sein Haus und sehen uns um.«

»Jetzt?«

»Jetzt.«

Koogs Haus lag verlassen im Dämmerlicht. Im Corsa in der Einfahrt spiegelte sich das Licht der Straßenlaterne und beschien den Möwenkot auf den Scheiben. Der Rasen vor dem Haus begann zu vertrocknen, weil niemand mehr den Rasensprenger auf Koogs Seite anstellte. An der Tür schob Dahl die Absperrbänder zur Seite, die Unbefugte vom Betreten abhalten sollten, und schaltete das Licht im Haus ein.

Sie sahen sich in der Küche um, fanden jedoch keinen Hinweis auf einen Computer. Ein Kugelschreiber lag auf dem Kühlschrank, daneben ein Notizblock, aber darauf hatte Koog nur notiert, welche Lebensmittel er einkaufen wollte. Und den Stand vom Stromzähler.

Auch im Wohnzimmer wurden sie nicht fündig. Es gab nicht einmal einen Schreibtisch, an dem Koog einen Erpresserbrief verfasst haben könnte, geschweige denn einen Computer. Im Obergeschoss sah es ähnlich aus. Im Kinderzimmer lag ein Tablet älteren Baujahres. Es war seit Ewigkeiten nicht benutzt worden, so verstaubt, wie es war. Janssen steckte es dennoch ein. Im Schlafzimmer befand sich außer dem Bett mit der blutbesudelten Matratze, einem Schrank und einem kleinen Röhrenfernseher in der Ecke kein weiteres Möbelstück und keinerlei technisches Gerät.

»Sein Telefon hat die Spurensicherung«, sagte Dahl, als sie wieder unten an der Haustür standen. »Vielleicht haben die auch den Computer mitgenommen?«

Janssen rief sofort bei den Kollegen in Flensburg an.

»Habt ihr bei Hagen Koog auf Sylt einen Computer sichergestellt?«, fragte er.

»Nein. Da war keiner«, erwiderte der Beamte kurz angebunden, als wäre er mit einem Bein schon fast aus dem Gebäude und im Feierabend.

»Und das Telefon? Irgendwelche Hinweise auf eine mögliche Erpressung?«

»Keine Ahnung. Wir haben bisher nur die Spuren zum Einbruch ausgewertet.«

»Und was sagen die?«

»Der Täter kam durch das Fenster im Keller. Er hat es von außen aufgehebelt. Auf diesem Weg hat er das Haus auch wieder verlassen.«

»Gibt es Fasern?«

»Ja, aber nichts, was euch irgendwie weiterhelfen könnte. Schwarzer, einfacher Baumwollstoff, wie es ihn überall gibt. Hergestellt in Bangladesch. Nichts Spezielles.«

»Fingerabdrücke?«

»Nur die vom Opfer, vom Nachbarn und ein paar alte, die vermutlich von der Familie stammen. Keiner davon war in der Datenbank.«

»Der Fußabdruck vor dem Fenster?«

»Stammt vermutlich vom Täter. Größe 44. Das Profil überprüfen wir noch, bisher passt es zu keiner gängigen Schuhmarke.«

»Schon mal von einer Schuhmarke mit einem Seehund gehört?«

»Nein, die wäre mir neu.«

»Ein Zeuge im Fall Hauser meint, der Täter habe solche Schuhe getragen.«

»Ich gehe der Sache nach.«

»Wann kümmert ihr euch um das Handy?«

»Das folgt als Nächstes. Ich sage Bescheid.«

»Danke. Wie geht es Mayer?«

»Er war vorhin hier. Er hat einen Diebstahl in Schafflund zu bearbeiten.«

»Alles klar. Schönen Feierabend.«

»Gleichfalls.«

Janssen legte auf und sah Dahl an, der mitgehört hatte.

»Morgen kümmert sich Sophie um die Liste der Kreditinstitute, dann wissen wir vielleicht mehr«, sagte Dahl, während Janssen das Telefon einsteckte. Er zog die Absperrbänder zurecht und erneuerte das Polizeisiegel, ehe sie sich wieder ins Auto setzten. »Außerdem soll die Spurensicherung den Müll der Hausers durchwühlen und den Zettel finden.«

»Und wir sollten uns umhören, ob auch Anita Hauser möglicherweise Geldprobleme hatte. Das wäre endlich ein gemeinsamer Nenner.«

Dahl sah auf das dunkle Haus von Koog. Das Licht aus den Fenstern der Nachbarn warf ein bizarres Schattenspiel auf die roten Ziegel des Daches. Ein paar Grillen zirpten im trockenen Rasen, im Gebüsch raschelte der Wind.

Warum war Koog getötet worden? Was hatte er getan? Wen hatte er verärgert? Kannte er Anita Hauser? Was hatten die beiden gemeinsam?

Es gab so viele Fragen, und irgendwie hatte er das Gefühl, dass es immer mehr wurden, je tiefer sie in den Fall eintauchten.

11

Der Himmel hatte sich mit dicken Wolken bezogen, die der Wind vor sich hertrieb. Nur hin und wieder riss die Wolkendecke auf und gab den Blick auf den Mond frei. In diesen kurzen Momenten schien er auf Sylt herab und spiegelte sich glänzend in den Dächern der Autos, tauchte den Strand in ein magisches Licht und färbte die Gischt auf den Wellen unirdisch weiß. In Archsum, dem kleinsten Ort auf der Insel, wo es wesentlich mehr Schafe auf der Weide als Menschen in den Häusern gab, saß Remo in seinem Zimmer und wühlte in einer Kiste nach dem ersten Band von Harry Potter. Nach seiner Begegnung mit der Märchentante verspürte er Lust, ihn noch einmal zu lesen. Er fand ihn jedoch nicht in der Kiste, im Regal lag er auch nicht.

»Mama!«, rief er und hinkte nach unten ins Wohnzimmer, wo der Fernseher lief und seine Eltern mit seiner Schwester wie jeden Abend in den Ferien auf dem Sofa saßen. »Wo ist der Harry Potter?«

»In Hogwarts«, rief seine Schwester. Sie war erst sieben und konnte noch nicht richtig lesen. Dafür hatte sie aber die ersten vier Filme der Reihe gesehen und sich hinterher so gefürchtet, dass sie im Bett der Eltern hatte schlafen müssen.

»Im Keller bei den Sachen zum Verschenken«, sagte Remos Mutter, ohne den Blick vom Fernseher abzuwenden. Es lief eine Realityshow über einen reichen Mann, der eine Frau suchte und deshalb Rosen verteilte. Nichts für Remo.

»Was? Wieso?«

»Du hast das Buch doch gelesen. Ich dachte, es kann weg.«

»Nein! Ich will es noch einmal lesen.«

»Dann hol es dir.«

Frustriert machte Remo kehrt und lief zur Kellertür unter der Treppe. Er schaltete das Licht an und machte einen großen Bogen um die Spinnweben an den Wänden. Der Keller war groß, mit mehreren Räumen, in denen selbst gemachte Marmelade, Säfte,

Konservendosen und andere Vorräte lagerten, für den Fall, dass Sylt für mehrere Wochen vom Festland abgeschnitten würde. Seine Eltern hatten bereits erlebt, dass Stürme tagelang tobten und die Insel eingeschneit war. Niemand konnte dann hierherreisen, und Sylt zu verlassen war ebenfalls unmöglich.

Vor vielen Jahren hatte im Keller auch eine große Waschmaschine gestanden, die Berge von Handtüchern waschen konnte, aber inzwischen hatten seine Eltern das Waschen und Trocknen der Handtücher ausgelagert und überließen es einem Fachbetrieb in Westerland.

Remo fand die Kiste im hintersten Gewölbe neben einem alten Koffer mit getragenen Kindersachen und Spielen für Babys. Es lagen mehrere Bücher darin, darunter welche für Erwachsene und tatsächlich auch der erste Band von Harry Potter. Er stürmte die Kellertreppe hinauf und wollte eben mit dem Buch in sein Zimmer gehen, als er Gangster bellen hörte. Der Hund wachte nachts über das Gehöft und schlief in einer Hütte neben der Garage.

Remo löschte das Licht und ging ins Wohnzimmer, wo der Fernseher so laut lief, dass vom Bellen des Hundes nichts zu hören war.

»Gangster hat irgendetwas«, sagte er.

»Sieh nach, was es ist«, erwiderte sein Vater. »Wahrscheinlich flitzen wieder ein paar Kaninchen durch das Gras. Danach marschierst du aber ab ins Bett. Deine Schwester geht jetzt schon.«

Remo legte das Buch auf die Kommode in der Diele, während er den lautstarken Protest der Kleinen vernahm, und ging hinaus. Es war stockdunkel im Hof. Das Wohnzimmerfenster war auf der anderen Hausseite, das Licht beleuchtete nur die Weide. Das Dorf war klein, nur wenige Häuser, die um eine Wiese herumstanden. In der Nähe des Gehöfts gab es keine Straßenlaterne, jedenfalls keine, die funktionierte. Trotzdem schien Gangster in der Finsternis einen Feind entdeckt zu haben, den er anbellte. Als die Wolkendecke aufriss, sah Remo das Tier, das an der Kette zerrte.

»Hey, Gangster, alles ist gut«, sagte Remo beruhigend.

Der Hund sah kurz zu ihm, bevor er wieder bellte.

»Was ist denn da? Ein Kaninchen? Willst du Kaninchen jagen? Das kann ich mir vorstellen. Das ist spannender, als immer hier an der Kette zu liegen und auf uns aufzupassen.«

Er wollte noch etwas sagen, doch da nahm er einen Schatten wahr, der sich links von ihm bewegte. Genau an der Stelle, die Gangster anbellte.

»Das ist kein Kaninchen«, flüsterte Remo. Er konnte jedoch nichts Genaues erkennen, denn wieder schoben sich Wolken vor den Mond. Für einen Moment überlegte er, ins Haus zurückzukehren, doch er wollte Gangster nicht allein hier draußen lassen.

Er hinkte zur Garage, wo an der Wand Holz gestapelt war, und fand einen langen Stock, den er als Waffe benutzen konnte. Als er nach draußen trat, bemerkte er den Schatten wieder. Er war näher gekommen. Gangsters Bellen wurde immer hektischer. Remo hörte ein Rascheln, einen Schlag und dann ein Winseln.

»Gangster!«, rief er heiser, da ihm die Angst um seinen Hund fast die Kehle zuschnürte. Das da vorne war definitiv kein Kaninchen. Es hatte die Größe eines Menschen.

Remo fuhr herum und wollte seine Eltern rufen, doch der Schatten war schon bei ihm. Eine kalte Hand legte sich fest auf seinen Mund. Der Kopf des Angreifers näherte sich seinem Ohr. Doch Remo war kein Junge, der schnell aufgab. Er strampelte und schlug um sich, so gut es seine Kräfte erlaubten. Der Angreifer musste seinen Griff lockern. Sobald Remo merkte, dass sein Mund wieder frei war, schrie er aus Leibeskräften. Sein Schreien vermischte sich mit dem erneuten Bellen und Winseln des Hundes. Doch der Schatten ließ nun nicht mehr locker. Remo spürte einen scharfen Stich in seiner Brust und einen brennenden Schnitt an seinem Hals. Als die Wolkendecke wieder aufriss, konnte er für einen winzigen Moment das Ungeheuer sehen, das ihm ins Herz gestochen und seine Kehle durchgeschnitten hatte. Dann nahm er nichts mehr wahr.

12

Janssen lief durch einen undurchdringlichen Dschungel; überall tropfte es, seltsame Geräusche drangen an sein Ohr. Es raschelte, als würden ihm die Blätter etwas zuflüstern. Eine Schlange zischte links von ihm, rechts funkelten die roten Augen einer Wildkatze. Sein Herz schlug schneller, als er mit dem Taschenmesser seines Vaters versuchte, das Dickicht zu durchdringen und in sichere Gefilde zu gelangen. Doch die Lianen waren viel zu dick und stark, er sägte und hobelte und kam trotzdem kaum voran.

»Du findest nie heraus, wer es getan hat«, flüsterte der Dschungel. »Du bist zu schlecht.«

»Gib auf«, zischte die Schlange. Zumindest klang es so, als würde sie ihm das mitteilen.

Janssen hackte verbissen mit dem Messerchen in den Wildwuchs, der ihm den Weg versperrte, als er in der Ferne Glocken läuten hörte. Eine Kirche mitten im Dschungel?

Er schlug mit der Hand ein riesiges Blatt zur Seite, das direkt vor seiner Nase hing; es war voller Ameisen, die über seine Hand liefen. Doch wenigstens klangen die Kirchenglocken jetzt viel näher. Fast schon greifbar.

Janssen riss die Augen auf. Der Dschungel war fort. Er lag mit klopfendem Herzen im Bett des Sylter Hotels, in dem er untergekommen war. Seine Hand kribbelte, weil er auf ihr gelegen und so die Blutzufuhr unterbrochen hatte, und das Telefon auf dem Nachttisch klingelte. Es war Dahl.

Er sah auf die Uhr. Es war zwei Uhr nachts.

»Was ist?«

»Ein Mord in Archsum«, sagte Dahl und klang wacher, als sich Janssen fühlte. »Ein neunjähriger Junge. Die Eltern fanden ihn im Hof.«

»Ich komme.«

Dahl nannte ihm die Adresse.

Janssen schüttelte das beklemmende Gefühl des Alptraums ab, der ihn hin und wieder quälte, wenn er an einem Fall arbeitete, der ihm Kopfzerbrechen bereitete. Als Jugendlicher hatte er eine Rucksacktour durch Indonesien gemacht, auch durch den Regenwald. Das hatte ihn so nachhaltig beeindruckt, dass sich das Abenteuer immer noch gelegentlich in seine Träume stahl. Meistens, wenn er sich von einer Sache überfordert fühlte.

Eine halbe Stunde später traf er am Tatort ein. Pulsierendes Blaulicht durchschnitt die Dunkelheit in dem winzigen Dorf. Das Gehöft lag am Rande des Ortes neben Schafwiesen. Die Tiere scharten sich am Zaun und gafften die ungewohnten Besucher an.

Mehrere Polizeiwagen waren bereits vor Ort. Der Hof war in das kalte Licht eines Scheinwerfers getaucht, der einen überschaubaren Kreis von etwa fünf Metern Durchmesser auf den Boden warf. Dahl stand darin neben der Leiche des kleinen Jungen, ein Hund mit blutigem Fell tobte an der Kette. Ein Mann von der Spurensicherung hockte neben der Leiche und fotografierte sie. Ein großer, unregelmäßiger Fleck, auf dem der tote Junge lag, entpuppte sich im Näherkommen als Blut, das in den Boden gesickert war und die Erde rötlich braun gefärbt hatte.

Janssen ging zu Dahl und betrachtete den Leichnam. Der Junge lag da, als wäre er bereits für die Totenfeier hergerichtet. Die auf dem Bauch gefalteten Hände hielten einen Blumenstrauß. Seine Kehle war durchgeschnitten, in der kleinen Brust klaffte ein Loch. Er trug ein blütenweißes Hemd, dazu einen langen, weißen Rock. Am Hals, unter der Wunde, hing eine prachtvolle Kette. Er hatte sogar ein Diadem im Haar.

»Hat der Mörder das so arrangiert?«, fragte Janssen. »Wurde er so gefunden?«

»Ja. Die Mutter ist völlig aufgelöst. Der Hund hatte gebellt, und der Junge wollte nachsehen. Sie merkten aber erst, dass er nicht wieder ins Haus gekommen war, als sie ins Bett gingen, kurz nach Mitternacht. Sie haben ihn überall gesucht und schließlich hier draußen gefunden. Genau so. Die Mutter hat ihn wohl am Kopf berührt, aber nicht viel, sagt der Vater.«

»Ist das das Werk unseres Killers?«

»Der durchschnittenen Kehle nach zu urteilen, ja. Dass er auch ins Herz sticht, ist neu.«

»Der Schmuck auch. Und dass er die Sachen wechselt. Normalerweise müsste alles voller Blut sein.«

»Wir haben schon nachgesehen. Es gibt nur das Blut auf dem Boden. Als hätte der Täter es am Körper des Jungen beseitigt. Es wirkt fast so, als ob er ihn in ein Mädchen verwandeln wollte. Ich glaube nicht, dass der Kleine freiwillig diesen Rock getragen hätte.«

»Aber warum? Was hat der Junge getan?« Janssen rieb sich angestrengt die Stirn. »Und wieso legt er ihn hin wie bei einer Begräbnisfeier? Was will uns der Killer damit sagen?«

»Es wird immer mysteriöser.«

»Oder unser Mörder wird immer irrer.«

»Oder das.«

»Reden wir mit den Eltern. Wieso ist er eigentlich schon da?« Janssen deutete auf den Mann von der Spurensicherung.

»Er hat auf der Insel übernachtet, weil er eine Freundin besucht hat. So konnte ich ihn direkt herbestellen.«

»Da haben wir Glück im Unglück.«

Sie gingen ins Haus, wo die Mutter des Jungen schluchzend im Wohnzimmer auf dem Sofa saß. Ihr Mann stand ähnlich aufgelöst daneben und strich über ihren Rücken. Ein siebenjähriges Mädchen saß unglücklich auf einem Stuhl und weinte ebenfalls, aber still.

»Herr Lanscho, Frau Lanscho, das ist Kriminalhauptkommissar Janssen«, sagte Dahl. »Wir würden Ihnen gerne ein paar Fragen stellen.«

Der Vater nickte, die Mutter schluchzte auf und wischte ihre Tränen weg. Es hatte jedoch wenig Sinn, es kamen ständig neue nach.

»Was wollen Sie wissen?«

»Sie haben den Jungen so vorgefunden?«, fragte Janssen.

»Er lag so da. Wahrscheinlich schon seit Stunden.« Die Mutter schluchzte erneut auf.

»Die Leichenstarre hatte bereits eingesetzt«, raunte Dahl seinem Kollegen zu, sodass die Eltern es nicht hören konnten.

Janssen nickte kaum merklich. »Wann ist Ihr Sohn hinausgegangen? Um welche Uhrzeit war das?«

»Nach den Nachrichten. Halb neun, neun.«

»Weil der Hund gebellt hat, richtig?«

»Wir haben es nicht gehört. Der Fernseher war zu laut.«

»Ihr Sohn ging hinaus, aber kam nicht wieder.«

»Wir dachten, er sei ins Bett gegangen«, sagte die Mutter unter Tränen. »Er wollte ›Harry Potter‹ lesen. Er ist schon so selbstständig und geht immer allein ins Bett. Und da Ferien sind, darf er noch lange lesen oder in seinem Zimmer spielen. Aber dann sah ich das Buch hier unten auf der Kommode liegen. Ich bin in sein Zimmer gegangen, doch er war nicht in seinem Bett. Da haben wir überall gesucht, auch draußen. Und da lag er …«

Sie brach ab, weil ein weiterer Weinkrampf sie schüttelte. Ihr Mann strich wieder beruhigend über ihren Rücken und wischte sich zwischendurch mit dem Handrücken die eigenen Tränen weg.

»Hat Ihr Sohn in den letzten Tagen anders gewirkt? Verschlossen? Unglücklich? Haben Sie eine Veränderung bemerkt?«

»Nein, es war alles wie immer«, sagte der Vater. »Er hat mir tagsüber mit dem Geschäft geholfen. Ich betreibe einen Liegestuhlverleih in Westerland. Er hat Handtücher sortiert oder den Leuten die Liegestühle gebracht.«

»Ist Ihnen dort ein Fremder besonders aufgefallen?«

»Der Strand ist voller Fremder. Es gibt kaum jemanden, der deshalb auffällt.«

Damit hatte er recht. Der Mörder hätte den Jungen mühelos ausspähen können, ohne dass es jemand bemerkt hätte.

»Hat sich hier im Dorf ein Fremder herumgetrieben?«

»Nur die üblichen Touristen auf Rädern oder bei Wanderungen. Aber niemand Besonderes. Bei uns auf dem Hof war jedenfalls keiner.«

»Und Ihr Sohn hat auch nichts erzählt?«

»Nein, nichts. Da war nur ...« Er hielt kurz inne, um nachzudenken, bevor er weitersprach: »Am Strand war eine Frau, die ihm ein Eis spendiert hat und kurz mit ihm weggegangen ist.«

»Eine Frau? Können Sie sie beschreiben?«

»Mitte dreißig, Pferdeschwanz, relativ normal, nicht so aufgetakelt wie manche Badegäste.«

»Ist Ihnen an ihr noch etwas aufgefallen?«

»Sie hat eine Zeitung gelesen. Aber sonst habe ich nichts Auffälliges an ihr bemerkt.«

»Warum tut das jemand meinem Jungen an?«, schluchzte die Mutter. »Wieso hat der Mörder Remo angezogen wie eine Braut?«

»Wie eine Braut? Ich finde, er sieht aus wie ein Aufgebahrter bei einer Totenmesse«, sagte Dahl.

»Nein, es sieht aus, als wäre er eine Braut. Vor allem mit dem Diadem im Haar. War der Mörder ein Kinderschänder?«

Dahl und Janssen wechselten einen alarmierten Blick. Das wäre eine völlig neue Richtung. Gehörten Koog und Hauser zu einem Pädophilenring?

»Hatte er denn Kontakt zu Männern?«, fragte Janssen. »Kennen Sie einen Hagen Koog? Oder eine Anita Hauser?«

»Hagen Koog? Ist das nicht der Wachmann, der mit aufgeschlitzter Kehle in seinem Bett gefunden wurde? Ich habe davon gehört«, sagte Remos Vater. »Den anderen Namen kenne ich nicht. Wer ist sie?«

»Wir wissen noch nicht, ob es etwas mit dem Tod Ihres Jungen zu tun hat, aber die beiden wurden in den vergangenen Tagen ebenfalls ermordet. Es kann sein, dass ein Zusammenhang besteht«, sagte Dahl.

»Dann finden Sie den!«, grollte Remos Vater. »Es kann nicht sein, dass ein Mord nach dem anderen geschieht und die Polizei im Dunkeln tappt. Wie viele Opfer muss es denn noch geben?«

»Wir tun unser Bestes, aber es gibt zu wenige Spuren. Sie haben nichts gesehen, bei den anderen gab es auch keine Zeugen.«

»Wurden die anderen auch umgezogen?«

»Nein. Und ich möchte Sie bitten, dieses Detail nicht weiterzutragen. Es könnte uns helfen, den Mörder zu finden.«

»Ach wirklich? Wie denn?«

»Das ist Täterwissen und grenzt die Zahl der Verdächtigen unter Umständen ein, aber nur, wenn es auch Täterwissen bleibt.« Dahl legte Nachdruck in seine Worte, doch Janssen konnte ihm die Zweifel, ob seine Bitte wirklich befolgt werden würde, ansehen. Immerhin war es schon zweimal schiefgegangen. Trotzdem mussten sie es versuchen.

Als Dahl mit Janssen zurück in den Hof ging und den Leichnam betrachtete, verspürte er ein unangenehmes Rumoren in seinem Kopf. Als würde eine Idee darin wühlen, um den Weg ans Licht zu finden. Ein vager Gedanke, eine Assoziation, eine ferne Erinnerung – er konnte noch nicht einmal genau sagen, was es war.

»Was ist los?« Janssen war Dahls nachdenkliche Miene offenbar nicht entgangen.

»Ich bin mir nicht sicher. Als würde etwas in meinem Hinterkopf sitzen, das mit dem Jungen zu tun hat. Ich weiß aber nicht, was.«

»Hat es was mit dem Kleid zu tun?«

»Ich bin mir nicht sicher.«

»Wurden in letzter Zeit eigentlich vermehrt Aktivitäten von Pädophilen auf der Insel gemeldet? Typen, die Kinder in ihre Autos locken wollten? Oder überhaupt Belästigungen?«

»Nein, da war nur … Verdammt!« Das Blut wich aus Dahls Gesicht.

»Was?«

»Es gibt jemanden, den ich vor nicht allzu langer Zeit wegen unsittlicher Entblößung vor Kindern verwarnt habe.«

»Verwarnt? Nicht verhaftet?«

»Angeblich wollte er nur zeigen, dass ein Mann auch eine Brust haben kann wie eine Frau. Er hat seinen Oberkörper entblößt und wollte noch die Hose runterlassen, um zu zeigen, dass er wirklich ein Mann ist. Ich habe ihn immer als harmlos eingestuft, aber vielleicht ist er es doch nicht.«

»Wer ist es? Kommt er als Täter in Frage?«

»Du kennst ihn bereits. Komm mit, wir fahren hin und fragen nach.«

Das Krankenhausgelände lag gespenstisch still. Vereinzelt brannte Licht in den Fenstern, auch in der Notaufnahme herrschte reges Treiben, aber draußen und in den meisten Gängen herrschte Ruhe. Das Notausgangsschild über der Tür flackerte, als Dahl und Janssen aus dem Fahrstuhl stiegen und den verlassenen Flur der Station betraten, in der sie heute schon einmal gewesen waren. Eilig liefen sie zum Schwesternzimmer, wo eine Krankenschwester gerade die Kaffeemaschine auffüllte.

»Es geht um den alten Hanussen«, sagte Dahl, nachdem er ihr seinen Ausweis gezeigt hatte. »Ist er noch hier?«

»Vorhin war er es noch«, sagte sie verwundert. »Was ist mit ihm?«

»War er den ganzen Abend in seinem Zimmer?«

»Sicher. Meine Schicht begann um einundzwanzig Uhr, da war er ganz sicher hier. Ich habe ihn gleich zu Beginn gesehen und zur Ruhe ermahnt. Er hatte wieder Krawall gemacht.«

Dahl atmete hörbar aus. »Also war er es nicht.«

»Wir sollten trotzdem mit ihm reden.«

»Ich weiß nicht, ob das was bringt. Wir …« Dahl blieb abrupt stehen. Das feine Rumoren in seinem Kopf war wieder da. Doch dieses Mal war es kein vager Gedanke, sondern eine konkrete Idee. »Es gibt eine Sage von einem Meermann und einer Braut«, sagte er atemlos, nachdem er Janssen zur Seite gezogen hatte, damit die Schwester nicht zuhören konnte.

»Na und? Was hat das mit dem toten Jungen zu tun?«

»Der Junge wurde wie eine Braut zurechtgemacht. Aber nicht von einem Pädophilen. Unser Mörder benutzt wieder eine Sage.«

Janssen stöhnte leise.

Dahl ließ sich davon nicht stören. Für ihn ergab nun alles einen Sinn. »Das ist das verbindende Element zwischen allen drei Morden – die Sagen.«

Janssen gefiel die Idee nicht, das war ihm deutlich anzusehen.

Er hielt überhaupt nichts davon, aber er wusste, Dahl hatte recht. Damit wäre auch dieser Mord mit den anderen verknüpft.

»Was ist das für eine Sage?«, fragte er mit einem leisen Seufzen in der Stimme.

»Ich weiß nicht mehr genau, wie sie lautete. Es ging um einen Meermann, der eine hübsche Frau ehelichen und zu sich ins Meer ziehen wollte. Doch sie hat sich gewehrt. Ich finde, wir sollten diese Katharina Weller noch einmal befragen.«

»Damit sie uns ihre Sagen erzählt? Oder weil sie verdächtig ist?«

»Beides. Erinnerst du dich an Peter Lanschos Beschreibung der Unbekannten, die seinem Sohn am Strand ein Eis spendiert hat? Pferdeschwanz, Mitte dreißig. Das könnte unsere Sagenforscherin sein.«

»In dem Fall bin ich ganz bei dir.«

»Hanussen befragen wir später, wenn ein Psychologe dabei ist. Jetzt ist erst einmal die Weller dran.«

Janssen wirkte unentschlossen, so als ob er mit Dahls Wahl nicht ganz einverstanden wäre. Aber Dahl verspürte ein eigenartiges Kribbeln in seinem Körper. Er kannte es bereits, und es trat immer in dem Moment auf, wenn sich etwas zusammenfügte, was zusammengehörte.

»Gehen wir.«

»Jetzt? Mitten in der Nacht?«

»Wenn nicht jetzt, wann dann?«

Katharina träumte nicht, als es an ihrer Zimmertür klopfte. Sie war viel zu erschöpft gewesen, um zu träumen, und hatte einfach tief und fest geschlafen. Seit Monaten das erste Mal. Es dauerte erstaunlich lange, bis sie überhaupt etwas wahrnahm. Schlaftrunken stand sie auf und öffnete.

»Es tut mir leid, dass ich dich mitten in der Nacht wecke«, sagte Sabrina, die wie sie nur ein Nachthemd trug. Neben ihr standen die Kommissare Dahl und Janssen. »Aber sie meinten, es sei wichtig.«

»Das ist es auch.« Dahl drängte sich mit Janssen in das kleine

Zimmer und sah sich um. Er betrachtete das Bett, in dem Katharina offensichtlich geschlafen hatte. Den Koffer neben dem Schrank, das Buch auf dem Nachttisch.

»Waren Sie die ganze Nacht hier?«, fragte Janssen.

»Ja, ich habe geschlafen.«

»Und am Abend gegen einundzwanzig Uhr?«

»Bei Sabrina unten, wir haben zusammen zu Abend gegessen. Ich glaube, es war gegen neun. Danach haben wir noch etwas getrunken, und ich bin ins Bett gegangen. Meine Füße taten weh, weil ich den ganzen Tag gelaufen war.«

Janssen drehte sich zu Sabrina um, die in der Tür stehen geblieben war. »Ist das wahr? War sie hier?«

Sabrina nickte. »Ja. Wir haben uns über den Artikel in der Zeitung geärgert.«

»In Ordnung, danke. Lassen Sie uns jetzt bitte allein?«

Sabrina gehorchte. Ihrer Miene war jedoch deutlich zu entnehmen, dass sie es nur widerwillig tat.

Janssen wandte sich wieder Katharina zu. »Sie haben gerade gesagt, Sie seien den ganzen Tag gelaufen. Wo waren Sie?«

»Ich bin den Strand entlanggegangen. Fast bis hoch in den Norden und zurück. Das waren mindestens zehn Kilometer oder mehr. Aber warum wollen Sie das wissen?«

»Das erklären wir Ihnen gleich«, sagte Dahl. »Zuerst habe ich noch eine Frage. Kennen Sie die Sage von dem Meermann und der Braut?«

»Natürlich. Ekke Nekkepenn, der Meermann, der gemeinsam mit seiner Frau Rahn auf dem Grunde der Nordsee lebt und mit Seeleuten und Bewohnern der Nordfriesischen Inseln Schabernack treibt, ist so etwas wie das friesische Rumpelstilzchen.«

»Und wie war das mit der Braut?«

»Die bekannteste Erzählung zu Ekke Nekkepenn ist die von Christian Peter Hansen aus dem Jahr 1858. Darin bittet Ekke Nekkepenn die Frau eines aus Rantum stammenden Kapitäns, die sich mit ihrem Mann auf einer stürmischen Reise nach England befindet, um Hilfe bei der Geburt seines Kindes. Die hübsche Kapitänsfrau wird vom Meermann zu dessen Frau Rahn auf den Meeresgrund geführt. Sie hilft der Meerfrau, und als Dank schenken sie ihr Gold und Silber und bringen sie zurück an die Oberfläche, wo sie mit ihrem Mann ihre Reise fortsetzt und wohlbehalten nach Hause zurückkehrt. Viele Jahre später, als Nekkepenns Frau alt und faltig geworden ist, erinnert sich der Meermann an die hübsche Gattin des Kapitäns und will sie zur Frau nehmen. Als er eines Tages den Kapitän auf See entdeckt, bittet er seine Frau, Salz zu mahlen. Dadurch bildet sich in der Nordsee ein Strudel, in dem der Kapitän Schiffbruch erleidet und umkommt. In einen Seefahrer verwandelt, macht sich Ekke Nekkepenn auf den Weg nach Rantum zur Frau des Kapitäns. Unterwegs begegnet er der Tochter der beiden, die der Mutter wie aus dem Gesicht geschnitten ist, steckt ihr einen Ring an, hängt ihr eine goldene Kette um den Hals und erklärt sie zu seiner Braut. Als Inge, so heißt das Mädchen, ihn unter Tränen bittet, sie freizugeben, sagt er ihr, das werde nur geschehen, wenn sie ihm am nächsten Abend seinen Namen sagen könne. Das Mädchen fragt überall herum, aber niemand auf Sylt kennt den Mann. Schließlich hatte er sich ja verzaubert. Als sie in ihrer Verzweiflung am Strand entlanggeht, hört sie eine Stimme aus einem Berg, die singt: ›Heute soll ich brauen, morgen soll ich backen, übermorgen will ich Hochzeit machen. Ich heiße Ekke Nekkepenn, meine Braut ist Inge von Rantum, und das weiß niemand als ich allein.‹«

»Das klingt wirklich nach Rumpelstilzchen«, knurrte Janssen. »Ich weiß nicht, was dieses Märchen mit unserem Mord zu tun haben soll.«

»Wie geht es aus?«

»Das Mädchen geht zu dem Treffpunkt und nennt dem Fremden seinen Namen. Er geht wütend davon und mag seitdem die Sylter nicht mehr, straft sie mit Stürmen und Strudeln, in denen ihre Schiffe untergehen, oder zerstört die Küste durch die von ihm entfesselten Fluten.«

»Und es gibt nicht einmal ein richtiges Happy End.« Janssen winkte ab.

Katharina ignorierte Janssens Spott. »Warum fragen Sie mich

danach? Gab es wieder einen Mord? Denken Sie etwa, ich hätte etwas damit zu tu…?« Sie brach ab und hielt erschrocken inne. Das Buch war ihr wieder eingefallen. Sie ging zum Nachttisch, nahm es und hielt es den beiden Kommissaren hin. »Ich lese gerade darin, aber als ich es gestern Abend aufschlug, war das Lesezeichen an einer anderen Stelle. Und zwar genau bei dieser Sage von Ekke Nekkepenn.«

»Na, wenn das kein Zufall ist.« Janssen nahm das Buch mit spitzen Fingern entgegen und steckte es in eine Plastiktüte. »Es wäre nett, wenn Sie uns ins Polizeirevier begleiten würden«, fügte er hinzu.

»Darf ich mich vorher anziehen?« Katharina fühlte sich wie eine Straftäterin, die abgeführt werden sollte. Sie griff nach ihrer Kleidung vom Vortag. »Ich gehe ins Badezimmer.«

»Wir warten hier.«

»Machen Sie keine Dummheiten«, mahnte Janssen.

»Natürlich nicht.«

Glaubte er etwa, sie würde heimlich aus dem Fenster klettern?

Sie zog sich an und putzte sich die Zähne, bevor sie mit den beiden Beamten die Pension verließ und ins Polizeirevier fuhr.

Im Revier war nicht viel los um diese Uhrzeit. Der diensthabende Beamte saß an seinem Schreibtisch hinter dem Schein einer Lampe, im Gang brannte Licht, aber der Rest des Gebäudes lag im Dunkeln. Sie ging mit Janssen und Dahl in dessen Büro, wo Dahl die komplette Beleuchtung einschaltete. Katharina setzte sich auf den Besucherstuhl, während Dahl hinter dem Schreibtisch Platz nahm und Janssen das Stehen bevorzugte.

»Warum sind Sie hier auf der Insel?«, fragte Dahl und schaltete den Computer ein.

»Urlaub«, erwiderte Katharina knapp. Sie fühlte sich unwohl, würde jedoch alle Fragen wahrheitsgemäß beantworten. »Ich hatte in letzter Zeit ein paar Schicksalsschläge durchzustehen und möchte hier etwas Ruhe finden.«

»Woher kommen Sie?«

»Ich arbeite in Leipzig, geboren bin ich Dresden.«

»Warum gerade Sylt?«

»Meine Freundin Sabrina hatte mich eingeladen, nachdem ich ihr von meinen Problemen erzählt hatte, ihr gehört die Pension.«

»Ihre Freundin heißt mit Nachnamen Koeker?«

»Ja.«

»Kennen Sie Remo Lanscho?«

»Remo? Ich kenne einen Jungen, der Remo heißt. Etwa neun Jahre alt. Was ist mit ihm?«

»Er wurde gestern Abend ermordet.«

Katharina schluckte und spürte, wie das Blut aus ihrem Gesicht wich. »Wie?«, fragte sie tonlos.

»Ihm wurde die Kehle durchgeschnitten, wie bei den anderen Opfern.«

Ihr Herz zog sich zusammen. Es klopfte schneller und flatterte fast. »Das ist entsetzlich. Er war so nett und freundlich. Er half seinem Vater beim Liegestuhlverleih.« Ihre Stimme klang auf einmal ganz heiser. Ihre Augen brannten. Der Tod des Jungen berührte sie tiefer, als ihr lieb war. Sie wäre am liebsten aufgestanden und gegangen, um den Polizisten zu entkommen, die sie nicht aus den Augen ließen, um ihre Reaktion auf diese Enthüllung zu beobachten. Stattdessen blieb sie stocksteif sitzen.

»Wieso hatten Sie mit ihm Kontakt?«

»Sein Hund hat meine Kekse gefressen, als ich am Strand war. So bin ich mit ihm ins Gespräch gekommen. Dann hat er mein Sagenbuch in der Tasche gesehen und mich Märchentante genannt.«

»Das war alles?«

»Gestern habe ich ihn wiedergesehen und mit ihm ein Eis gegessen. Er hat erzählt, dass er Harry Potter gelesen hat und gerne einen Unsichtbarkeitsmantel hätte, um die Fünf in Mathe umzuschreiben.«

»Was noch?«

Sie dachte nach und versuchte, das Flattern ihres Herzens in den Griff zu bekommen. »Ich habe ihn nach seinem Bein gefragt, er hat erzählt, dass er eine Schwester hat. Mehr war nicht. Es war nur ein Eis. Nur ein Eis! War es derselbe Mörder?«

»Vermutlich.«

»Was hat sein Tod mit Ekke Nekkepenn zu tun?«

»Das fragen wir Sie.« Janssen sah Katharina gespannt an. Dahl wirkte etwas verhaltener, so als wäre es ihm nicht recht, dass Janssen sie verdächtigte.

»Gab es etwas Besonderes am Tatort?«, hakte Katharina nach. Der Gedanke an die Sage beruhigte sie etwas. Das war ein ihr bestens vertrautes Gebiet. »Vielleicht Salz?«

»Warum Salz?«

»Weil Rahn Salz gemahlen hat, damit der Strudel entsteht.«

»Nein, kein Salz. Zumindest haben wir keines gesehen.«

»Ich weiß nicht, wie Sie dann auf Ekke Nekkepenn kommen.«

»Warum haben Sie in diesem Buch gelesen?«, fragte Dahl und wies auf die Beweismitteltüte mit den Sylter Sagen, die Janssen auf den Tisch gelegt hatte.

»Das habe ich mitgebracht, um einige Orte, die in den Sagen erwähnt werden, aufzusuchen. Die meisten kenne ich aber schon. Ich war bereits während meines Studiums auf Sylt und habe mir alles angesehen.«

»Wo spielt die Sage von Ekke Nekkepenn?«

»Der Kapitän kam aus Rantum, in Hörnum hört Inge den Namen.«

»Und in Archsum?«

»Dort spielt sie nicht.«

»Warum dann Remo?«

»Ich weiß es nicht. Es tut mir sehr, sehr leid um ihn. Wie geht es seinen Eltern?«

»Schlecht.« Dahl sah zu Janssen, als würde er seine Einwilligung brauchen, um diese Information preiszugeben. Dessen Miene blieb jedoch neutral. »Was wissen Sie über den Brautschmuck?«, fragte Dahl weiter.

»Den Ekke Nekkepenn Inge gegeben hat? Er war aus Gold.«

»Wenn Remo ihn umgehabt hätte, was würde das bedeuten?«

Sie sog scharf die Luft ein. »Der Mörder hat dem Jungen Schmuck umgelegt?«

»Schmuck, Hemd und Rock.«

»Er hat ihm auch einen Rock angezogen? Kommen Sie deshalb auf die Sage? Das ist weit hergeholt, aber möglich.«

»Warum weit hergeholt?«

»Es lässt mich eher an einen Kinderschänder denken.«

»Ob ein Missbrauch vorliegt, wird die Obduktion ergeben. Fällt Ihnen etwas zum Stich ins Herz ein?«

Katharina schnappte erneut nach Luft. »Er hat ihn mit einem Stich ins Herz getötet? Nein, dazu fällt mir nichts ein. Außer dass er vielleicht sagen wollte, es geht ums Gefühl.«

Janssen wirkte nicht sonderlich glücklich, dass Dahl alle Geheimnisse ausplauderte. »Ich glaube nicht, dass es Zufall ist, dass ausgerechnet bei dieser Sage das Lesezeichen steckt, wenn ein Junge so hergerichtet wird, als könnte er eine Braut aus der Sage sein«, sagte er scharf.

»Das glaube ich auch nicht«, konterte sie. »Als ich am Abend in mein Zimmer kam, hatte ich das Gefühl, dass jemand dort gewesen war. Es sah irgendwie anders aus. Als hätte jemand auf dem Bettrand gesessen. Und als ich das Buch aufschlug, war das Lesezeichen bei einer anderen Geschichte als der, die ich zuletzt gelesen hatte.«

»Sie glauben, jemand hat Sie heimlich besucht, um Ihnen den Mord in die Schuhe zu schieben?« Janssen klang ungläubig.

»Ich weiß es nicht. Aber wenn der Junge mit Brautschmuck geschmückt wurde, wollte mich der Täter vielleicht auf die Sage aufmerksam machen.«

»Warum ausgerechnet Sie?«

»Es war ein großer Artikel über mich in der Zeitung. Haben Sie den verbrochen?« Aus Verärgerung über die negativen Zeilen kehrte das Blut in ihr Gesicht zurück und rötete es.

»Was? Nein!« Dahl sah verdutzt zu Janssen, der mit den Schultern zuckte.

»Ich lese keine Zeitung.«

»Der Artikel war nicht sehr schmeichelhaft.«

»Das tut uns leid«, sagte Dahl zerknirscht. »Wir haben seit dem Mord an dem Nachtwächter damit zu kämpfen, dass Insiderwissen nach außen an die Presse getragen wird. Der Mörder könnte dadurch ungewollt von Ihnen erfahren haben. Aber warum wendet er sich ausgerechnet an Sie?«

»Vielleicht, weil ich die Einzige bin, die den Zusammenhang mit den Sagen gesehen hat. Hat er mich beobachtet?«

»Möglicherweise. Vielleicht hat er Sie mit dem Jungen zusammen gesehen und ihn deshalb getötet. Um sich an Ihnen für Ihre Theorie zu rächen.«

Ihr Herz flatterte erneut, dieses Mal stärker. »Das wäre schrecklich.«

»Wo und wann genau sind Sie Remo gestern begegnet?«

»Das war am Strand, in der Nähe des Liegestuhlverleihs. Ich habe ein Eis am Kiosk gekauft und bin zu ihm gegangen. Wir sind zusammen mit dem Hund ein paar Schritte gelaufen, danach kehrten wir zurück. Das war gegen siebzehn Uhr. Oder etwas später. Jedenfalls verließen die meisten Leute gerade den Strand. Es war auch nicht so sonderlich viel los, weil sich der Himmel bezogen hatte.«

»Ist Ihnen jemand aufgefallen?«

»Nein, niemand.«

»Hat der Mörder etwas gegen Sie?«, fragte Janssen.

»Das weiß ich nicht. Das müssen Sie herausfinden. Ich bin nur die Märchentante.« Ihre Augen brannten wieder, weil Tränen darin lauerten. Der Junge hatte es nicht verdient, so früh aus dem Leben gerissen zu werden. Es war einfach nicht gerecht. Er hatte noch sein ganzes Leben vor sich gehabt. Wenn er ihretwegen gestorben war, würde sie sich das nie verzeihen. »Ich habe keine Ahnung, wieso er ausgerechnet mich in die Sache hineinzieht«, sagte sie leise. »Aber mir scheint, der Mörder kennt sich mit den Sagen aus. Und er will uns mit ihrer Hilfe etwas mitteilen, was er auf normale Weise nicht ausdrücken kann oder möchte. Mehr kann ich Ihnen dazu nicht sagen, tut mir leid.«

Dahl nickte.

Janssen wirkte weniger versöhnlich. »Bitte verlassen Sie nicht die Insel.«

»Bin ich immer noch verdächtig?«

»Sie haben kein besonders gutes Alibi für den Mord.«

»Glauben Sie wirklich, ich würde einen neunjährigen Jungen umbringen?«

»Hier geht es nicht um das, was wir glauben. Es geschehen schreckliche Dinge auf dieser Welt. Also, die Insel nicht verlassen«, wiederholte Janssen.

»Das werde ich nicht. Muss ich jetzt eigentlich nach Hause laufen?«

»Nein, wir bringen Sie.«

Die Fahrt zurück verlief still, weil Katharina ihren Gedanken nachhing, genau wie Janssen und Dahl, jeder seinen eigenen. Dahl versuchte, einen Zusammenhang zwischen den Morden und den Sagen zu finden. Janssen bemühte sich, in Katharinas Argumenten Löcher zu entdecken, damit sie doch als Verdächtige passte. Und Katharina kramte in ihrer Erinnerung nach einer verdächtigen Person am Strand, die sie mit dem Jungen beobachtet haben könnte.

Als Dahl und Janssen Katharina an der Pension absetzten, war keiner der drei zu einem zufriedenstellenden Ergebnis gekommen, nicht einmal ansatzweise.

13

Dahl fuhr nicht mehr nach Hause an diesem Morgen. Es war bereits kurz nach vier, als er mit Janssen wieder am Polizeirevier ankam.

»Ich mache gleich weiter«, sagte er. »Es lohnt sich nicht mehr, heimzufahren. Ich wecke nur meine Frau und die Kinder. Ich werde die Zeit nutzen, um ein paar Überwachungskameras in der Nähe der Promenade zu finden, die eventuell eine verdächtige Person gefilmt haben. Und ich werde sehen, was ich über die Sagenforscherin herausfinde.«

»Ich fahre nach Flensburg, um der Forensik auf den Zahn zu fühlen. Langsam müssten auch Ergebnisse aus dem Haus der Hausers vorliegen.«

»Viel Erfolg.«

»Ich melde mich später.«

Sie verabschiedeten sich, und Dahl ging ins Revier, wo er ausgiebig gähnend in der Küche einen starken Kaffee aufsetzte. Er wollte gerade eine Anfrage wegen der Überwachungskameras schreiben, als er eine E-Mail in seinem Posteingang entdeckte. Der Absender lautete walfaenger9876@gmail.com, und die Nachricht war erstaunlich einfach: »Rufen Sie mich an.« Dazu eine Telefonnummer. Eingetroffen war die Nachricht vor etwa einer Stunde. Der Schreiber schien eine Nachteule zu sein.

Dahl überlegte einen Moment, ob er tatsächlich anrufen oder zuerst einen Experten die Adresse überprüfen lassen sollte, und entschied sich für die schnelle Tat. Er nahm den Telefonhörer und rief die unbekannte Nummer an.

»Treffen Sie mich in einer Stunde an der Lügenbrücke«, flüsterte eine Stimme kaum verständlich, noch ehe Dahl etwas sagen konnte. Er konnte nicht einmal erkennen, ob es ein Mann oder eine Frau war. Danach legte der Angerufene auf, bevor Dahl etwas erwidern konnte.

Dahl starrte den Hörer an, als wäre ein Geist herausgeflogen.

»Was zum Teufel sollte das denn?«, murmelte er und wollte erneut die Nummer wählen, hielt dann aber inne. Wahrscheinlich würde der andere kein weiteres Wort sagen, sonst hätte er kaum so geheimnisvoll getan. Also nahm Dahl seine Waffe und einen fertig gepackten Rucksack aus dem Spind im Erdgeschoss und ging hinaus. Wenn walfaenger9876 schon mit ihm spielen wollte, dann richtig.

Die Lügenbrücke lag im Osten der Insel. Hölzern und schmal führte sie auf dem Weg am Wattenmeer über einen Wasserlauf, war aber längst nicht mehr so wackelig wie vor Jahrzehnten, als die Eltern ihren Kindern erzählten, sie würde einstürzen, wenn ein Lügner die Brücke überquerte. Im Osten färbte sich das Schwarz des Himmels blau und kündigte den baldigen Sonnenaufgang an. Die ersten Vögel begannen zu zwitschern. Eine frische Brise trug den Geruch des Wattenmeeres an Dahls Nase und zerzauste seine Haare. Er ging jedoch nicht zur Lügenbrücke, sondern zu einem Gehöft, das ein paar hundert Meter entfernt lag. Ein Hund bellte frenetisch, als er sich näherte, aber Dahl ignorierte ihn. Er betrat nicht den Hof, sondern legte sich im Gebüsch davor auf die Lauer. Von hier hatte er einen perfekten Blick auf die Lügenbrücke. Irgendwann beruhigte sich das Tier.

Dahl trug einen Tarnanzug, den er das letzte Mal vor drei Jahren bei einem Übungseinsatz in der Nähe von Flensburg angehabt hatte. Er zwickte inzwischen an manchen Stellen, aber da musste Dahl jetzt durch. Er hatte sich sogar das Gesicht mit schwarzer Farbe eingeschmiert, um im Gebüsch nicht aufzufallen. Jetzt sah er aus wie ein Navy Seal im Kampfeinsatz. Mit dem Fernglas, das sich zusammen mit dem Tarnanzug in dem Rucksack befunden hatte, beobachtete er die Lügenbrücke. Sie war leer. Die Stunde, die der Fremde als Zeitpunkt des Treffens angegeben hatte, war aber auch noch nicht vorüber.

Geduldig wartete Dahl, dass jemand erschien. Zuerst sah er einen Fuchs durch das Gras streichen, Sekunden später preschten zwei Kaninchen davon. Immer mehr Vögel erwachten, und der Himmel im Osten bekam einen orangefarbenen Schimmer. Mit der Brücke im Vordergrund ergab das ein phantastisches

Bild, und Dahl hätte gern das Fernglas durch einen Fotoapparat ersetzt. Dann, endlich, sah er einen einzelnen Mann. Im Jogginganzug lief er aus Richtung Keitum kommend den Weg zur Brücke entlang. Dort angekommen, stoppte er und dehnte seine Beine.

»Aber das ist ja …« Dahl fluchte leise und stand auf. Er kannte den Mann. Die Verkleidung war überflüssig.

Er steckte das Fernglas ein und lief auf die Brücke zu.

»Georg!«, rief er, sobald er nah genug an den Fischbrötchenkioskbesitzer herangekommen war. »Was machen Sie hier? Haben Sie mir geschrieben?«

»Ich wollte Sie in Ruhe sprechen«, erwiderte der Mann in seinem gemütlichen schwäbischen Dialekt.

»Was soll die Geheimnistuerei? Sie hätten einfach zu mir ins Büro kommen können.«

»Es darf aber niemand mitbekommen, dass ich mit der Polizei rede. Sonst erzählt mir doch niemand mehr etwas.«

Georg roch sogar im Jogginganzug nach Fischbrötchen. Die Möwen schienen seinen Aufzug und den Duft zu lieben. Auf der Schulter befand sich der Rest eines Flecks, den er nur notdürftig weggewischt hatte.

»Worum geht es denn?«

»Erscheinen Sie neuerdings immer in so einem Aufzug?«, fragte Georg und deutete auf Dahls Tarnanzug.

»Nur wenn ich vor Sonnenaufgang geheimnisvolle Unbekannte treffen soll.«

Georg grinste. »Habe ich Sie etwa in Alarmbereitschaft versetzt?«

»Das können Sie laut sagen. Ich hatte mich darauf vorbereitet, einem Mörder gegenüberzutreten.«

»Der bin ich nicht.« Georg wurde wieder ernst und sah sich um. Es war weit und breit niemand zu sehen. »Ich habe eine Information, die Sie interessieren könnte.«

»Schießen Sie los!«

»Es geht um Anita Hauser. Sie wurde vor zwei Tagen ermordet. Ist das richtig?«

»Woher wissen Sie das? Wir haben den Namen nicht rausgegeben.«

»Ich erfahre sehr viel in meiner Bude. Wenn Sie wüssten, was ich höre! Es spielt keine Rolle, woher ich es habe. Fakt ist, Sie wurden belogen.«

»Von wem?«

»Von Vrees.«

Dahl stöhnte innerlich. »Woher wissen Sie, dass wir mit Vrees gesprochen haben?«

»Wie schon gesagt, ich erfahre viel. Sie waren in List in seinem Büro und haben ihn zu den Morden befragt. Und Vrees hat Ihnen nicht die Wahrheit gesagt. Er kannte Anita Hauser. Sie hat ihn beraten.«

Dahl runzelte die Stirn. »Sind Sie sicher?«

»Ganz sicher. Der Mann hat Sie dreist angelogen. Meine Quelle weiß auch, wo sich die beiden definitiv schon mal begegnet sind. Bei der Silvestergala im Hilton. Er war da, sie auch. Dort wurden sie gesehen, wie sie heimlich miteinander sprachen, so als ob sie nicht wollten, dass sie jemand zusammen sieht.«

»Wissen Sie zufällig auch, wer sie umgebracht hat?«

»Da rätseln meine Quellen, genau wie Sie. Ich habe nichts Konkretes gehört.«

»Und Unkonkretes?«

Georg lächelte. »Die Gerüchteküche brodelt. Manche sagen, es war ein Geist, ein Wiedergänger.«

»Die Theorie habe ich auch schon gehört.«

»Andere denken, es war jemand vom Festland, ein Irrer, der sich hier unsterblich machen will.«

»Gibt es Hinweise?«

»Nein, nur Spekulationen.«

»Ein Name wäre mir lieber.«

»Tut mir leid, damit kann ich nicht dienen.«

»Was ist mit dem Jungen? Was wissen Sie über ihn?«

»Welcher Junge?«

Offenbar waren die neuesten Nachrichten noch nicht bei Georg angekommen.

»Es gibt ein weiteres Opfer. Wenn Sie etwas hören, sagen Sie mir bitte sofort Bescheid.«

»Es ist dieses Mal ein Kind?«

»Ja, neun Jahre alt.«

»Scheiße. Sie müssen das Monster finden, das unseren Leuten das antut.« Der Schwabe schlug mit der Faust auf das Geländer der Brücke, als wollte er demonstrieren, was er am liebsten mit dem Mörder anstellen würde.

»Ich bin dabei. Es ist nur nicht so einfach.«

»Immerhin wissen Sie jetzt, dass Vrees lügt. Er kannte den Wachmann und die Steuerberaterin. Vielleicht kannte er auch den Jungen.«

Das war ein interessanter Aspekt. »Danke, Georg.«

»Ich hoffe, ich konnte Ihnen helfen. Sie waren gestern nicht am Stand, da dachte ich mir schon, dass Sie mit den Morden beschäftigt sind.«

»Bin ich auch. Das nächste Mal rufen Sie mich einfach an und reden mit mir.«

»Ich muss nur aufpassen, dass es niemand merkt. Man sieht sich.« Georg sah sich noch einmal konspirativ um, bevor er zurück nach Keitum joggte.

Dahl lief hinüber zum Gehöft, wo der Hund schon wieder verrücktspielte, als er seiner gewahr wurde. Er entledigte sich des Tarnanzugs, setzte sich in seinen Wagen und fuhr zurück ins Büro. Es war inzwischen Morgen, die Sonne stieg strahlend über dem Wattenmeer auf und ließ das Wasser glitzern und funkeln.

Wieder an seinem Arbeitsplatz angekommen, sah Dahl seine Unterlagen zu Dominik Vrees durch. Danach suchte er im Internet nach Berichten über die Silvestergala im Hilton. Es dauerte eine Weile, aber er wurde schließlich fündig. Vrees war tatsächlich dort gewesen. Anita Hauser ebenfalls. Auf der Homepage des Hotels gab es ein Foto von ihr mit ihrem Mann. Vrees posierte mit mehreren Prominenten von der Insel, mit dem Bürgermeister, mit einem Sänger, einem Politiker. Auf einem weiteren Foto stand Anita Hauser neben einem bekannten Golfspieler, und die Bildunterschrift verriet, dass sie Mitglied im

Hörnumer Golfclub war. Schließlich fand er ein Bild, das Georgs Aussage bestätigte. Auf dem Foto eines mittelmäßigen Schauspielers mit seiner neuen Freundin, einem Modelsternchen, war im Hintergrund Vrees mit Anita Hauser zu sehen. Sie schienen angeregt über etwas zu plaudern.

Vrees hatte wirklich gelogen.

Warum?

Was hatte er zu verbergen?

Dahl sah auf die Uhr. Es war halb sieben. Bald wäre es nicht mehr zu früh, um die Leute bei der Arbeit aufzusuchen. Er trank die Kanne Kaffee aus und kochte eine weitere, dieses Mal für die Kollegen, die nach und nach eintrudelten und ihm mit verwunderten Blicken einen guten Morgen wünschten. Er bat Sophie, sich um die Kameras an der Promenade zu kümmern und noch mal bei den Kollegen in Leipzig wegen Katharina Weller nachzufragen. Anschließend fuhr er in den Norden nach List.

Vrees war gerade eingetroffen und unterhielt sich mit seiner Assistentin, einer hübschen Blonden mit langen Beinen. Er unterbrach das Gespräch sofort und lächelte Dahl entgegen, als dieser eintrat. »Hauptkommissar Dahl, was verschafft mir die Ehre? Und heute sogar mit Tarnbemalung.«

Dahl stellte peinlich berührt fest, dass er offenbar vergessen hatte, die schwarze Farbe wegzuwischen, die er sich ins Gesicht geschmiert hatte, um im dunklen Dickicht nicht aufzufallen. Irritiert fuhr er mit der Hand über seine Wange, bemühte sich jedoch nicht lange. Es gab Wichtigeres.

»Ich habe noch ein paar Fragen an Sie.«

»Möchten Sie einen Kaffee? Lisa wird Ihnen gern einen bringen.«

»Aber bitte nicht so stark. Ich hatte schon eine Kanne.«

»Eine Kanne! Demnach hatten Sie keine angenehme Nachtruhe. Oder tragen Sie Schwarz, um die Augenringe zu verdecken? Ich hoffe, Sie kommen in dem Fall voran?«

»Ich wäre vielleicht schon weiter, wenn ich nicht belogen worden wäre.«

»Was meinen Sie?«

»Sie kannten Anita Hauser.«

»Nein, ich habe Ihnen doch schon gesagt, dass ich ihren Namen noch nie gehört habe.«

»Das ist seltsam, denn Sie haben sie auf der Silvestergala im Hilton getroffen und sich angeregt mit ihr unterhalten. Es gibt ein Foto von Ihnen mit ihr.«

Vrees' freundliche Fassade bekam kleine Risse. »Sie war da? Tatsächlich? Daran kann ich mich gar nicht erinnern.«

»Soll ich Ihrem Gedächtnis auf die Sprünge helfen?« Dahl holte sein Telefon heraus, auf das er das Bild aus dem Internet geladen hatte, und zeigte es ihm.

»Das bin ich wirklich.« Vrees lachte kurz auf. »Und ja, das ist sie. Das hatte ich ganz vergessen. Offensichtlich kannte ich sie doch. Aber mehr hatte ich mit ihr nicht zu tun. Wir sind uns nur einmal begegnet.«

»Warum sollte ich Ihnen das glauben? Finde ich noch mehr Fotos von Ihnen mit ihr?«

Vrees grinste nicht sehr überzeugend. »Das halte ich für unwahrscheinlich. Vielleicht bin ich ihr noch einmal über den Weg gelaufen, aber ich hatte wirklich nichts mit ihr zu tun.«

»Wo waren Sie am Abend ihrer Ermordung, also vor zwei Tagen?«

»Sie ist demnach wirklich ermordet worden?«

Dahl nickte.

»Wie schon gesagt, ich war auf der Geburtstagsfeier meiner Nichte. Sie wurde achtzehn. Viele Zeugen.«

»Sie waren im Laufe des Abends nicht mal für eine Weile weg?«

»Nein, ganz sicher nicht.« Die freundliche Fassade bröckelte weiter. Jetzt war Unwille in Vrees' Gesicht zu sehen.

»Und wo waren Sie gestern Abend gegen einundzwanzig Uhr?«

Vrees zog misstrauisch die Augenbrauen zusammen. »Was wollen Sie mir hier eigentlich so vehement unterjubeln? Ich habe niemanden umgebracht.«

»Beantworten Sie einfach meine Frage. Wo waren Sie?«

»Zu Hause. In meinem Haus in Westerland. Mit meiner Freundin.«

»Sie ist die einzige Zeugin?«

»Tut mir leid, ja. Da ich nicht wusste, dass ich ein Alibi brauche, habe ich mir keines besorgt.«

Dahl verzog den Mund zu einem kühlen Lächeln. »Dann wohl erst beim nächsten Mal.«

»Ich habe nicht vor, mit dem Morden anzufangen, obwohl Sie anscheinend denken, ich sei schon voll dabei. Das bin ich nicht.«

»Ich werde Ihre Angaben überprüfen. Sie kennen doch das Sprichwort: Wer einmal lügt, dem glaubt man nicht, und wenn er auch die Wahrheit spricht.«

»Dass ich Anita Hauser getroffen hatte, war mir entfallen, das gebe ich zu. Das heißt aber nicht, dass mein Gedächtnis auch im Hinblick auf meine Aufenthaltsorte der letzten Tage zu wünschen übrig lässt.«

Lisa trat mit einer Tasse Kaffee ein, die Dahl annahm, aber auf dem Schreibtisch abstellte.

»Sagt Ihnen der Name Remo Lanscho was?«, fragte er, als die Assistentin wieder hinausgegangen war.

Vrees schüttelte den Kopf. »Nein, noch nie gehört.«

»Sind Sie sicher? Oder werde ich demnächst auch ein Bild von Ihnen mit ihm finden?«

»Eher nicht. Wenn er nicht irgendjemand ist, mit dem ich zufällig mal irgendwo auf einer Feier zusammengestanden habe.« Mittlerweile zeigte sich Hass in Vrees' Gesicht.

»Ich werde danach suchen. Und wenn ich es finde, komme ich wieder. Mit einem Durchsuchungsbeschluss und einem Haftbefehl.«

»Tun Sie das.« Der Schiffseigner sah aus, als würde er am liebsten Feuer speien, begnügte sich aber damit, Dahl nur mit seinen Blicken zu töten, als dieser sich zur Tür wandte.

»Ich komme wieder«, wiederholte Dahl und ging hinaus.

»Ich habe nichts zu verbergen«, rief ihm Vrees hinterher, wurde aber vom Schlagen der Tür abgewürgt.

Dahl lief hinunter ins Erdgeschoss und durch das Restaurant, in dem er gestern mit Janssen gesessen hatte und das heute um diese Uhrzeit leer war. Draußen im Hafen herrschte geschäftiges Treiben. Eine Fähre aus Dänemark war eingetroffen, die Passagiere verließen das Schiff und strömten auf die Insel. Dahl wartete am Eingang des Restaurants, um einen Schwall Menschen vorbeizulassen, als er ein Flüstern an seinem Ohr vernahm: »Fragen Sie nach Jesper Walters.«

Erstaunt drehte sich Dahl zur Seite, wo ein Mann in einem blauen Arbeitsoverall stand.

»Wer ist das?«, hakte er nach, doch der Mann wich bereits nach hinten zurück und lief durch die Menschenmenge auf den Kai zu. Dahl folgte ihm, verlor ihn in dem bunten Gewimmel der Passagiere jedoch aus den Augen. Er lief am Kai entlang und suchte auf den Schiffen und Sportbooten nach ihm, doch er blieb verschollen.

Schließlich gab er auf und fuhr zurück ins Büro. Unterwegs rief er Janssen an, dem er ausführlich von seinem Gespräch mit Vrees berichtete.

Sophie saß an ihrem Arbeitsplatz, als Dahl eintrat.

»Folgendes«, sagte sie und sprang auf. In der Hand hielt sie zwei Zettel. »Sie haben mich gestern gefragt, welche Einsatzkräfte an den Tatorten Koog und Hauser anwesend waren. Es gibt einen Sanitäter, der diese Woche Nachtschicht hat und bei beiden Einsätzen dabei war.«

»Er könnte unser Maulwurf sein.« Dahl ließ sich die Liste mit den Namen geben und legte sie auf seinen Schreibtisch.

»Nun zu den Kameras. Es gibt mehrere an der Promenade. Die Kriminaltechniker werden sich die Aufzeichnungen gern ansehen, wenn Sie ihnen eine Uhrzeit sagen und wonach sie suchen sollen. Sich stundenlang Strandszenen anzusehen, ohne ein Ziel zu haben, finden sie nicht so ansprechend.«

»Verständlich. Gegen siebzehn Uhr gestern. Am besten suchen sie nach einer verdächtigen Gestalt. Vielleicht ganz in Schwarz gekleidet. Jemandem, der eine blonde Frau mit Pferdeschwanz und einen Neunjährigen mit Hund beobachtet.«

»Ich werde es weitergeben.«

»Noch etwas?«

»Ja. Was ist mit Ihrem Gesicht passiert? Es ist ganz schwarz.«

»Schiet.« Dahl hatte die schwarze Farbe in seinem Gesicht völlig vergessen. Offenbar waren immer noch Reste vorhanden. »Ich hatte einen Undercovereinsatz«, sagte er und schmunzelte amüsiert, um seine Verlegenheit zu überspielen.

»Hat er sich gelohnt?«

»Ja. Können Sie bitte herausfinden, wer Jesper Walters ist?«

»Jesper Walters? Aye, aye, Käpten.« Sophie salutierte, bevor sie an ihren Schreibtisch zurückkehrte.

Dahl lächelte über ihre Antwort und wollte sich auf der Toilette das Gesicht waschen, doch da kam Sophie schon zu ihm zurück.

»Ich habe Jesper Walters bereits gefunden. Ich erinnere mich wieder an ihn. Er sitzt im Gefängnis.«

»Warum? Was hat er getan?«

»Diebstahl. Angeblich soll er im Hafen von Hörnum einen Schiffsmotor und andere Wertgegenstände von Booten gestohlen haben. Er hat es vehement bestritten.«

»Wieso weiß ich nichts davon?«

»Das war in den Osterferien. Sie waren mit der Familie verreist.«

»Richtig. Danke.«

Er überlegte, wieso ihm der Fremde im Hafen diesen Namen genannt hatte. Was hatte es mit Jesper Walters auf sich? Kurzerhand rief er erneut bei Janssen an. Der Kollege antwortete jedoch nicht.

14

Janssen warf einen sehnsüchtigen Blick auf den Golfplatz, an dem er vorbeifuhr. Er hätte jetzt gern eine Runde gespielt, um seine überreizten Nerven zu beruhigen. Am frühen Morgen war es besonders schön. Doch der Platz musste noch eine Weile ohne ihn auskommen. Solange der Fall nicht gelöst war, konnte er nicht einfach ein paar Stunden freinehmen und Golf spielen. Und eine Lösung war noch nicht in Sicht. Deshalb drückte er aufs Gaspedal, um schneller in der Stadt zu sein.

Die Polizeidirektion Flensburg war ein ehemaliges Hotel mit einer verzierten Fassade, hübschen Balkonen und verschnörkelten Fenstern. Janssen eilte die Treppe hinauf zum Büro seines Chefs, wo er klopfte und sofort eintrat. Er war nicht der einzige Besucher. Mayer war bei ihm, außerdem Maike Bollundsen von der Spurensicherung.

»Der dritte Mord, und ihr habt keine Spur?«, donnerte Friedrichs, als er Janssen erblickte. Der knapp sechzigjährige Erste Polizeihauptkommissar stand mit gerötetem Gesicht mitten im Raum, als hätte er vor, ihnen ordentlich den Kopf zu waschen. »Ich habe beschlossen, das LKA um Hilfe zu bitten.«

»Nein, nein, auf keinen Fall! Wir kriegen das hin. Die bringen nur alles durcheinander.« Janssen hielt nicht viel von den Kollegen vom LKA in Kiel. Bei einem Einsatz gegen Drogenschmuggler vor ein paar Jahren hatten sie ihn einfach im Dunkeln gelassen und behandelt wie einen blutigen Anfänger. Die meisten waren Bürohengste, die vom Leben und von den Menschen auf den Inseln keine Ahnung hatten.

»Ihr braucht offenbar Unterstützung. Drei Morde in drei Tagen, das ist ein trauriger Rekord. Wie lange wollt ihr noch rumeiern, ohne einen Verdächtigen? Wenn der siebte Mord in sieben Tagen geschehen ist? Oder beim vierzehnten in zwei Wochen?«

»Wir verfolgen inzwischen eine heiße Spur.«

»Was ist das für eine Spur?«

»Ein Bootseigner, der mit wenigstens zwei Opfern bekannt war und bei der ersten Befragung gelogen hat. Wir wissen nur noch nicht, warum. Aber das finden wir heraus. Dafür brauchen wir die Leute vom LKA nicht.«

Sein Chef knurrte etwas Unverständliches, vermutlich nichts Nettes. Mayer kratzte sich im Nacken.

»Wir haben übrigens kaum verwertbare Spuren bei den Hausers entdeckt«, sagte die Kriminaltechnikerin, die aufrecht und mit wachem Blick neben Mayer stand. Sie war klein und stämmig, mit einer spitzen Nase und vollen Lippen, die permanent zu schmollen schienen. »Keine Fingerabdrücke, keine Fasern. Der Fußabdruck in der Küche ist identisch mit dem vor Koogs Kellerfenster. Aber von welchem Schuh er stammt, konnten wir noch nicht bestimmen.«

»Dann sucht weiter«, drängte Janssen. »Der Kerl hat sonst wirklich keine Spuren hinterlassen? Was ist mit dem Schrank im Schlafzimmer? Am Ehemann?«

»Ein paar schwarze Fasern, mehr nicht.«

»DNA unter den Fingernägeln? Hat er sich nicht gewehrt?«

»Nichts Verwertbares.«

»Heißt das, unser Täter hat Erfahrung?«

»Möglicherweise.«

»Vielleicht ein Soldat?«

»Das kann sein. Zumindest ist er kräftig und geht extrem effizient vor.«

»Das wird ja immer schöner. Er ist auch noch ein Profi.«

»Ich wünschte, wir hätten bessere Nachrichten für Sie.«

»Was ist mit den Spuren im Gehöft der Lanschos?«

»Die Kollegen sind noch dran. Sie haben mehrere Fußabdrücke gefunden, einer könnte vom Täter stammen. Was wir bereits hier haben, sind die Sachen des Jungen, die werten wir gerade aus. Seine echten Sachen.«

»Wo waren die?«

»Auf dem Komposthaufen.«

»Also kontaminiert mit Müll und Essensresten.«

»Nicht sehr stark. Sie lagen auf einem Grashaufen. Wenn wir etwas finden, sagen wir Bescheid.«

»Und der Zettel mit dem Grünkohl?«

»Wir haben ihn im Müll der Hausers gefunden, er war zusammengeknüllt, leider keine verwertbaren Spuren. Sollen wir einen Grafologen holen?«

Janssen nickte. »Alles, was uns weiterbringen kann.«

»Okay.«

»Hier ist noch ein Buch, das auf Fingerabdrücke untersucht werden soll. Möglicherweise hat der Mörder es in der Hand gehabt, das Lesezeichen ebenfalls.« Er reichte ihr Katharina Wellers Sagenbuch, das weiterhin in der Plastiktüte steckte.

Friedrichs, der dem Dialog aufmerksam gefolgt war, drehte eine halbe Runde um seinen Schreibtisch, bevor er sich setzte. Der Stuhl quietschte leise. »Ich gebe euch vierundzwanzig Stunden, danach ist das LKA auf der Insel und wird keinen Stein auf dem anderen lassen«, sagte er kühl und faltete die Hände auf dem Tisch, als würde er beten. »Ganz großer Bahnhof, bis wir den Täter haben. Noch mehr Tote können wir uns nicht leisten. Ist das klar?«

»Absolut, Chef. Glasklar. Wir finden den Kerl.«

»Gut. Machen Sie weiter. Mayer steht Ihnen zur Verfügung, wenn Sie ihn brauchen.«

»Danke.«

Janssen warf dem Kollegen einen vielsagenden Blick zu und verließ das Büro, bevor der Sturm im Blick seines Chefs zu einem Orkan werden konnte. Er hatte eigentlich ein wenig mit Mayer reden wollen, doch der ließ auf sich warten, und so fuhr er direkt weiter ins Krankenhaus zur Rechtsmedizin.

Schon am Eingang kroch ihm der unangenehme Geruch von Desinfektionsmittel in die Nase. Ein gedrungener Mann mit Brille und Glatze, der zur Seite gebeugt stand wie der Schiefe Turm von Pisa, begrüßte ihn.

»Sie sind bestimmt wegen der Sylt-Fälle hier.«

»Haben Sie etwas herausgefunden?«

»Natürlich. Ich weiß nur nicht, ob es Ihnen weiterhilft. Kommen Sie mit.« Er führte Janssen einen Korridor entlang, wo der Geruch stärker wurde, bis sie zu einer breiten Saaltür kamen. Dahinter befand sich ein trostloser Raum mit zwei Obduktionsliegen, auf denen zwei nackte Leichen lagen, eine davon ein Kind. Remo Lanscho und ein Fremder mit zerschlagenem Schädel.

»Wer ist das?«

»Ein Motorradunfall, frisch reingekommen.«

»Was gibt es zu den anderen Morden?«

»Die durchschnittenen Kehlen waren in beiden Fällen die Todesursache. Die Frau hatte außerdem eine Kopfwunde. Der Täter hat sie mit einem stumpfen Gegenstand geschlagen, vermutlich damit sie sich nicht wehrt. Ehrlich gesagt ...«, der Rechtsmediziner wurde noch ein bisschen schiefer, »... ich würde mich wohler fühlen, wenn Sie die Leichen für eine zweite Meinung nach Kiel ins Labor bringen ließen. Die haben ein paar zusätzliche Möglichkeiten. Meine Mittel hier sind begrenzt. Für einen Motorradunfall reicht es locker, aber drei Morde eines Serienmörders – das ist eine andere Liga.«

Janssen seufzte. Schon wieder die Kollegen vom LKA. Als ob er nicht bereits genug Druck hätte. Aber vielleicht half es wirklich weiter. »Okay, schicken Sie alles dahin. Ich möchte trotzdem Ihre Ergebnisse hören.«

»Natürlich.« Der Rechtsmediziner ging zu einem Computer in der Ecke und öffnete eine Datei. »Den ersten Bericht hatte ich Ihnen bereits geschickt. Der zweite ist so gut wie fertig. Der dritte braucht noch etwas Zeit, der Junge kam ja gerade erst rein.«

»Irgendetwas Besonderes?«

»Nein. Und das allein macht es schon besonders. Äußerlich keine Spuren, außer schwarzem Gewebe, wie man es überall findet. Fasern davon habe ich auch an der zweiten Leiche entdeckt, mehr sogar als bei der ersten. Aber es gibt keinen Hinweis darauf, um was für ein Kleidungsstück es sich handelt oder wo der Mörder es erstanden haben könnte. Es ist einfaches schwarzes Gewebe, nichts Außergewöhnliches.«

»Fingerabdrücke?«

»An den Leichen nicht. Entweder hat er sie nicht angefasst, oder er trug Handschuhe. Der Schnitt erfolgte beide Male schnell und zügig, er hat nicht gezögert. Es war eine extrem scharfe Klinge, relativ schmal.«

»Ein Skalpell?«

»Nein. Ich tippe auf ein Messer zum Filetieren von Fischen.«

»Irgendwelche DNA-Spuren?«

»Nein, nichts.«

»Was haben Sie bei dem Jungen bisher herausfinden können?«

»Der Stich ins Herz ist eine Besonderheit, das unterscheidet ihn von den anderen. Aber die Wundränder am Hals sind vergleichbar, das Messer scheint dasselbe zu sein. Und ich vermute, er hat auch damit zugestochen, deshalb denke ich, es ist ein Filetiermesser, das ist auch so spitz.«

»Ist der Täter ein Koch?«

»Vielleicht. Oder ein Arbeiter auf einem Fischkutter.«

»Was noch?«

»Ich habe nicht viel mehr herausfinden können. Vermutlich ist der Junge aber ebenfalls am Blutverlust aufgrund des Schnitts durch die Kehle gestorben. Der Stich ins Herz erfolgte zwar zuerst, es schlug aber noch, als er die Kehle durchtrennte. Blutspritzer auf der Haut und im Haar, die trotz Säuberung zu sehen sind, weisen darauf hin. Erst durch die plötzliche Unterbrechung des Blutflusses beim Durchtrennen der Halsschlagader brach der Kreislauf komplett zusammen, das Gehirn wurde unterversorgt, der Junge starb. Es ging schnell.«

»Gewebefasern?«

»Ja, mehrere. Interessant ist die Kleidung, die der Täter dem Jungen angezogen hat. Er muss sie auf der Insel erstanden haben. Das Label wird nur auf Sylt verkauft.«

Janssen atmete auf. Endlich eine Spur, der er nachgehen konnte.

»Wie heißt es?«

»Mien Deern Paradies. Es gibt fünf Läden auf der Insel, die diese Sachen anbieten.«

»Was ist mit dem Schmuck?«

»Daran arbeite ich. Er ist auf jeden Fall billig, nichts Wertvolles, gibt es in jedem Geschäft für kleine Prinzessinnen. Meine Enkelin liebt solches Zeug.«

»Also keine Spur.«

»Eher nicht.«

»Noch etwas?« Janssen spürte das Vibrieren seines Telefons in der Tasche, ignorierte es jedoch. Das hier war wichtiger.

»Ich weiß nicht, ob es Ihnen weiterhilft, aber ich denke nicht, dass der Junge misshandelt wurde. Das Bein ist verkrüppelt, wie es aussieht, durch einen Unfall in früher Kindheit. Ich habe die Akte vom Krankenhaus angefordert, in dem er behandelt wurde. Mit dem damals zuständigen Arzt habe ich bereits gesprochen. Er meint, es habe damals keinen Verdacht auf Misshandlungen gegeben, die Geschichte der Eltern war glaubhaft und stimmte mit den Verletzungen überein. Es hat damals eine Untersuchung gegeben, die aber rasch beendet wurde. Auch sonst gibt es keine Spuren von Misshandlungen.«

»Sexueller Missbrauch?«

»Nein. Nur Hundehaare fand ich überall, aber mir wurde gesagt, er besaß einen Hund.«

»Ja, damit kann ich nichts anfangen.«

»Mehr habe ich leider noch nicht. Ich maile Ihnen den vollständigen Bericht, sobald ich fertig bin.«

»Danke.« Janssen hoffte auf weitere Erkenntnisse, fürchtete aber, dass er nicht viel mehr erfahren würde.

Er verließ den trostlosen Raum und ging hinaus in den klaren Sommertag, wo ihn die Lust auf den Golfplatz erneut überfiel. Seufzend nahm er das Telefon, um zu sehen, wer ihn eben angerufen hatte. Dahl. Janssen drückte auf die Telefonnummer.

»Gibt es Neuigkeiten?«, fragte der Sylter Kollege, kaum dass er den Hörer abgenommen hatte.

»Nicht viel. Wir sollten jedoch unbedingt jemanden beauftragen, der die Läden abklappert, die das Label ›Mien Deern Paradies‹ anbieten, eine nur bei euch auf der Insel erhältliche Marke. Das sind die Sachen, die der Täter dem Jungen angezogen hat. Der Käufer könnte aufgefallen sein. Den Rest berichte ich, sobald ich wieder da bin.«

»Ich sage Sophie Bescheid, dass sie sich darum kümmert. Ich habe noch eine Bitte an dich.«

»Was denn?«

»Kannst du in der JVA vorbeischauen und einen Jesper Walters besuchen?«

»Warum? Was hat er getan?«

»Ich habe einen anonymen Hinweis erhalten, dass er mit der Sache zu tun hat.«

»Das kann nichts bedeuten. Zumal er im Knast sitzt. Er kann nicht unser Täter sein.«

»Nein, aber er weiß möglicherweise etwas. Er soll in Hörnum im Hafen gestohlen haben und bestreitet die Vorwürfe. Er hat vermutlich Koog gekannt.«

»Okay. Ich rede mit ihm.«

»Danke. Wir sehen uns später.«

»Ja. Bis später.«

Er legte auf, seufzte erneut und fuhr in die Justizvollzugsanstalt von Flensburg. Als er am Empfang seinen Ausweis zeigte und den Namen Jesper Walters nannte, wurde er jedoch abgewiesen.

»Walters ist vor ein paar Tagen entlassen worden. Sein Anwalt hat ihn rausgeholt.«

Janssen spürte, wie ein Adrenalinschub seinen Herzschlag beschleunigte.

»Wissen Sie, wo er jetzt ist?«

»Vermutlich zu Hause. Auf Sylt.«

Mit schwungvollen Schritten ging Janssen zu seinem Wagen. Das LKA konnte ihn mal. Er würde den Fall ohne die Bürohengste lösen. Er machte nur kurz im Golfclub halt, um etwas zu essen, danach fuhr er, so schnell er konnte, zurück nach Sylt.

Es gab endlich nicht nur einen Verdächtigen, sondern möglicherweise sogar ein Motiv.

15

Katharina war den Rest der Nacht wach geblieben. Sie war nicht einmal mehr ins Bett gegangen, sondern hatte im Sessel am Fenster gesessen, in den Nachthimmel von Westerland gestarrt und nachgedacht. Dass der Junge umgebracht worden war, hatte sie zutiefst aufgewühlt. Wenn er tatsächlich ihretwegen gestorben war, würde sie sich das nie verzeihen. Der Junge hatte noch das ganze Leben vor sich gehabt, ihn zu töten war nicht nur grausam, sondern auch völlig sinnlos. Wieso hatte der Mörder das getan? Was wollte er damit erreichen? Anscheinend wollte er ihr damit etwas sagen. Aber was? Oder hatte der Junge in einer Beziehung zu den anderen Ermordeten gestanden? Kannte er den Wachmann und die Frau im Kohltopf?

Die Gedanken kreisten unaufhörlich in ihrem Kopf, und doch konnte sie auf ihre Fragen keine Antworten finden. Deshalb zwang sie sich, sich auf die Fakten zu konzentrieren.

Dem Jungen war im Gegensatz zu den beiden ersten Opfern zusätzlich zur durchschnittenen Kehle ins Herz gestochen worden. Könnte das bedeuten, dass er für den Mörder etwas Besonderes darstellte?

Katharina hielt den Atem an.

War sie der Grund? Hatte der Mörder Remo ausgewählt, weil sie ihn kannte und mit ihrer Theorie in der Zeitung gestanden hatte? Wollte er ihr mitteilen, dass sie falschlag? Oder andersherum: dass sie recht hatte?

Sie ächzte leise. Ihre Gedanken drehten sich weiterhin unaufhörlich im Kreis, ohne ein Ende finden zu wollen.

Draußen wurde es langsam hell. Ein paar zarte Wolken zogen wie rosafarbene Watteballchen über den Himmel, es kündigte sich ein schöner Sommertag an. Die Möwen auf dem Dachfirst gegenüber krakeelten wieder einmal. Katharina öffnete das Fenster, um frische Luft hereinzulassen und ihren Kopf zu kühlen. Das half, das Gedankenkarussell etwas zu beruhigen.

Was, wenn der Täter mit Remos Mord eine Nachricht an sie gesandt hatte? Nicht an die Polizei oder an die Sylter oder die Welt, sondern an sie? Weil er über sie gelesen hatte und wusste, welche Theorie sie vertrat? Weil sie vielleicht als Einzige ahnte, worum es ihm ging?

Ihr Herz schlug heftig. Sobald sie das Klappern von Geschirr hörte, lief sie nach unten.

»Guten Morgen«, sagte sie zu Sabrina, die Teller auf die Tische stellte, und nahm das Besteck, um es neben die Teller zu legen. Sie verwechselte dabei ständig die Seiten, weil sie überhaupt nicht bei der Sache war.

»Moin, Moin, hast du den Schrecken des Hausbesuchs unserer Polizei gut verkraftet?«

»Nicht wirklich. Aber mir geht's gut, denke ich. Ich habe lange nachgedacht.«

»Was wollten sie denn nun von dir? Hilfe bei den Ermittlungen, weil du dich mit den Sagen auskennst?«

»So ähnlich. Es gibt ein weiteres Opfer, das wie in einer Sage zurechtgemacht wurde. Sie wollten meine Meinung dazu wissen.« Katharina durfte der Freundin keine Einzelheiten berichten, jedenfalls nicht direkt.

»Ein drittes Opfer?« Sabrina stellte das Tablett mit den Tellern so vehement ab, dass das Geschirr klirrte. »Jeden Tag wird hier jemand ermordet, und die Polizei tappt im Dunkeln. Das ist entsetzlich! Das darf nicht so weitergehen. Sie sollten ein Spezialteam anfordern. Einen Experten für Serienmörder oder so.«

»Das machen sie ja vielleicht auch. Ich glaube aber, dass sie einen riesigen Aufruhr vermeiden wollen. Es würde die Touristen abschrecken und in ganz Deutschland negative Schlagzeilen machen.«

»Du denkst schon genauso kalt wie die.«

»Möchtest du, dass du mit deiner Pension pleitegehst, weil keine Gäste mehr kommen?«

»Nein, natürlich nicht.«

»Deshalb versuchen sie, den Aufruhr gering zu halten.«

Sabrina seufzte. »Und du kannst nichts machen? So ein verrückter Anhänger von alten Sagen muss doch leicht zu finden sein.«

»Nicht, wenn er nicht gefunden werden will.«

»Wenn du dich in Sagen ausdrücken würdest, was bei dir durchaus vorstellbar wäre, was würdest du als Nächstes tun?«

Katharina wickelte ihren Zopf um ihre Hand, eine typische Geste, wenn sie nachdachte. »Wenn ich verrückt wäre, dann würde ich vermutlich die Sagen nutzen, um etwas mitzuteilen. Es ist schwer zu sagen, was ich als Nächstes vorhätte, wenn ich nicht weiß, was ich überhaupt sagen oder erreichen will.«

»Wir müssen also erst einmal herausfinden, was der Mörder sagen will.«

»Ja. Um ehrlich zu sein, wenn ich jemandem auf diese Weise etwas mitteilen wollte, dann vermutlich etwas, was mir oder anderen geschehen ist, damit jeder davon erfährt. Aber eben nicht direkt, sondern durch Sagen. Ich würde dazu die Geschichten wählen, die am besten passen.«

»Und?«

»Und ich würde mir einen Verbündeten suchen, der mich versteht.« Katharina spürte, wie auf einmal eine Gänsehaut ihren Körper überzog. War der Täter in ihrem Zimmer gewesen und hatte das Lesezeichen in das Buch gelegt, um sie auf seine Seite zu ziehen? Weil sie ihn verstand? »Kann eigentlich jeder hier ins Haus eindringen?«, fragte sie mit kratziger Stimme.

»Ich werde ab jetzt immer ganz besonders gründlich abschließen. Und vielleicht sollte Helge öfter hier schlafen. So richtig wohl fühle ich mich auch nicht mehr.«

»Ich meine, am Tag. Wer möchte, kann doch einfach durchs Café gehen, die Treppe hoch und in die Zimmer?«

»Es ist rein theoretisch möglich, vor allem vom Hinterhof kommend. Aber normalerweise passe ich auf. Die Zimmer oben sind außerdem abgeschlossen.«

»Aber es wäre möglich.«

»Natürlich.«

»Und über die Fenster?«

»Das geht nicht, denke ich. Die Zimmer haben keine Balkone, zudem würde man das von der Straße aus sehen.«

»Hast du hier irgendwo eine Überwachungskamera?«

»So etwas habe ich bisher nicht gebraucht. Aber vielleicht sollte ich eine besorgen.«

Das wäre zu spät. Katharina musste jetzt wissen, wer in ihrem Zimmer gewesen war. Vielleicht hatte der Laden nebenan eine Kamera oder der gegenüber, und die Tür von Sabrinas Pension war im Bildausschnitt zu sehen?

Als die ersten Gäste nach unten kamen, mussten Sabrina und Katharina ihr Gespräch unterbrechen und sich dem Frühstück widmen. Nachdem alle versorgt waren, aßen sie selbst auch eine Kleinigkeit. Dann hatte Katharina einen Entschluss gefasst.

»Ich gehe noch einmal zur Polizei«, sagte sie leise zu ihrer Freundin. »Ich muss mit den beiden Kommissaren reden. Ich glaube, der Mörder sieht in mir eine Verbündete.«

Sabrina zog die Stirn kraus, nickte jedoch. »Sie sollen dich beschützen. Das Jahr war für dich schon schwer genug, du musst nicht auch noch einem irren Mörder in die Hände fallen.«

Katharina lächelte traurig. »Das wäre in einer verdrehten Weise dann wohl das Tüpfelchen auf dem i.« Sie holte ihre Tasche und verließ das Café.

Dahl und Janssen waren nicht da, als Katharina im Polizeirevier eintraf.

»Die beiden sind bei einem Verdächtigen«, sagte die Polizistin namens Sophie, die Katharina bereits als die rechte Hand des Polizeihauptkommissars kennengelernt hatte. Ihr wilder blonder Zopf wurde heute von einem roten Band zusammengehalten.

»Sie haben jemanden in Verdacht?«

»Ja. Sie können aber gerne später wiederkommen.«

»Wer ist der Verdächtige?«

»Das darf ich Ihnen leider nicht sagen. Kommen Sie doch bitte später wieder.«

Katharina musste sich fügen und verließ das Polizeirevier. Sie lief zum Strand und setzte sich in den Sand. Es war trotz der frühen Stunde schon heiß; die Sonne brannte, aber eine starke Brise vom Meer kühlte ihre Wangen.

Die Polizei hatte also einen Verdächtigen. Das war beruhigend. Sie fühlte sich schlagartig besser, fast ein wenig erleichtert. Doch der Gedanke, dass der Täter in ihr eine Verbündete sehen könnte, nagte an ihr. Was hatte er ihr mitteilen wollen? Was wollte er überhaupt sagen? Warum hatte er beim ersten Mord die Sage vom Gonger gewählt? Wollte er damit ausdrücken, dass jemand auf See umgekommen und vergessen worden war? Aber was hatte das mit der toten Steuerberaterin zu tun, die im Kohltopf lag? Was bedeutete sie? Dass er für Freiheit kämpfte? Und was war mit Remo? Wieso hatte der Mörder bei ihm die Sage von Ekke Nekkepenn gewählt? Wollte er auf eine Hochzeit hinweisen? Oder wollte er, dass sie seinen Namen erriet? Das wäre unmöglich, außer …

Sie riss die Augen auf. Wollte er vielleicht, dass sie zu dem Ort ging, an dem die Braut in der Sage den Namen erfuhr?

Schon wieder spürte sie eine Gänsehaut auf ihrem Körper, trotz der Hitze.

In der Sage befand sich Ekke Nekkepenn im Berg an der Südspitze der Insel, unweit von Hörnum, als Inge ihn belauschte. Es war unwahrscheinlich, dass der Mörder dort frei herumlief, schließlich war gerade die Polizei bei ihm. Sie wäre also sicher, wenn sie einen kleinen Ausflug nach Hörnum machte.

Katharina stand auf und lief zu einem Fahrradverleih, wo sie sich ein Rad aussuchte. Damit fuhr sie in den Süden der Insel, vorbei an Rantum und dem Aussichtspunkt des Möwennestes. In Hörnum stellte sie das Rad ab und ging an den Strand. Das Meer plätscherte träge an die steinernen Tetrapoden, die den Strand bei Sturm vor dem Tosen des Meeres schützen sollten. Touristen ließen sich in verschiedenen Posen darauf ablichten, Kinder spielten darin wie in einem Steinwald. Es gab mehrere Hügel an der Südspitze der Insel; in einem davon hatte sich Ekke Nekkepenn der Sage nach aufgehalten. Dass sich der Täter nicht tatsächlich in einem Berg befinden konnte, war Katharina klar. Aber irgendwo hier hatte er ihr vielleicht eine Nachricht hinterlassen, eine, die nur sie finden konnte.

Sie lief an der Westseite der Spitze entlang, bis zum südlichsten Zipfel, wo der Wind an ihren Haaren zerrte. Sie sah nach Norden. Auf einem Hügel thronte der Leuchtturm von Hörnum, ein Schiff steuerte gerade den Hafen an. Eine Familie wanderte auf sie zu, ein Maler saß in der Düne und malte die Szene in Aquarell. Alles sah so friedlich aus, als würde nicht gerade ein irrer Mörder das Eiland heimsuchen.

Katharina beschloss, den Aussichtspunkt auf einem der Hügel aufzusuchen. Von hier hatte sie einen wunderschönen Blick auf beide Seiten der Insel. Und da entdeckte sie es. Ein kleines Paket am Fuße des Hügels. Unscheinbar lag es zwischen Gräsern und Sandverwehungen. Ihr Herz schlug schneller. Hastig lief sie darauf zu, blieb jedoch stehen, ehe sie es erreichte, und betrachtete es erst einmal von außen. Es war klein, nur etwa zwanzig mal zwanzig Zentimeter, und zehn Zentimeter hoch. Einfache braune Pappe, etwas weich von der feuchten, salzigen Luft, so als würde es schon seit Stunden hier liegen. Auf dem Deckel standen zwei Buchstaben: »KW«. Ihre Initialen. Es war wirklich für sie.

Katharina lief dreimal um das Paket herum, bevor sie sich endlich hinunterbeugte und es mit klopfendem Herzen und spitzen Fingern hochnahm. Es war ganz leicht. Als wäre es leer. Sie schüttelte es vorsichtig und hielt es an ihr Ohr. Danach öffnete sie es.

Es befand sich keine tickende Bombe darin. Auch kein abgeschnittenes Ohr und nichts ähnlich Gräuliches. Es war lediglich eine Sylter Zeitung. Sie stammte vom 29. März dieses Jahres. Die Schlagzeile auf der Titelseite kündigte Steuererhöhungen in Deutschland an. Darunter stand ein Artikel über die Einweihung eines neuen Gebäudes für den Autozug in Westerland. Am Rand informierte eine kleine Notiz über einen Promi und dessen Spendengala in Morsum.

Katharina blätterte um. Auf der zweiten Seite waren die Renovierung des Rathauses in Niebüll, der Klimawandel und die explodierenden Benzinpreise das Thema. Am Rand befand sich ein winziger Artikel über ein Bootsunglück auf hoher See. Ein Schiff war explodiert, die komplette Crew tot.

Auf Seite drei folgte eine Reportage über einen Fischer in Not, da die Heringsbestände permanent abnahmen. Auf Seite vier weitere Prominachrichten, Seite fünf berichtete über die kulturellen Highlights auf Sylt und den umliegenden Inseln und gab einen Ausblick auf den Sommer. Dann kamen nur noch die Rubriken Sport, Wetter und Freizeitangebote, dazwischen Todesfälle und Kleinanzeigen.

Aufmerksam las Katharina die Todesanzeigen, aber es war kein ihr bekannter Name dabei. Sie hatte wirklich keine Ahnung, wieso der Täter ihr diese Zeitung hier hinterlassen hatte. Oder hatte sie etwas übersehen?

Aufmerksam las sie jeden Artikel durch. Wirklich jeden. Sie brauchte mehr als zwei Stunden dafür. Aber als sie fertig war, fühlte sie sich kein bisschen schlauer.

16

Der Aufenthalt im Gefängnis kam Jesper Walters so einschneidend vor wie der Tod seiner Mutter, als er acht Jahre alt gewesen war. Davon hatte er sich ewig nicht erholt, eigentlich nie. Bis heute träumte er manchmal von ihr und wachte mit brennenden Augen auf. Dabei war der Unfall dreißig Jahre her. Im Knast war er nur knapp fünf Monate gewesen, aber sie fühlten sich an wie eine Ewigkeit. Er hatte da drinnen graue Haare bekommen und brauchte jetzt sogar eine Lesebrille, wenn er in den Stellenanzeigen nach einem neuen Job suchte. Als es an der Tür klopfte, zuckte er heftig zusammen und verdrehte beim Anblick der beiden Besucher die Augen. Bullen, das war auf den ersten Blick zu sehen.

»Was wollen Sie denn schon wieder hier? Ich habe gerade erst mehrere Monate U-Haft hinter mir, für nichts und wieder nichts. Lassen Sie mich in Ruhe.« Er wollte die Tür zuschlagen, aber einer der Typen stellte seinen Fuß dazwischen.

»Wir sind nicht wegen des Diebstahls hier«, sagte er.

»Weswegen belästigen Sie mich dann? Wollen Sie mir noch etwas anderes anhängen? Nein danke.« Walters stemmte sich mit der Tür gegen den Fuß des Polizisten, doch der ließ sich nicht so schnell verdrängen und hielt ihm seinen Dienstausweis unter die Nase.

»Ich bin Polizeihauptkommissar Dahl, das ist mein Kollege Kriminalhauptkommissar Janssen. Wir haben ein paar Fragen an Sie.«

»Wir können auch gerne mit einem Haftbefehl wiederkommen, wenn Ihnen das lieber ist«, sagte der andere Bulle. »Momentan wollen wir nur mit Ihnen reden.«

Walters knurrte etwas Unflätiges, wofür seine Mutter ihm eine Ohrfeige gegeben hätte, öffnete die Tür jedoch wieder. »Ich rufe am besten gleich meinen Anwalt an.«

»Tun Sie das«, sagte Janssen und trat ein.

Dahl folgte ihm. Sein Fuß schien zu schmerzen, denn er hinkte.

Geschieht ihm recht, dachte Walters und führte sie in seine kleine Küche, in der es nach vergammeltem Obst roch.

»Irgendwo liegt noch eine alte Kartoffelschale oder so was rum, ich habe sie nicht finden können. Aber das ist halt so, wenn man eines Tages einfach weggezerrt und eines Verbrechens beschuldigt wird, das man nicht begangen hat.« Walters war ein stämmiger Mann mit schütterem Haar, der Enttäuschung und Misstrauen mit der Muttermilch aufgesogen hatte. Kein Wunder, wenn der Vater alles und jeden windelweich prügelte, wenn er besoffen aus der Kneipe kam.

»Sie wurden verdächtigt, im Hafen von Hörnum gestohlen zu haben«, sagte Janssen. »Das ist uns bekannt.«

»Ich habe nichts gestohlen!« Walters sagte diesen Satz so energisch, dass mehrere Speicheltropfen durch die Luft flogen. Das Telefon hielt er in der Hand, rief aber noch nicht seinen Anwalt an.

»Wer hat Sie damals angezeigt?«

»Dieses Arschloch Vrees. Dem war ich ein Dorn im Auge, weil ich weiß, dass er Dreck am Stecken hat.«

»Was meinen Sie?«

»Er spielt nicht sauber. Er hat noch irgendwelche Nebengeschäfte am Laufen, von denen niemand was mitkriegen soll.«

»Wie kommen Sie darauf?«

»Ich habe ihn mal erwischt, wie er nachts ein Schiff klarmachte. Als er mich sah, hat er so getan, als würde er es kontrollieren, aber er wollte damit rausfahren, das war eindeutig. Er hat mich belogen, ich konnte genau sehen, dass er log.«

»Wann war das?«

»Letztes Jahr im Herbst.«

»Haben Sie ihn zur Rede gestellt?«

»Nein, aber er hat auch so gemerkt, dass ich ihm das nicht abgekauft habe. Er tut immer so, als wäre er ein Saubermann, doch das ist nicht wahr. Ich weiß außerdem, dass er Steuern hinterzieht, aber ich kann es nicht beweisen.«

»Deshalb sind Sie ihm ein Dorn im Auge?«

»Nicht nur das. Ich könnte wetten, er war auch sauer, weil ich dem Tod von der Schippe gehüpft bin. Das hat ihn gewurmt, deshalb wollte er mich anders loswerden.«

»Was meinen Sie damit?«

»Dass er mich nicht für dumm verkaufen kann. So blöd bin ich nicht, dass ich so einfach die Füße stillhalte. Da kann er mir sonst was anhängen.«

»Kennen Sie Hagen Koog?«

»Koog? Natürlich. Das Arschloch hat gegen mich ausgesagt. Gelogen hat er! Ich habe von seinem Tod gelesen. Ein Arschloch weniger auf dieser Welt. Fragen Sie doch mal Vrees, ob er ihn umgebracht hat. Würde mich nicht wundern.«

»Warum?«

»Weil Koog extrem viel wusste. Der hat bestimmt mitbekommen, was Vrees in den Nächten so trieb.«

»Koog hat gegen Sie ausgesagt?«

»Verlogenes Pack! Er hätte mich nachts nach der Arbeit beim Stehlen beobachtet, aber das war erstunken und erlogen!« Walters hätte am liebsten ausgespuckt, aber in seiner eigenen Küche tat er so etwas nicht gern.

»Als was haben Sie gearbeitet?«

»Ich war Hafenarbeiter, habe Ladungen gelöscht, Schiffe betankt, so was. Aber den Job bin ich nun los. Dank Vrees.« Er spuckte nun doch aus. Schmutzige Küche hin oder her. Der Speichel landete auf dem Fußboden neben einer toten Fliege.

»Was ist mit Anita Hauser?«

»Wer soll das sein?«

»Sie ist Steuerberaterin und eine Bekannte von Vrees.«

»Dann ist sie mit Sicherheit ein falsches Luder. Jeder, der näher mit Vrees zu tun hat, kann nur mies und verlogen sein.«

»Sie lassen wirklich kein gutes Haar an dem Mann«, sagte Janssen trocken.

»Nein, warum auch? Der Kerl hat mich wegen nichts in den Knast gebracht! Wenn ich könnte …«

»Was würden Sie dann?«, hakte Dahl nach.

»Ich würde ihn kielholen. Das ist altmodisch, ich weiß, aber es würde mir, verdammt noch mal, gefallen.«

»Kennen Sie einen Jungen namens Remo Lanscho?«

Walters fuhr sich durch das schüttere Haar und schüttelte den Kopf. »Keine Ahnung, wer das ist.«

»Wo waren Sie gestern gegen einundzwanzig Uhr?«

»Hier. Ich habe nach Stellenanzeigen gesucht und Bewerbungen geschrieben.«

»Können Sie das beweisen?«

Er lachte bitter auf. »Bin ich schon wieder verdächtig? Habe ich den Jungen bestohlen? Fehlt sein Fahrrad? Oder sein Füller?«

»Er ist tot.«

Walters schluckte. »Sie können mir keinen Mord anhängen. Ich habe niemanden umgebracht.«

»Und wo waren Sie am Abend zuvor, so zwischen zwanzig und einundzwanzig Uhr?«

»Auch hier! Allerdings habe ich kein Alibi. Ich war allein.« Er hob klagend beide Hände. »Geht das schon wieder los? Bin ich schon wieder derjenige, auf den alle etwas abwälzen wollen? Warum ich? Was habe ich getan?«

»Und wo waren Sie an dem Morgen, als Koog ermordet wurde?«

»Seit ich im Knast war, schlafe ich aus, egal an welchem Wochentag. Um die Zeit war ich also im Bett. Lassen Sie mich in Ruhe. Ich rufe jetzt meinen Anwalt an.« Walters wählte, wobei er versuchte, das unangenehme Gefühl in seinem Magen zu ignorieren. Er beschrieb dem Anwalt kurz, dass er Besuch von zwei Polizisten hatte, die ihm Fragen zu drei Morden stellten, und hörte kurz zu. Danach legte er auf. »Ich sage kein Wort mehr. Wenn Sie mit mir reden wollen, dann nur im Revier und in Anwesenheit meines Anwalts. Ich gehe nicht noch mal in den Knast für etwas, was ich nicht getan habe.«

»Okay. Wir lassen Ihnen eine Vorladung zukommen.«

»Und nun verlassen Sie mein Haus. Ich muss mir einen neuen Job suchen.«

Seine Hand zitterte, als er die Haustür öffnete und hinter ihnen zuknallte. Etwas schepperte dabei im Inneren des Hauses. Er ging in die Küche, um nachzusehen, was es war, und stand verloren in der Mitte des Raumes, als wüsste er nicht mehr, warum er überhaupt hineingegangen war.

»Der Mann ist extrem verdächtig«, sagte Janssen, als er mit Dahl am Auto stand. »Er hatte Wut auf Koog.«

»Ich glaube nicht, dass er es war«, widersprach Dahl. »Er kennt Anita Hauser nicht und hat auch kein Motiv für die Ermordung des Jungen. Aber er ist momentan unsere einzige Spur. Was er über Vrees gesagt hat, fand ich äußerst interessant.«

»Ich auch.«

»Wir haben nur nichts gegen Vrees in der Hand.«

»Deshalb sollten wir ihn uns noch einmal genauer ansehen.«

Die beiden fuhren zurück ins Polizeirevier, wo eine Besucherin auf sie wartete.

17

Katharina Weller saß ungeduldig mit den Beinen wippend im Wartebereich am Eingang und sah ihnen entgegen. In der Hand hielt sie ein kleines Päckchen.

»Was gibt es? Neue Sagen?«, fragte Janssen, dessen Augen zu schmalen Schlitzen wurden. Er sah aus, als würde er die Frau am liebsten in den Autozug zum Festland setzen und auf Nimmerwiedersehen verladen.

»Nein, aber ich habe etwas für Sie. Vermutlich vom Mörder.«

Dahl und Janssen erstarrten bei diesen Worten.

»Was meinen Sie?«, fragte Dahl scharf.

»Können wir drinnen reden?«

Dahl nickte nur, bevor er die Tür öffnete und Janssen und Katharina Weller eintreten ließ.

»Ich habe lange über den Tod des Jungen nachgedacht«, sagte sie, nachdem sie auf dem Besucherstuhl Platz genommen hatte. Janssen und Dahl blieben stehen, sodass sie zu ihnen aufsehen musste. »Es hat mir keine Ruhe gelassen. Und ich bin zu dem Schluss gekommen, dass der Mörder mir damit eine Nachricht zukommen lassen wollte. Remo war mein Freund, und der Stich ins Herz bedeutet mit Sicherheit, dass es ihm um etwas Persönliches ging. Ich nehme an, der Täter hat in der Zeitung gelesen, dass ich die Meinung vertrete, beim ersten Mord könnte die Sage vom Gonger eine Rolle gespielt haben. Ich denke, er fühlt sich von mir verstanden. Darum war er bei mir und hat in meinem Buch das Lesezeichen zur Sage von Ekke Nekkepenn gelegt. Um mir zu sagen, dass der nächste Mord etwas mit mir zu tun hat. Danach tötete er den armen Jungen – im Wissen, dass mich das persönlich trifft und er dadurch meine Aufmerksamkeit erhält. Vielleicht will er mir mitteilen, wer er ist, dachte ich. Deshalb bin ich vorhin an den Ort gegangen, wo Inge den Namen von Ekke Nekkepenn erfährt, an die Südspitze von Sylt, und habe dieses Paket an einem der Hügel gefunden. Meine Initialen stehen darauf.« Sie hob das

Päckchen so, dass Dahl und Janssen die Buchstaben K und W lesen konnten. Sie sahen aus, als wären sie mit einem Filzstift geschrieben worden. »Im Inneren befand sich eine Zeitung. Die hier.« Sie öffnete das Päckchen und nahm den Inhalt heraus.

»Sie haben die Zeitung gelesen?«, fragte Dahl angespannt. Janssen knirschte mit den Zähnen.

»Ja, aber ich habe nichts darin gefunden, was auf den Mörder oder die Morde hinweisen könnte. Sie ist vom März.«

Dahl holte eine Pinzette aus dem Schreibtisch und nahm die Zeitung damit hoch, bevor er sie auf den Tisch legte.

»Wir müssen sie auf Spuren untersuchen.«

»Ich habe sie gelesen, meine Fingerabdrücke sind überall«, sagte Katharina Weller mit entschuldigendem Blick.

»Vom März, sagen Sie?«, hakte Janssen nach und betrachtete das Datum. »Wann war noch gleich das Bootsunglück?« Er blickte zu Dahl, der mit der Pinzette das Eselsohr glatt strich, das die Jahreszahl verdeckte.

»Am 28. März.«

»Die Zeitung ist vom Tag danach.«

»Zu einem Bootsunglück gibt es eine kleine Notiz auf der zweiten Seite«, sagte Katharina Weller und blätterte kurzerhand um. Janssen sah aus, als würde er ihr auf die Finger hauen wollen, um sie davon abzuhalten, konnte es aber nicht mehr verhindern. »Hier.«

Sie beugten sich vor und betrachteten den kurzen Artikel.

»›In den Nachtstunden ereignete sich ein Unglück etwa zwanzig Seemeilen von Sylt entfernt auf einem Schiff der Vrees GmbH auf einer Testfahrt Richtung Helgoland‹«, las Janssen vor. »›Die Explosion an Bord zerstörte das Schiff komplett. Es gab keine Überlebenden.‹«

»Das ist alles?«, fragte Dahl verwundert. »Es kommen sieben Menschen ums Leben, und es gibt nur diese winzige Notiz?«

»Ich finde das auch seltsam.« Janssen sah auf. »Aber was hat das mit unseren Morden zu tun?«

Katharina Weller zuckte mit den Schultern. »Keine Ahnung. Das mit dem Wiedergänger glauben Sie mir ja nicht.«

Dahl schürzte die Lippen. »Nicht wirklich.« Er wandte sich an Janssen. »Erinnerst du dich, was Walters gesagt hat? Dass Vrees möglicherweise sauer auf ihn war, weil er – wie er meinte – dem Tod von der Schippe gehüpft sei.«

»Du denkst, er hat das Unglück überlebt?«

Dahl zog skeptisch eine Augenbraue nach oben. »Das ist eher unwahrscheinlich.«

»Wir müssen noch einmal mit ihm reden. Aber dafür müssen wir ihn samt Anwalt vorladen.«

»Wer ist Walters?«, fragte Katharina Weller.

»Ein Verdächtiger.«

»Kennt er sich mit Sylter Sagen aus?«

»Das haben wir ihn noch nicht gefragt.«

»Sollten Sie aber. Der Täter hat eindeutig Ahnung von der Materie.«

»Wir werden es erwähnen.« Janssen klang nicht so, als wäre das wirklich ein Thema, über das er unbedingt mit dem Verdächtigen sprechen wollte.

Katharina Weller stand auf. »Das war's, was ich Ihnen sagen wollte. Ich will Sie nicht länger stören.«

»Ich habe mich übrigens nach Ihnen erkundigt«, sagte Dahl und setzte sich auf seinen Stuhl. Allerdings nicht bequem, sondern auf die vordere Kante. »Sie sind der sächsischen Polizei bekannt.«

»Wegen meiner Eltern, nehme ich an?«

»Ihr Vater und Ihre Mutter sind verschwunden, als Sie ein Kind waren.«

»Ich war elf, als sie eines Abends losgefahren und nicht zurückgekehrt sind.«

»Sie gelten bis heute als verschollen.«

»Keine Meisterleistung der Polizei.« Sie lächelte gequält.

»Sie sind bei Ihren Großeltern aufgewachsen, die in diesem Jahr beide verstorben sind.«

»Zuerst mein Großvater. Er kam bei einem Autounfall ums Leben. Und vor einem Monat meine Großmutter. Sie ist einfach eingeschlafen und nicht wieder aufgewacht.« Katharina Weller schluckte heftig und zog die Schultern straff nach hinten, als würde sie vor den Beamten keine Schwäche zeigen wollen. Mit der rechten Hand hielt sie die linke umklammert. »Als hätte sie keine Freude mehr am Leben gehabt.«

Dahl gab ihr einen Moment Zeit, ihre Gefühle in den Griff zu bekommen, während er überlegte, wie er seine nächste Frage am besten formulieren sollte, ohne dumm zu wirken. Am Ende entschied er, sie nicht zu stellen, jedenfalls nicht jetzt.

»Keine Alleingänge mehr«, sagte er stattdessen, um das Gespräch abzuschließen. »Wenn Sie wieder eine Idee haben, was sich der Mörder gedacht haben könnte, kommen Sie damit bitte erst zu uns.«

»In Ordnung.« Sie versuchte ein Lächeln. »Ich hatte es übrigens vor, aber Sie waren nicht zu sprechen. In Zukunft werde ich warten.«

»Das wäre gut, für Sie, für uns und womöglich für ganz Sylt.«

»Keine Ahnung, was die Insel mit meinen Entscheidungen zu tun hat, aber okay.« Sie zuckte mit den Schultern und ließ Dahl und Janssen allein.

»Sie ist verrückt«, knurrte Janssen. »Da läuft ein irrer Serienmörder frei herum, und sie denkt, sie kann erraten, dass er Rumpelstilzchen heißt.«

»Sie hat halt Zivilcourage. Entschuldige, ich bin gleich wieder da.« Dahl erhob sich und lief aus dem Büro.

Janssen sah ihm verwundert hinterher.

Katharina fühlte sich nicht wohl, als sie den Weg vom Polizeirevier zur Pension einschlug. Ihr Herz klopfte unnatürlich schnell, ihr Magen fühlte sich an, als würden fünf Kilo ranzige Margarine darin liegen. In ihrer Kehle steckte ein unangenehmer Kloß wie ein Stück vergifteter Apfel. Dass der Polizeihauptkommissar ihre Großeltern erwähnt hatte, war ihr gar nicht gut bekommen. Außerdem quälte sie immer noch die Sache mit Remo, dass er vermutlich ihretwegen gestorben war. Sein Tod nagte besonders schmerzhaft an ihr.

Da hörte sie hinter sich jemanden ihren Namen rufen. Der

Wind trug ihn fast davon, aber sie hatte gute Ohren. Sie drehte sich um und sah, dass Polizeihauptkommissar Dahl aus dem Gebäude gekommen war und direkt auf sie zulief.

»Was ist los? Habe ich etwas vergessen?«

»Nein, ich wollte Sie nur noch etwas fragen.« Dahl wirkte betreten, was Katharina wunderte, da er bisher immer sehr selbstsicher ihr gegenüber aufgetreten war. »Mein Job verbietet es mir, an Märchen zu glauben«, fuhr er fort. »Bei der Polizeiarbeit zählt nur die Vernunft allein. Aber in meiner Kindheit gehörten die Sylter Sagen zu meinem Leben dazu wie Fischbrötchen und Möwenkot. Meine Tante hat mir dauernd welche erzählt. Und ich kann mir gut vorstellen, dass es tatsächlich eine verwirrte oder wahnsinnige Seele gibt, die danach handelt. Was für ein Mensch müsste das Ihrer Meinung nach sein?«

»Sie fragen mich nach dem psychologischen Profil eines Serienmörders, der nach Sagen tötet?« Katharina war so überrascht, dass sie einen Schritt nach hinten machte und dabei über den Fahrradständer des Reviers stolperte. Dahl fing sie auf, bevor sie richtig stürzte. »Tut mir leid«, murmelte sie und nahm mit zitternden Händen ihre Tasche auf, die zu Boden gefallen war.

»Geht es Ihnen nicht gut?«

»Doch, doch, alles okay. Es waren ein paar anstrengende Tage. Wochen. Monate. Private Dinge. Das meiste wissen Sie bereits.« Sie lächelte entschuldigend, dann wurde sie ernst. »Was das Profil betrifft, kann ich Ihnen leider nicht weiterhelfen. Ich befasse mich mit den Sagen selbst, nicht mit denen, die sie lesen oder vielleicht sogar leben. Ich könnte mir aber vorstellen, dass er aus irgendeinem Grund den Bezug zur Realität verloren hat.«

»Das denke ich auch.«

»Ich weiß nicht, was ich Ihnen noch dazu sagen kann.«

»Unser Mörder ist also vermutlich ein geisteskranker Einheimischer, sonst würde er keine Sagen verwenden.«

»Ich würde ihn vielleicht nicht als geisteskrank bezeichnen. Aber normal ist er auf keinen Fall, auch wenn man sich über die Definition von ›normal‹ sicherlich streiten kann.«

Dahl lächelte nur mit einer Hälfte seines Mundes. »Das kann

man, durchaus.« Das halbe Lächeln verschwand rasch wieder. »Womit müssen wir noch rechnen, Ihrer Meinung nach? Welche weiteren bekannten Sylter Sagen gibt es?«

Katharina starrte ihn mit offenem Mund an. »Sie denken, er wird mehr Menschen ermorden?«

»Die Vermutung liegt nahe. Kennen Sie weitere Sagen von der Insel, in denen möglicherweise Menschen zu Tode kommen?«

Unglücklich winkte sie ab. »Es gibt allein in Hansens Werk unzählige Geschichten mit mehr oder weniger blutigem Inhalt. Eine erzählt von einem versunkenen Schiff bei Hörnum, eine von schwedischen Kriegern auf Sylt, eine weitere von Zerstörungen in Nordfriesland. Wenn Ihr Mörder weitermorden will, findet er genügend Stoff.«

Dahl stöhnte auf. »Das darf nicht wahr sein!«

»Tut mir leid. Ich wünschte auch, ich könnte Ihnen helfen, das Morden schnell zu beenden.«

»Trotzdem danke.« Dahl wandte sich ab und wollte gehen, drehte sich jedoch noch einmal zu Katharina um, genau in dem Moment, als sie sich mit bebenden Händen auf den Fahrradständer stützte. »Es wäre nett, wenn Sie meinem Kollegen nicht verraten würden, dass ich mit Ihnen darüber gesprochen habe. Er hält nicht viel von der Theorie mit den Sagen, wie Sie sicher schon gemerkt haben.«

»Ich werde schweigen wie ein Sylter Riesengrab.«

»Geht es Ihnen auch wirklich gut?«

Sie zögerte einen Augenblick. »Dass der Tod des Jungen mit mir zu tun haben könnte, hat mich aufgewühlt. Ich hatte … nun, ich hatte selbst erst vor Kurzem einen schweren Schicksalsschlag zu verkraften. Mehrere. Das von meinen Großeltern wissen Sie ja. Meine Ärztin hat mir Tabletten verschrieben, die ich nehmen soll, wenn es mir schlecht geht. Das wäre jetzt so ein Moment.«

»Brauchen Sie einen Arzt?«

»Nein, ich krieg das hin. Danke für Ihre Fürsorge.« Sie wandte sich ab und ging mit wackligen Schritten davon. Sie konnte Dahls Blick in ihrem Rücken spüren, drehte sich aber nicht zu ihm um.

In ihrem Zimmer angekommen nahm sie eine Tablette, legte sich aufs Bett und starrte zunächst einfach nur an die Decke. Als sie sich etwas ruhiger fühlte, stand sie auf und nahm ein Buch zur Hand, in dem es um Sylter Sagen ging. Eines hatte die Polizei konfisziert, aber sie wäre nicht die beste Sagenforscherin Deutschlands, wenn sie nicht weitere Eisen im Feuer hätte.

Sie begann zu lesen, um noch ein paar Geschichten zu finden, die ihr möglicherweise einen Hinweis auf den Mörder geben konnten.

18

Dahl und Janssen veranlassten sogleich die Vorladung für Jesper Walters, und bereits am frühen Abend saß dieser an der Seite seines hageren Anwalts im Revier – und schwieg.

»Ich sage nichts mehr, weil ich keine Lust habe, schon wieder wegen nichts im Knast zu landen«, waren nach der Begrüßung seine einzigen Worte gewesen.

Der Anwalt hatte zustimmend genickt.

»Was meinten Sie denn nun, als Sie vorhin sagten, Sie seien dem Tod von der Schippe gehüpft?«, fragte Dahl, aber Walters erwiderte nichts.

»Waren Sie bei dem Bootsunglück an Bord?«, hakte Janssen nach. »Haben Sie die Explosion überlebt?«

Walters schnaubte kurz und schwieg.

»Wieso sind Sie der Ansicht, dass Vrees Sie hasst, weil Sie das Unglück überlebt haben?«, wollte Dahl wissen.

»Wann haben Sie Hagen Koog das letzte Mal gesehen?«

Dahl und Janssen wechselten einen Blick.

»Sie schaden sich nur selbst, wenn Sie nicht antworten«, sagte Dahl eindringlich. »Sind Sie unschuldig, sollten Sie uns helfen. Wenn Sie schweigen, können Ihre nicht vorhandenen Antworten viel leichter gegen Sie verwendet werden.« Er war sich nicht ganz sicher, ob seine Worte wirklich einen Sinn ergaben, sie halfen aber insofern, als sich Walters zu seinem Anwalt hinüberbeugte und ihm etwas ins Ohr flüsterte.

Geduldig wartete Dahl, bis der Anwalt ihm leise geantwortet hatte, ehe er Walters die wesentliche Frage noch einmal stellte. »Haben Sie das Bootsunglück überlebt?«

Walters flüsterte seinem Anwalt erneut etwas ins Ohr, was dieser laut wiederholte. »Mein Mandant war nicht an Bord. Er hatte sich an dem Tag krankgemeldet.«

»Krankgemeldet!«, sagte Dahl überrascht. »Weswegen?«

Wieder beugte Walters sich zum Ohr des Anwalts und raunte

ihm etwas zu, was der schließlich laut wiedergab. »Er war nicht wirklich krank, hatte nur ein ungutes Gefühl.«

»Was für ein Gefühl?«

Walters lehnte sich zur Seite, um seine Antwort abermals dem Ohr des Anwalts anzuvertrauen, doch Janssen platzte der Kragen.

»Das ist doch albern! Wenn Sie was zu sagen haben, sagen Sie es uns! Sie verschwenden unsere Zeit mit Ihrem Getue. Wenn Sie unschuldig sind, haben Sie von uns auch nichts zu befürchten. Also reden Sie einfach laut und klar, damit wir Sie verstehen können!«

Walters zögerte und sah zu seinem Anwalt. Als dieser nickte, antwortete er: »Mir war nicht wohl bei der Sache. Vrees verhielt sich seltsam, und die Fahrt kam mir komisch vor. Deshalb bin ich nicht an Bord gegangen, sondern habe mich krankgemeldet.«

»Wieso kam sie Ihnen komisch vor?«

»Es gab keinen richtigen Grund, nach Helgoland zu fahren. Angeblich sollten wir das Schiff testen, ob es für die Saison einsatzbereit sei. Das ist Quatsch, das haben wir noch nie getan. Und eigentlich hatte ich auf dem Schiff sowieso nichts zu suchen. Ich arbeite im Hafen, nicht an Bord. Vrees war auch nicht mein Boss, er hatte mich aber gebeten mitzufahren, um den Tank zu beobachten. Die Sache hat gestunken wie ein alter Fisch.«

Dahl konnte sich noch keinen echten Reim auf Walters' Worte machen, obwohl ihm langsam etwas dämmerte. »Die Fahrt war eigentlich nicht nötig, meinen Sie?«

»So nötig wie 'n Furunkel am Sack. Ich hab doch gesagt, das hat gestunken. Und dann waren noch zwei Männer dabei, die ich an dem Abend im Herbst mit Vrees auf dem Schiff gesehen habe, das er angeblich klarmachen wollte, Langner und Schütte. Als ich in den Hafen kam und die beiden an Deck stehen sah, war für mich alles klar.«

»Was war klar?«

»Dass die Fahrt keine gute Idee ist. Deshalb bin ich weg und hab mich krankgemeldet.«

»Sie meinen, die Explosion war kein Zufall?«, fragte Janssen.

»Ganz sicher nicht. Zumal die Trümmer viel weiter nördlich gefunden wurden. Fragen Sie die Versicherung oder die Küstenwache. Der Kahn ist nicht auf dem Weg nach Helgoland explodiert.«

Dahl schwieg für einen Moment, um diese Behauptung sacken zu lassen.

»Haben Sie einen Verdacht, warum das Schiff mit den Leuten explodieren sollte?«, fragte Janssen, der gefasst geblieben war.

»Ich denke, es hat was mit den heimlichen Nachtfahrten zu tun. Worum es da geht, weiß ich nicht. Ob er Drogen schmuggelt oder Huren anbietet – keine Ahnung. Aber irgendetwas läuft da. Deshalb hat er mir den Diebstahl angehängt, damit ich aus dem Weg bin.«

»Mit ›er‹ meinen Sie Vrees?«

»Wen denn sonst?«

»Ich vermute, Sie können nichts davon beweisen.«

»Nein, wie denn? Ich habe Ihnen doch gesagt, dass es nur so ein Gefühl war.«

»Ja, das sagten Sie. Schade.«

»Ich gehe nicht in den Knast.«

»Das müssen Sie nicht«, sagte Dahl, der sich gefangen hatte. »Wir werden der Sache auf den Grund gehen.«

»Kann ich jetzt gehen?«

»Selbstverständlich. Aber es wäre nett, wenn Sie Sylt erst einmal nicht verlassen würden. Für den Fall, dass wir noch Fragen haben.«

»Schon klar, schon klar.« Walters knurrte die Worte, erhob sich dann und ging zur Tür. Sein Anwalt folgte ihm. »Falls ich demnächst auch bei den Fischen lande, wissen Sie jedenfalls, wer's war.«

»Vrees?«, fragten Dahl und Janssen gleichzeitig.

»Genau der. Der Kerl ist mit allen Wassern gewaschen. Vor dem muss man sich in Acht nehmen. Ich bin lange genug auf der Welt, um solche Menschen zu erkennen.«

»Wir werden Ihren Rat beherzigen«, erwiderte Dahl. »Kennen Sie eigentlich Pidder Lüng?«

»Es gibt ein Gästehaus in Hörnum mit dem Namen.«

»Das meine ich nicht.«

»Was sonst?«

»Die Sagengestalt?«

»Was denn für eine Sagengestalt? Ich lese keine Märchen.«

»Dann kennen Sie auch nicht Ekke Nekkepenn?«

»Nur die Kneipe in Westerland. Die haben gutes Bier. Warum fragen Sie?«

»Nur so, danke. Wir melden uns.«

»Bitte nicht.« Mit diesen Worten öffnete Walters die Tür und ging hinaus, dicht gefolgt von seinem Anwalt.

»Wer hat das Bootsunglück untersucht?«, fragte Janssen, als sich die Tür wieder geschlossen hatte.

Dahl sah im Computer nach und fand die Namen von drei Kollegen von der Wasserschutzpolizei auf Helgoland. »Polizeioberkommissar Tinjes, Polizeikommissarin Fahrein und Polizeirat Wedel. Ich rufe Tinjes an.«

Ohne auf Janssens Antwort zu warten, wählte er die Nummer und wartete, bis sich jemand meldete.

»Hier ist Polizeihauptkommissar Dahl aus Westerland. Ich habe eine Frage zu dem Bootsunglück im März, der Explosion der ›Delphi‹ mit sieben Todesopfern. Haben Sie das bearbeitet?«

»Ja, wir waren dran«, erwiderte eine leicht verschnupfte Männerstimme. »Aber es gab nicht mehr viel zu sehen. Das Boot war ein einziges Trümmerfeld. Wir haben versucht, die Ereignisse zu rekonstruieren, um die Ursache für die Explosion zu ermitteln, aber es war nicht möglich, da wir nicht alle Teile finden konnten. Manches hatte die Strömung weggespült, anderes lag auf dem Grund und konnte bei dem Seegang nicht geborgen werden. Es war schwierig.«

»Zu welchem Schluss sind Sie gekommen?«

»Wir haben uns mit der Versicherung kurzgeschlossen und die Beweise, die wir finden konnten, zusammengetragen. Am Ende wurde es als Unfall deklariert.«

»Das heißt, es hätte eine Manipulation vorliegen können, es ließen sich nur keine Beweise dafür finden?«

»Wenn Sie es so sagen wollen, ja. Warum fragen Sie, was ist los?«

»Wir haben einen Hinweis erhalten, dass es sich möglicherweise nicht um einen Unfall gehandelt hat. Deshalb haken wir nach.«

Tinjes schwieg einen Moment, bevor er antwortete: »Möglich wäre es. Ich wüsste allerdings nicht, warum.«

»Irgendwelche Anzeichen illegaler Aktivitäten in den Bootsresten?«

»Wir haben alles auf Drogen und Sprengstoff untersucht, aber nichts gefunden.«

»Wo genau erfolgte die Explosion?«

»Nordwestlich von Helgoland. Ich schicke Ihnen die Koordinaten, wenn Sie wollen.«

»Uns wurde gesagt, das Boot sei von Sylt unterwegs nach Helgoland gewesen.«

»Das hat uns der Schiffseigner ebenfalls gesagt. Die Wrackteile haben wir aber sehr viel weiter nördlich entdeckt.«

»Irgendeine Ahnung, warum von der Route abgewichen wurde?«

»Nein. Womöglich hatte die Crew Schwierigkeiten mit der Navigation. Vielleicht ein Feuer oder ein Kurzschluss, das wäre denkbar.«

»Aber Sie haben keine Spuren davon gefunden?«

»Ein paar Kabel waren komplett durchgeschmort. Es sah tatsächlich nach einem Kurzschluss aus. Wir wissen allerdings nicht zweifelsfrei, ob das der Auslöser war.«

»Und Sie haben wirklich keinen Sprengstoff gefunden?«

»Nein, definitiv nicht.«

»Danke. Falls ich noch Fragen habe, melde ich mich.«

»Gerne.« Der Kollege verabschiedete sich, danach legte er auf.

Dahl sah zu Janssen, der über Lautsprecher zugehört hatte. »Kein Sprengstoff. Das heißt, wenn die Explosion absichtlich herbeigeführt wurde, muss die Manipulation am Motor oder an der Elektrik vorgenommen worden sein.«

»Wir müssen noch einmal mit dem Hafenmeister sprechen.«
»Also auf nach Hörnum.«

Auf dem Weg in den Süden der Insel gestand Janssen Dahl, dass ihm sein Chef im Nacken saß.

»Wenn wir bis morgen früh keinen echten Verdächtigen haben, jagt er uns ein Team aus Kiel auf den Hals.«

»Welches Team soll das sein?«

»Landeskriminalamt. Die Typen von der Gefahrenabwehr.«

»Schiet. Fehlt nur noch, dass sie uns eine Terroreinheit vor die Nase setzen, die für Aufruhr auf der ganzen Insel sorgt und uns unsere Arbeit nicht machen lässt.«

»Wir müssen ihm etwas liefern, wenigstens einen Verdächtigen. Zum Beispiel Jesper Walters.«

»Er war es nicht. Er ist voller Wut, aber ich denke nicht, dass er mit den Morden etwas zu tun hat. Er hat kein Motiv im Fall Anita Hauser und Remo Lascho und kennt sich mit den Sagen nicht aus.«

»Und die Sagenforscherin?«

»Katharina Weller? Die war's auch nicht. Warum sollte sie? Sie kennt sich zwar aus, hat aber kein Motiv.«

»Sie kannte den Jungen.«

»Aber die anderen nicht. Ich denke auch, dass der Mörder den Jungen umgebracht hat, um sie auf sich aufmerksam zu machen.«

»Weil er Sagen liebt und sie auch?«

»Entweder das oder aus einem anderen Grund. Wir müssen nicht verstehen, warum. Wir müssen ihn nur finden und verhaften.«

»Mal angenommen, sie hat recht mit ihren Märchen. Dann tötet unser Irrer den Wachmann Hagen Koog und lässt es so aussehen wie in der Sage vom Wiedergänger. Die Steuerberaterin legt er in einen Kochtopf wie in der Sage von Pidder Lüng. Und das Kind schmückt er wie in einer dritten Geschichte. Warum nimmt er jedes Mal eine andere? Ich fände es ja plausibel, wenn er jedes Mal wie der Gonger vorgehen würde, um auf das Unglück oder worauf auch immer aufmerksam zu machen. Auch dass er eine Macke hat und denkt, er ist ein Untoter, kann ich mir vorstellen. Aber warum jedes Mal etwas anderes?«

»Das ist eine gute Frage, die ich leider nicht beantworten kann. Aber wir werden das Rätsel noch lösen.«

»Hoffentlich.«

In Hörnum gingen sie sofort zu Ole, der am Kai mit einem Bootseigner auf Niederländisch über den Preis des Liegeplatzes diskutierte. Er trug eine Serviette um den Hals, als wäre er gerade vom Essen weggerissen worden. Ein Senffleck prangte in der Mitte. Der hellere Fleck darunter sah nach Mayonnaise aus.

»Was wollen Sie denn schon wieder?«, fragte er, als er das Geld von dem Niederländer erhalten hatte und sich Janssen und Dahl zuwandte. »Wollen Sie mir jetzt täglich die Zeit stehlen? Ich weiß immer noch nicht mehr über Hagen Koog. Mir reicht es schon, dass einen die Leute beim Essen belästigen, weil der Rabatt für ihren Lieblingsliegeplatz angeblich zu niedrig ist. Da müssen Sie mich nicht auch noch nerven.«

»Wir brauchen weitere Infos über das Bootsunglück«, sagte Dahl.

Ole stöhnte. »Was denn noch? Das Schiff ist explodiert. Peng, bum, aus. Ende der Geschichte.«

»Haben Sie möglicherweise im Vorfeld etwas beobachtet? Dass jemand auf dem Schiff war und die Elektrik manipuliert haben könnte, zum Beispiel?«

Ole runzelte die Stirn. »Sie denken, es war Sabotage? Wer sollte so etwas tun? Und warum?«

»Vielleicht wegen der Versicherung«, entgegnete Janssen, bevor Dahl die Wahrheit sagen konnte.

»Sie denken, Vrees hätte sein eigenes Schiff mitsamt seinen Leuten in die Luft gesprengt, um Geld zu kassieren? Der hat doch genug. Der braucht das nicht.«

»Fällt Ihnen ein anderer Grund ein?«

»Nein. Bisher dachte ich, dass es ein echtes Unglück war. Und falls nicht, kann ich Ihnen nichts sagen, denn es kam aus List. Es hat nur kurz hier angelegt und die Crew an Bord genommen, dann ist es los.«

»Wer hat es aus List gebracht?«

»Dinkelage, der Kapitän.«

Dahl erinnerte sich nicht, den Namen auf der Liste gelesen zu haben. »Ist er auch tot?«

»Nein, der fährt noch. Dort drüben steht er.« Er deutete auf einen Mann an Bord eines Ausflugsschiffes.

»Ein alter Bekannter.« Janssen nickte. »Ich habe neulich schon mit ihm gesprochen. Danke.«

Er ging mit Dahl hinüber zum Schiff, das gerade die letzten Passagiere aufnahm, und winkte dem Kapitän zu. Der winkte zurück und ließ sie an Bord kommen.

»Wir legen gleich ab. Sie müssen sich beeilen. Haben Sie noch Fragen zum Mord an Koog?«, fragte er, als Janssen und Dahl vor ihm standen.

»Eher zum Schiffsunglück im März. Uns wurde gerade gesagt, Sie hätten das Schiff hierhergebracht.«

»Das ist richtig. Es lag in List. Ich sollte es nach Hörnum bringen, damit die Crew es testen kann. Anschließend bin ich direkt wieder zurück, um als zweiter Kapitän mit der Fähre von List nach Dänemark zu fahren. Umso entsetzter war ich, als ich vom Unglück gehört habe.«

»Ist das üblich, dass Sie Schiffe von List nach Hörnum bringen?«, hakte Dahl nach.

»Üblich nicht, aber gelegentlich kommt es vor. Wenn hier eines ausfällt oder gewartet werden muss.«

»Und an dem Tag? War da etwas anders? Haben Sie vielleicht bemerkt, dass das Schiff einen Defekt hatte?«

»Nein, natürlich nicht, sonst hätte ich das doch gesagt. Mir ist nichts aufgefallen. Aber es war nur eine kurze Strecke und immer an der Küste lang. Da ist die See nicht so rau.«

»Könnte es sein, dass sich vor der Abfahrt in List jemand am Schiff zu schaffen gemacht hat?«

»Sie denken, es war Sabotage?« Dinkelage sah so entgeistert

aus, dass sich eine steile Falte zwischen den Augenbrauen bildete. Die Linien in seinem Gesicht wirkten plötzlich noch tiefer.

»Wäre es möglich?«

Er dachte einen Augenblick lang nach, zuckte jedoch mit den Schultern. »Keine Ahnung. Möglich ist alles. Man könnte zum Beispiel im Maschinenraum eine Schraube lockern, die erst auf hoher See rausfällt.«

»Oder einen Kurzschluss provozieren?«

»Auch das würde gehen. Aber warum?«

»Haben Sie eine Idee?«

»Nein, keine.«

»Sie kannten die Leute, die bei dem Unglück umgekommen sind. Was waren das für Männer?«

»Die meisten waren problematisch, um es mal freundlich zu formulieren. Etwas rau, einige mit Vorstrafen.«

»Und der Kapitän? Was war das für ein Mann?«

»Wir waren nicht gerade die besten Freunde. Er hat früher auf Mallorca Kreuzfahrten angeboten, wurde aber gefeuert, weil er Frauen belästigt haben soll. Es gab keine Verurteilung, aber der Ruf hing ihm an.«

»Was ist mit Jesper Walters? Kennen Sie ihn?«

»Natürlich. Er hat im Hafen gearbeitet, bis Vrees ihn gefeuert hat. Das war kurz nach dem Unglück. Er soll gestohlen haben. Ich habe nicht genau verstanden, warum Vrees den Fall so vehement verfolgt hat. Er gibt den Männern sonst immer eine zweite Chance. Aber er wird seine Gründe gehabt haben.«

»Danke, Käpten«, sagte Dahl.

»Wollen Sie mit nach Föhr? Unterwegs erkläre ich Ihnen das Schiff.«

»Nein danke.« Janssen winkte ab. »Ich habe einen schwachen Magen.«

»Und wir müssen leider weiterarbeiten«, sagte Dahl.

Janssen nickte, sichtlich froh, nicht auf dem Schiff bleiben zu müssen. Solange es im Hafen lag, machte es ihm nichts aus. Aber sobald es auslief, würde sich seine Seekrankheit melden.

»Wir sehen uns.« Der Kapitän hob die Hand zum Gruß und

gab den Befehl zum Ablegen. Sobald Janssen und Dahl vom Schiff waren, wurde das Tau gelöst, und die Motoren starteten.

»Schon beim Anblick wird mir schlecht«, sagte Janssen und schluckte.

Dahl lächelte. »Dann ist es wohl jetzt nicht angebracht, darauf hinzuweisen, dass wir heute noch kein richtiges Essen hatten?«

»Essen klingt immer gut. Mein Frühstück im Golfclub von Flensburg ist lange her.«

»Frühstück im Golfclub? Hattest du solche Sehnsucht?«

»Die Zeit hat leider nur für einen schnellen Imbiss gereicht.«

»In dem Fall wird es dich doch sicher freuen, wenn wir die nächste Mahlzeit im Hörnumer Golfclub einnehmen. Ich wollte ohnehin mal vorbeifahren, um mit jemandem zu sprechen.«

»Warum?«

»Weil ich gelesen habe, dass Anita Hauser dort gespielt hat. Koog musste am Club vorbei, wenn er nach Hause fuhr. Das ist ein gemeinsamer Nenner. Vielleicht ist der Mörder den beiden dort oder in der Nähe begegnet. Ich hoffe, jemand kann uns sagen, wen die Steuerberaterin außerhalb ihres Berufslebens getroffen hat. Und ob es Parallelen in den Fällen gibt. Mal abgesehen von Vrees.«

19

Der Golfclub Budersand in Hörnum war von einer Zeitschrift zum besten Golfclub Deutschlands gekürt worden und lag wie eine Oase direkt zwischen Hafen und Wattenmeer. Der Leuchtturm überragte die Anlage, als ob er die Spieler beobachtete. Direkt am Meer stand ein Hotel. Das Restaurant befand sich am höchsten Punkt der Golfanlage, und Janssen betrachtete sehnsüchtig die Golfer, musste sich aber mit der Rolle des Zuschauers begnügen.

Sie bestellten etwas zu trinken, außerdem für jeden ein Fischgericht. Als der Kellner das Essen brachte, hielt Dahl den Mann auf.

»Sagen Sie, war Anita Hauser öfter hier?«, fragte er.

»Das weiß ich nicht. Ich bin nur die Aushilfe.«

»Wer kennt sich aus?«

»Sylvi.« Er deutete auf eine junge Kellnerin mit Brille und kurzen blonden Haaren, die Servietten faltete.

»Können Sie sie bitte zu uns schicken?«

»Natürlich.«

Er ging zu ihr und sagte ein paar Worte. Sie sah auf, danach kam sie an ihren Tisch.

»Kripo Flensburg«, sagte Janssen und zückte seinen Dienstausweis. »Es geht um Anita Hauser.«

»Ich habe schon gehört, dass sie gestorben ist. Das ist schrecklich, sie war noch nicht alt.«

»Wie oft war sie hier?«, fragte Dahl.

»Meistens am Wochenende, aber nicht immer.«

»Mit ihrem Mann?«

»Gelegentlich. Wie geht es ihm?«

»Er wurde vermutlich heute aus dem Krankenhaus entlassen. Mit wem hat sich Anita Hauser hier getroffen? Wissen Sie das?«

Sie überlegte. »Sie war mit vielen Clubmitgliedern befreundet.

Einige kannte sie aus der Kanzlei oder hat sie dorthin geholt. Sie hat mit jedem mal gesprochen, sie war sehr kommunikativ.«

Dahl seufzte. Das half nicht unbedingt weiter.

»Ist Ihnen in letzter Zeit jemand aufgefallen, der nicht hierhergehört?«, fragte Janssen.

»Nein. Aber warum fragen Sie das? Sie sind von der Kripo. Sie …« Langsam dämmerte ihr, was die Fragen bedeuteten. Ihre Augen weiteten sich entsetzt. »Wurde Anita auch ermordet?«

»Kannten Sie Hagen Koog?«, fragte Dahl, ohne auf ihre Frage einzugehen.

»Das ist der Mann, der vor Anita … War es derselbe Mörder?«

»Möglicherweise. Wir prüfen einen Zusammenhang. Beide hielten sich öfter hier oder in der Nähe des Golfclubs auf.«

»Er war Wachmann im Hafen, ich habe davon gelesen. Nein, ihn kannte ich nicht. Oh Gott, bedeutet das, dass wir die nächsten Opfer sein könnten?« Sie wurde blass.

»Nein! Das heißt es nicht«, widersprach Dahl schnell. »Auf keinen Fall. Wir gehen nur jeder Möglichkeit nach. Bisher gibt es keinen Zusammenhang zwischen einem Aufenthalt im Golfclub und den Morden.«

»Das stimmt«, bestätigte Janssen und nahm einen Bissen von seinem Essen. »Mhmm, schmeckt gut«, fügte er hinzu, um vom Thema abzulenken. Doch die Frau war noch nicht beruhigt.

»Anita Hauser hat sich hier mit vielen verschiedenen Leuten getroffen. Ich hoffe nicht, dass die alle ebenfalls Opfer des Mörders werden, denn dann wäre der Golfclub verwaist. Oh Gott, und ich sterbe auch.«

»Nein, Sie sterben nicht«, sagte Dahl nachdrücklich. Er senkte seine Stimme. »Ehrlich gesagt, dass wir hier ermitteln, ist nur eine Ausrede, um das gute Essen zu genießen. Das würden wir unserem Chef gern auf die Spesenrechnung schreiben. Also müssen wir ein paar Fragen stellen, damit es glaubhaft wird.«

Die Lüge wirkte. Endlich wurde sie ruhiger. »Das Essen hier bekommen Sie sonst nicht durch?«

»Nein, wir brauchen einen triftigen Grund.«

»Okay. Dann sind wir nicht in Gefahr?«

»Nein, bestimmt nicht.«

»Gut.« Sie atmete aus, sichtlich erleichtert. »Ich habe auch keine Fremden gesehen. Die meisten kommen öfter her, manche nur im Sommer, aber selbst von denen kenne ich viele. Unser Club ist beliebt, die Leute spielen immer wieder bei uns.«

»Und bei den Turnieren?«, fragte Janssen. »Waren fremde Spieler dabei?«

»Ich kann Ihnen die Startliste vom letzten Turnier besorgen. Das war voriges Wochenende.«

»Das wäre nett.«

»Ich bin gleich wieder da.« Sie eilte davon.

»Gut reagiert«, sagte Janssen leise. »Das mit der Spesenrechnung ist glaubwürdig.«

»Wenn sie hier alle verrückt macht, bekommen wir Stress, und der Mörder wird womöglich gewarnt.«

»Eine Panik können wir ganz sicher nicht gebrauchen.«

Sie widmeten sich wieder ihrem Essen. Als Dahl die letzte Kartoffel verspeist hatte, stand Sylvi erneut vor ihnen und legte ihnen eine Liste mit einhundertzwanzig Namen auf den Tisch. Sie nahm die leeren Teller und ging zurück zu ihren Servietten, während Dahl und Janssen die Liste studierten. Mehrere aus Fernsehserien bekannte Namen tauchten auf, außerdem zwei deutsche Unternehmer und ein französischer Starkoch. An der Ziffer »63« blieb Dahls Finger hängen.

»Dominik Vrees«, sagte er. »Er hat mitgespielt.«

»Er ist ein gemeinsamer Nenner, das wissen wir bereits.« Janssen winkte der Kellnerin zu, die sofort zu ihnen eilte, als hätte sie nur darauf gewartet.

»Haben Sie etwas entdeckt? Ist der Mörder dabei?«

»Nein, kein Mörder. Aber kennen Sie den?« Janssen deutete auf Vrees' Namen.

»Natürlich. Ihm gehören mehrere Schiffe. Was ist mit ihm? Ist er auch tot?« Ihre Stimme war vor Entsetzen ganz piepsig geworden. Sie klang fast wie ein verletzter Vogel.

»Nein, heute früh lebte er jedenfalls noch«, sagte Dahl. »Hat er mit Anita Hauser Kontakt gehabt?«

»Die beiden sind nie zusammen hier. Er kommt immer freitags, sie am Samstag oder Sonntag. Kam. Sie kam.«

»Ist Vrees genauso kontaktfreudig wie sie?«

»Nein, der kommt nicht mit jedem klar. Vor einiger Zeit wurde er sogar bedroht. Da stand mit einem Mal einer seiner Arbeiter hier im Restaurant und hat ihm gedroht.«

»Wer war das?«

»Ich kenne seinen Namen nicht. Aber er wurde kurz darauf wegen Diebstahls verhaftet.«

Dahl sah zu Janssen. Der erwiderte den Blick und nickte.

»Mit wem hat Vrees denn Kontakt?«, fragte Dahl die Kellnerin.

»Er spielt meistens allein oder mit seiner Freundin. Aber hin und wieder auch mit Henning Jenner.«

»Wer ist Henning Jenner?«

»Ihm gehört der Betrieb Jenner Futtermittel in Schleswig. Er kommt manchmal her, um Golf zu spielen. Ich weiß nicht, warum er den weiten Weg auf sich nimmt. Offenbar liebt er unseren Platz.« Sie lächelte.

»Er ist ja auch schön«, sagte Janssen schmeichelnd. »Und er spielt mit Vrees?«

»Wenn er da ist, spielen die beiden zusammen.«

»Seit wann?«

»Seit einem Jahr, glaube ich. Ja, vorigen Sommer sind die beiden das erste Mal zusammen auf die Runde gegangen. Danach saßen sie lange hier im Restaurant und haben Champagner getrunken. Vrees hat bezahlt, das ist mir aufgefallen.«

»Haben Sie gehört, worüber die beiden gesprochen haben?«

»Nein, tut mir leid, das weiß ich nicht. Ich höre nie zu, wenn die Leute reden. Es ist einfach zu viel, das kann man sowieso nicht speichern.«

»Natürlich nicht. Wann war Jenner das letzte Mal hier?«

»Im Frühling, März vielleicht. Diesen Sommer habe ich ihn noch gar nicht gesehen.«

»Im März? Vor dem Bootsunglück oder hinterher?«

»Welches Bootsunglück?«

»Ein Schiff ist in die Luft geflogen. Keine Überlebenden.«

»Wie schrecklich. Davon habe ich gar nichts mitbekommen.«

»Es war nicht groß in den Nachrichten.«

Sie zuckte bedauernd mit den Schultern. »Tut mir leid. Wollen Sie vielleicht noch etwas über unsere anderen Mitglieder wissen? Ich kenne jeden.«

»Wenn wir weitere Fragen haben, kommen wir wieder.«

»Ich bin im November im Urlaub, aber sonst finden Sie mich hier.«

»Bis zum November haben wir den Fall hoffentlich gelöst.«

»Vrees hat sich hier also öfter mit einem Jenner aus Schleswig getroffen, jedoch nicht mehr seit März, als das Bootsunglück geschah«, sagte Dahl, als er mit Janssen zurück zum Wagen ging und die Rechnung, die ihnen Sylvi sorgfältig ausgestellt hatte, einsteckte. »Zufall?«

»Fragen wir ihn.«

Dahl wollte den Wagen starten, als das Telefon klingelte. Es war Sophie.

»Jemand von der Wasserschutzpolizei will Sie sprechen«, sagte sie.

»Stellen Sie ihn durch.«

Einen Moment später war Tinjes am Apparat.

»Ich schicke Ihnen jetzt die Koordinaten des Unglücks«, sagte er. »Außerdem habe ich ein paar Radarbilder für Sie. Darauf ist zu sehen, welche Route das Schiff genommen hat. Es startete Richtung Helgoland, bog aber auf Höhe von Föhr nach Westen ab. Etwa zwanzig Kilometer weiter kam es zum Unglück.«

»Danke.«

Kaum dass Dahl aufgelegt hatte, gab sein Telefon ein kurzes Piepsen von sich, da die Nachricht von Tinjes angekommen war. Die Radarbilder waren nur Momentaufnahmen, aber sie zeigten, dass die »Delphi« genau die Route genommen hatte, die Tinjes beschrieben hatte.

»Was ist das hier?«, fragte Janssen und deutete auf einen Punkt nördlich vom Unglücksort.

»Ein anderes Boot, wie es aussieht.«
»Ob das etwas von dem Unglück mitbekommen hat?«
»Es ist zu weit weg.«
»Es wäre trotzdem nicht verkehrt, mit den Leuten zu sprechen, ob sie etwas gehört oder gesehen haben.«
»Wie sollen wir herausfinden, wer das war?«
»Wir rufen den guten Mann von der Wasserschutzpolizei noch einmal an.«
Dahl hatte Tinjes sofort am Apparat.
»Haben Sie alles bekommen?«
»Ja, vielen Dank. Was ist das für ein Boot in der Nähe des Unglücksortes?«
»Ein dänisches Fischerboot. Mit der Explosion hatten die nichts zu tun.«
»Haben Sie mit den Leuten gesprochen?«
»Nein, sie waren schon wieder zu Hause, als wir kamen. Der Kutter war aber ohnehin zu weit weg, als dass sie von der Explosion etwas mitbekommen hätten. Höchstens eine Rauchwolke in der Ferne.«
»Okay, danke. Wir bleiben dran.«
»Sollten Sie etwas in Erfahrung bringen, was wir nicht herausgefunden haben, sagen Sie Bescheid.«
»Machen wir.«
Doch erst einmal mussten sie nach List zu Vrees. Zum dritten Mal.

Der Schiffseigner befand sich nicht in seinem Büro.
»Wo ist er?«, fragte Dahl dessen Assistentin Lisa, die offensichtlich die Stellung hielt.
»Bei einem Meeting in Niebüll.« Die junge Frau lächelte breit und stemmte die Hände in die Hüften, als würde sie sich einem aufkommenden Sturm entgegenstellen.
»In Niebüll? Was macht er da? Wen trifft er?«
»Den Geschäftsführer des Sylt Shuttles. Sie wollen weitere Möglichkeiten für eine Zusammenarbeit finden. Ausflüge vom Zug direkt aufs Schiff oder so. Das wäre gut für Sylt.«

»Und gut für Vrees und sein Portemonnaie«, knurrte Janssen.

Lisa ließ sich nicht davon beeinflussen. Ihr Lächeln schien wie in Stein gemeißelt. »Herr Vrees bietet den Besuchern und Einwohnern von Sylt so viel. Ohne ihn und seine Schiffe wäre hier vieles nicht denkbar.«

»Wir haben nichts gegen ihn. Aber was wissen Sie darüber, dass Jesper Walters Vrees bedroht hat?«

»Walters? Oh ja, der schreibt ständig E-Mails, obwohl er im Knast sitzt. Keine Ahnung, wie er das hinbekommt. Vielleicht hat er jemanden, der sie für ihn verfasst. Er hasst Dominik.«

»Was steht in den Mails? Können wir die mal lesen?«

»Die löscht Dominik immer sofort. Der Mann sitzt doch im Gefängnis, der kann ihm nichts antun.«

»Er ist wieder auf freiem Fuß.«

»Oh!« Erschrocken legte sie ihre Hand auf ihre Lippen. »Sobald er wieder eine schickt, sage ich Ihnen sofort Bescheid.«

»Wir kommen später wieder.«

»Am Abend ist Dominik sicherlich zurück. Ansonsten morgen früh.«

»Klar.«

Die beiden gingen durch das Restaurant hinaus in den Hafen, wo sich Dahl an Janssen wandte.

»Dieser Jesper Walters gefällt mir immer weniger. Ich verstehe nur nicht, was er mit den Morden an dem Jungen und Anita Hauser zu tun haben könnte.«

»Vielleicht haben die auch dafür gesorgt, dass er im Knast landete. Koog hat eine Aussage getätigt, Hauser möglicherweise einen Beweis geliefert. Und der Junge? Wir müssen uns die Unterlagen zu dem Diebstahl ansehen.«

»Aber zuerst suchen wir den Kerl, der mir hier Walters' Namen ins Ohr geflüstert hat. Er muss etwas wissen.«

Dahl sah sich im Hafen aufmerksam um. Es wimmelte von Touristen, außerdem hatte ein Fischerboot angelegt. Zusammen mit Janssen schlenderte er langsam durch den Hafen, an den Restaurants und Booten vorbei. Aber er konnte den Mann nicht entdecken. Im Hafenamt klopften sie und traten ein, ohne eine

Antwort abzuwarten. Ein kleiner, rundlicher Mann mit einer dicken Brille, der auf Plattdeutsch mit jemandem telefonierte, sah erstaunt zu ihnen auf.

»Einen Moment«, sagte er leise, bevor er am Telefon weitersprach. Nachdem er aufgelegt hatte, drehte er sich mit seinem Stuhl zu ihnen um. Seine Beine waren so kurz, dass sie den Boden nicht erreichten, sondern vom Sitz baumelten. »Sie sehen aus, als wären Sie von der Polizei. Was kann ich für Sie tun?«

»Kripo Flensburg«, sagte Janssen.

»Kripo! Was ist passiert?«

»Wir suchen einen Mann.« Dahl beschrieb den Arbeiter, der ihn angesprochen hatte.

»Das könnte Carsten sein. Er kümmert sich um die Fähre aus Rømø. Sie trifft jeden Moment ein.«

»Ist er zuverlässig?«

»Ja, warum fragen Sie? Was hat er ausgefressen?«

»Nichts. Wir haben nur ein paar Fragen an ihn.«

»Er ist noch nicht so lange hier, erst seit ein paar Monaten, aber bisher sind mir keine Klagen gekommen.«

»Wo war er vorher?«

»Hörnum.«

Dahl nickte und ging mit Janssen hinaus, wo sie den Landungssteg der Fähre ansteuerten. Das Schiff war nicht mehr weit entfernt. In etwa zehn Minuten würde es anlegen. Ein Mann in einem blauen Overall fegte Zigarettenkippen und Ticketreste auf dem Steg zusammen. Als er die beiden Männer auf sich zukommen sah, warf er den Besen hastig weg und rannte davon. Ihm blieb jedoch nur die Richtung zum Ende des Stegs, wo es lediglich Wasser gab und er nicht weiterkam. Dahl und Janssen hatten ihn spielend leicht eingeholt.

»Wohin wollen Sie denn?«, fragte Dahl. »Wir möchten nur mit Ihnen reden.«

»Ich habe aber nichts zu sagen«, erwiderte der Mann und sah in das Hafenbecken, als würde er ernsthaft in Erwägung ziehen, hineinzuspringen. Er tat es aber nicht.

»Sie haben mir den Namen von Jesper Walters genannt.«

»Das war ganz klar ein Fehler.«
»Warum haben Sie es dann getan?«
»Keine Ahnung. Er war mir gerade in den Sinn gekommen.«
»Das glaube ich Ihnen nicht. Mir scheint, Sie haben vor irgendetwas Angst. Oder vor irgendwem. Wir können Sie beschützen.«
Der Mann lachte auf. Es klang bitter. »Einen Scheiß können Sie.«
»Wovor oder vor wem fürchten Sie sich?«, fragte Janssen. »Vor Walters?«
»Ich habe keine Angst vor Walters.«
»Vor wem sonst?« Dahl blickte kurz über seine Schulter in Richtung des Gebäudes, in dem der Reeder sein Büro hatte. »Vor Vrees? Er ist nicht da. Er bekommt nicht mit, dass Sie mit uns sprechen.«
Carsten sah sie unsicher an. »Er ist nicht da?«
»Nein. Er ist in Niebüll.«
»Trotzdem. Ich weiß nichts.«
»Sollen wir Sie ins Polizeirevier mitnehmen?«, fragte Janssen. »Wollen Sie lieber dort reden?«
»Sind Sie wahnsinnig?« In seine Augen kroch Panik. »Dann bin ich geliefert. Er erfährt alles. Sylt ist eine kleine Insel, hier weiß jeder alles. Vor allem in meinem Job.«
»Dann reden Sie jetzt mit uns. Was ist mit Walters? Bringt er Leute um, weil die ihn ins Gefängnis gebracht haben?«
»Was? Nein! Er bringt niemanden um. Er wurde reingelegt, weil er …« Carsten brach ab.
»Weil er was?«, hakte Janssen nach.
»Es geht um das Bootsunglück, richtig?«, fragte Dahl. »Was wissen Sie darüber?«
Carsten schüttelte störrisch den Kopf. »Ich weiß nichts.«
»Doch, Sie wissen etwas, sonst hätten Sie mich nicht angesprochen.«
»Es ist nichts Konkretes, nur Hörensagen.«
»Es geschehen momentan grausame Morde auf Sylt, wir müssen wissen, was los ist, bevor es weitere Opfer gibt.«

»Von den Morden weiß ich nichts, nur von dem Bootsunglück.«

»Egal. Was wissen Sie?«

»Es war kein Unfall. Es war Absicht.«

»Sie haben damals in Hörnum im Hafen gearbeitet?«

»Ja. Ich habe mitbekommen, dass zwei Männer Vrees erpresst haben. Langner und Bergen. Sie mussten sterben, weil sie etwas über Vrees wussten.«

»Und was?«

»Keine Ahnung. Ich habe nur das von der Erpressung mitbekommen. Als ich das meiner Frau erzählt habe, hat sie mich gedrängt, mich versetzen zu lassen. Sie meinte, solche Kollegen seien nicht gut für mich. Ich wollte meine Ruhe haben und bin nach List gegangen. Nur drei Tage später flog das Schiff in die Luft.«

»Und was ist mit Jesper Walters?«

»Er sollte auch mit, hat aber in letzter Minute einen Rückzieher gemacht. Er muss etwas wissen, sonst hätte Vrees ihn nicht zur Todesfahrt bestellt.«

»Wir haben inzwischen mit ihm gesprochen. Er hat den Verdacht, dass Vrees krumme Dinger macht, weiß aber auch nichts Genaues.«

»Dann tut es mir leid. Mehr kann ich Ihnen nicht sagen.«

»Was wissen Sie über die anderen Männer, die umgekommen sind?«

»Nicht viel. Ich habe bloß mitgekriegt, dass Langner und Bergen Vrees erpresst haben. Warum Vrees die anderen ebenfalls loswerden wollte, weiß ich nicht. Vielleicht waren die auch an der Erpressung beteiligt.«

»Gab es nachts irgendwelche ungewöhnlichen Fahrten?«

»Keine Ahnung. Meine Frau will nicht, dass ich nachts arbeite.«

»Wissen Sie, wer kurz vor dem Unglück hier in List Dienst hatte? Jemand mit entsprechender Fachkenntnis muss das Schiff so präpariert haben, dass es auf See in die Luft flog. Oder denken Sie, dass es Vrees war?«

»Ich war neu hier, ich hatte mit anderen Dingen zu kämpfen. Aber ich muss zurück an die Arbeit. Die Fähre legt gleich an.«

»Natürlich.«

Die Fähre war bereits so nahe, dass sie lauter reden mussten, um den Lärm der Maschinen zu übertönen. Carsten ging an ihnen vorbei zurück zu seinem Besen, den er aufhob und an eine Laterne lehnte.

»Wohin jetzt?«, fragte Janssen, als er mit Dahl zurück zum Parkplatz ging. »So langsam gehen mir die Ideen aus, wie wir Licht in unsere Morde bringen. Wir verstricken uns nur immer tiefer in einen alten Fall, von dem wir nicht einmal wissen, ob er mit unseren aktuellen Morden verknüpft ist.«

»Das ›ob‹ ist eigentlich keine Frage mehr. Ich bin mir sicher, dass er es ist. Wir wissen nur nicht, wie.«

Janssen kratzte über die Bartstoppeln an seinem Kinn. »Ich gebe es nicht gerne zu, aber mich beschleicht auch das Gefühl, dass die Fälle zusammenhängen, das Bootsunglück und unsere Morde. Wenn der Täter wirklich durch den Mord an dem Jungen mit dieser Märchentante kommuniziert und ihr die Zeitung dagelassen hat, ist das Unglück wohl der Grund. Aber an einen Untoten glaube ich immer noch nicht.«

»Das Bootsunglück war nur eine Randnotiz in der Zeitung. Ebenso hätten die Steuererhöhungen auf der Titelseite gemeint sein können. Vielleicht hat er deshalb Anita Hauser ermordet.«

Janssen grinste neckisch. »Du wirst langsam witzig. Es macht fast schon Spaß, mit dir zusammenzuarbeiten.«

»Ich kann noch witziger werden. Was wäre, wenn der Täter auf diesem dänischen Boot war und bei der Explosion doch irgendetwas beobachtet hat? Er traut sich nicht, zu den deutschen Behörden zu gehen, und fängt an zu morden.«

»Oder etwas hat ihn getriggert, sodass er durchgedreht ist.«

»Wir sollten einen Ausflug nach Dänemark machen.«

»Sehe ich auch so.«

»Wir können die Fähre nach Rømø nehmen. Sie fährt in einer halben Stunde zurück.«

»Ein Schiff? Bist du verrückt?«

»Warum? Traust du dich nicht?«

»Ich traue mich immer.«

»Na, dann los. Hast du deinen Personalausweis dabei?«

»Natürlich.«

Janssen schluckte. Er und Schiffe, das war wie Kühe und ein Laster zur Schlachtbank. Überhaupt nicht gut. Aber er musste sich fügen. Der Fall war wichtiger.

Sie holten den Wagen, als Dahls Smartphone klingelte.

»Sophie, was ist los?«

»Der Psychologe hat morgen Nachmittag einen Termin für das Gespräch mit Hanussen frei.«

»Morgen Nachmittag? Das ist verdammt spät.«

»Früher ging es nicht. Er ist beim Surfen verunglückt und krankgeschrieben. Momentan arbeitet er nur bei Notfällen.«

»Okay, noch was?«

»Die Kriminaltechnik hat endlich Koogs Handy ausgewertet. Ich habe mir erlaubt, den Bericht sofort anzusehen.« Sie machte eine Pause, um ihren folgenden Worten mehr Nachdruck zu verleihen. »Koog hat vor seinem Tod Drohbriefe erhalten.«

»Drohbriefe? Von wem?«

»Jesper Walters.«

»Das passt. Vrees hat er auch welche geschrieben, weil der ihn mit Koogs Hilfe ins Gefängnis gebracht hat. Wie hat er es bloß hinbekommen, die Mails aus dem Knast zu schicken? Normalerweise werden die doch streng kontrolliert.«

»Die Nachrichten kamen nicht aus dem Gefängnis, sondern vom Server seines Anwalts, der sie in Walters' Namen verfasst hat.«

Dahl pfiff leise durch die Zähne. »Der Mann steckt mit Walters unter einer Decke? Interessant. Was ist mit Anita Hausers Telefon?«

»Daran arbeiten sie noch, haben aber bisher nichts in der Art entdeckt. Es gibt noch etwas.« Wieder machte sie eine Pause.

»Was denn?«

»Walters hat gerade ein Ticket für den Autozug gekauft. Einer unserer Leute hat ihn am Bahnhof gesehen. Er soll Sylt doch eigentlich nicht verlassen.«

Dahl sah zu Janssen. »Walters will von der Insel. Für wann ist das Ticket?«, fragte er Sophie.

»In einer halben Stunde.«

Dahl fluchte leise.

»Was machen wir jetzt? Wir können nicht an zwei Orten gleichzeitig sein«, sagte Janssen mit hoffnungsvoller Miene, nachdem Dahl sich bei Sophie bedankt und das Gespräch beendet hatte.

Dahl zögerte einen Moment, weil er überlegte, was wichtiger war: Walters oder der Ausflug nach Dänemark.

»Du willst dich nur drücken und nicht aufs Schiff. Aber da musst du jetzt durch«, sagte er schließlich.

»Du denkst, Dänemark ist die bessere Spur?«

Dahl nickte.

Janssen knurrte etwas Unfeines in seinen stetig wachsenden Bart, widersprach jedoch nicht.

20

Die Dämmerung lag über Sylt. Der Himmel war verhangen, es roch nach Regen. Eine steife Brise wehte von Westen her und brachte weitere Wolken mit. Der Strand hatte sich geleert, doch die Promenade war noch voll. In den Restaurants saßen Urlauber, auch die Geschäfte konnten sich über mangelnde Kundschaft nicht beklagen. Katharina stand in einem Buchladen und betrachtete das Regal mit den Kinderbüchern. Die Auswahl in dem Geschäft war groß, doch was sie suchte, war nicht dabei. Abenteuerbücher mit Wikingerkindern gab es, Geschichten aus der Schule und darüber, wie man Kängurus zähmte. Erst bei den Büchern für Erwachsene entdeckte sie das Passende. Sie kaufte das Märchenbuch, steckte es ein und fuhr nach Archsum.

Ihr Herz wurde schwer, als sie an dem Gehöft der Lanschos ankam und sah, wie das Tatortband der Polizei im Wind flatterte. Sie klopfte an die Haustür. Sofort ertönte Hundegebell von innen, nur einen Augenblick später öffnete eine Frau Anfang dreißig die Tür. Sie trug ein dunkelblaues T-Shirt, das ihr etwas zu eng war, schwarze Hosen und schwarze Pantoffeln. Tiefe Ringe lagen unter ihren verquollenen Augen, als hätte sie stundenlang geweint. An ihrer Seite stand Gangster, der Katharina kurz beschnüffelte und mit dem Schwanz wedelte, schließlich war die Besucherin eine alte Bekannte für ihn.

»Guten Tag. Mein Name ist Katharina Weller. Ich habe Remo gekannt und möchte Ihnen mein Beileid aussprechen.«

»Danke.« Sie schluckte, als müsste sie Tränen unterdrücken. »Sind Sie eine Lehrerin?«

»Nein. Ich habe ihn am Strand kennengelernt. Ich möchte ihm nur etwas bringen.«

»Ihm? Remo?«

»Ja.«

Remos Mutter musterte sie skeptisch, weil sie offenbar nicht verstand, wie jemand einem Toten etwas bringen konnte, trat jedoch zur Seite.

»Kommen Sie rein.«

Katharina betrat das gemütliche Haus, in dem es nach Kerzenwachs und Waschmittel roch, und lief hinter ihr her ins Wohnzimmer. Mehrere Kerzen brannten auf einer Kommode. Ein Foto von Remo stand in einem Rahmen inmitten der flackernden Lichter.

Katharina holte das Buch, das sie vorhin im Buchladen gekauft hatte, aus ihrer Tasche und legte es zu den Kerzen.

»Damit du bei den Engeln was zu lesen hast«, sagte sie leise zu Remo auf dem Foto. Sie hätte gerne ein Gebet gesprochen, aber sie hatte den Glauben an die Religionen schon lange verloren. Der allmächtige Gott erinnerte sie eher an eine Sagengestalt als an eine Macht, an die sie sich in der Not wenden konnte. Deshalb flüsterte sie nur noch: »Es tut mir leid«, und wischte eine Träne weg.

»Möchten Sie einen Tee?«, fragte Maria Lanscho, die zu ihr getreten war.

»Danke, das wäre nett.«

»Ich mache Ihnen einen. Setzen Sie sich inzwischen. Mein Mann ist auch gleich da.«

Während Remos Mutter mit Gangster an den Fersen in die Küche ging, ließ sich Katharina auf dem Sofa nieder und entdeckte ein Mädchen, das still in der Tür stand.

»Hallo. Bist du Remos Schwester?« Katharina versuchte ein einladendes Lächeln.

»Ja.«

»Er hat mir von dir erzählt.«

»Was denn?«

»Dass du gerade lesen lernst.«

»Ich kann nur ein bisschen. Aber meine Mama liest mir manchmal vor. Ist das Buch für Remo?«

»Ja.«

»Er ist tot. Er kann es nicht mehr lesen.«

»Aber es würde ihm bestimmt gefallen. Du kannst es ihm vorlesen, wenn du es richtig gelernt hast.«

Die Kleine nickte. »Das kann ich machen. Vielleicht hört er es im Himmel.«

»Ganz sicher.«

»Weißt du, wie er gestorben ist? Es war schrecklich«, flüsterte das Kind.

»Ich habe von der Polizei davon gehört. Ich hoffe, du hast es nicht gesehen.«

»Nein, ich war im Bett. Aber Mama hat ganz schlimm geweint und gesagt, es war schrecklich.«

Katharina spürte Tränen in den Augen, und die Schuld schnürte ihr die Kehle zu. Zum Glück kam in diesem Moment Remos Mutter zurück ins Wohnzimmer und lenkte sie ab. Sie stellte zwei Tassen Tee auf den Tisch und setzte sich auf den Sessel gegenüber der Couch.

»Danke, dass Sie gekommen sind«, sagte sie verlegen. »Ich hätte nie gedacht, dass ich so etwas mal erleben muss.«

»Ich auch nicht. Es tut mir so leid. Und ich hoffe, ich störe nicht.«

»Nein. Ich war den ganzen Tag zu Hause und habe versucht, die Katastrophe irgendwie zu verstehen. Mein Mann und ich, wir waren beide nicht arbeiten heute, es ging nicht. Man kann es einfach nicht in seinen Kopf reinkriegen. Wie kann das nur sein? Was ist das für ein Monster, das so etwas macht?« Sie schniefte.

»Ich weiß es nicht. Es ergibt alles irgendwie noch keinen Sinn.«

»Warum ausgerechnet mein Remo? Warum hier?«

Katharina öffnete den Mund, um ihr die Wahrheit zu sagen, doch in dem Augenblick öffnete sich die Haustür, und Remos Vater trat ein. Er sah genauso unglücklich aus wie seine Frau. Verwundert musterte er Katharina und nickte ihr schließlich zu, als würde er sie in seinem Haus akzeptieren.

»Sie hat gesagt, sie kennt Remo«, sagte seine Frau, als er zu ihnen kam.

»Ich bin ihm am Strand begegnet, und wir haben uns über Märchen und Sagen unterhalten«, erklärte Katharina. »Ich bin

Sagenforscherin, er hatte das Buch entdeckt, in dem ich gerade las.«

»Und Sie haben ihm ein Eis gekauft. Ich habe Sie gesehen.«

»Das ist richtig.«

»Woher wissen Sie von dem Mord an Remo? Es stand nicht in der Zeitung.«

»Ich habe mit der Polizei gesprochen.«

»Wieso reden Sie mit der Polizei?«

»Weil mir aufgefallen ist, dass die Morde, die seit einigen Tagen auf Sylt passieren, mit alten Sagen zusammenhängen. Ich glaube auch, dass Remo meinetwegen gestorben ist.« Ihr Herz raste.

»Wieso sagen Sie das?« Remos Mutter klang verwirrt.

»Ich habe die Befürchtung, der Mörder wollte mit Remos Tod eine Nachricht an mich übermitteln.«

»Sind Sie verrückt?«, fragte der Vater und ließ es so klingen, als ob es mehr eine Tatsache darstellte als eine Frage.

»Ich hoffe nicht. Es ist nur eine Theorie, aber ich fürchte, es könnte wirklich so sein.«

»Haben Sie ihn getötet?«, fragte Remos Mutter schrill. Ihre Hände zitterten. »Wollen Sie sich an unserem Leid weiden?«

»Nein! Keineswegs!« Katharina hob abwehrend beide Hände, aber die Frau ließ sich nicht mehr beruhigen.

»Was haben Sie getan?«, kreischte sie. »Sie haben ihn umgebracht!«

»Nein, ich habe ihn nicht umgebracht! Ich denke nur, dass sein Tod etwas ausdrücken soll. Er wurde mit Schmuck behängt, als wäre er eine Braut. Ich dachte, dass der Mörder mit dieser Inszenierung vielleicht auf eine Sage hinauswill, die von Ekke Nekkepenn. Ich bin nach Hörnum gefahren und habe am Schauplatz der Sage tatsächlich ein Päckchen gefunden, das der Mörder für mich hinterlassen hat. Deshalb denke ich, dass er Remo vielleicht meinetwegen umgebracht hat.«

»Was?«, rief nun auch der Vater. »Weil Sie sich am Strand mit ihm unterhalten haben! Sie haben ihn zu sich gelockt, und der Mörder ist auf ihn aufmerksam geworden. Stecken Sie mit ihm unter einer Decke?«

»Nein, bestimmt nicht! Ich habe nichts getan. Ich habe selbst erst … Es tut mir so leid, wirklich. Ich fühle mich so schuldig. Ich denke, der Mörder hat gesehen, dass ich Remo mochte, und ihn deshalb ausgewählt. Ich wollte ihm doch nicht schaden. Ich hatte keine Ahnung, dass der Täter mich beobachtet.«

Remos Mutter weinte, ihr Mann saß da wie erstarrt.

»Es tut mir so leid«, flüsterte Katharina zum wiederholten Mal. »Wenn ich irgendetwas tun kann, sagen Sie mir Bescheid. Ich möchte helfen. Glauben Sie mir bitte. Brauchen Sie etwas? Geld? Für die Beerdigung? Ich gebe es Ihnen. Egal was, ich tue es.«

»Bitte gehen Sie«, sagte Remos Vater leise, aber so nachdrücklich, dass Gangster knurrte.

Katharina gehorchte sofort und stand auf. »Bitte sagen Sie mir, was Sie benötigen. Ich wohne in der Pension Koeker in Westerland.«

»Wir wollen nichts. Gehen Sie endlich.«

»Ich wünschte, ich könnte Ihnen irgendwie helfen.«

»Das können Sie nicht. Verlassen Sie einfach unser Haus.«

Mit Tränen in den Augen ging Katharina zur Tür, ein Schatten folgte ihr. Sie lief hinaus, der Schatten schlüpfte hinter ihr durch die Tür.

»Finde den Mann, der meinen Bruder getötet hat«, sagte der Schatten, der sich als Remos Schwester entpuppte. »Wenn er mit dir redet, sagt er dir vielleicht, warum er das gemacht hat. Und wo er ist.«

»Ich kann es versuchen.«

»Er soll bestraft werden dafür, dass er Remo umgebracht hat.«

»Ja, unbedingt.«

»Dann finde ihn und steck ihn ins Gefängnis.«

Katharina wischte die Tränen weg, die über ihre Wangen liefen, und nickte lächelnd. Die Naivität des Kindes tat so gut. Als wäre die Welt ein gerechter Ort, an dem jeder Verbrecher die Strafe erhielt, die er verdient hatte.

»Versprich es mir.«

»Ich verspreche es dir. Und weißt du was? Ich halte meine Versprechen. Immer.«

»Okay. Ich verlasse mich auf dich.«

»Das kannst du.«

Das kleine Mädchen schlüpfte zurück ins Haus, wo Remos Mutter immer noch weinte und ihr Mann vergeblich versuchte, sie zu trösten.

Katharina fühlte sich elend, als sie das Gehöft verließ. Sie wollte jedoch noch nicht nach Hause fahren, sie war viel zu aufgewühlt. Sie ließ ihr Auto links liegen und ging die Dorfstraße hinunter in Richtung Morsum. Es war inzwischen dunkel geworden, Insekten flatterten im Licht der Straßenlaternen, hin und wieder flog eine Fledermaus lautlos durch die Dunkelheit. Katharina achtete kaum auf die Schönheit des Abends, bemerkte nicht die Einsamkeit der Straße, die zwischen einzelnen Gehöften und verlassener Heidelandschaft hindurchführte. Sie war viel zu sehr in ihre Gedanken versunken. Nicht nur die Trauer um Remo beschäftigte sie, sondern auch das Rätsel um die Sagen, die der Täter benutzt hatte. Beim ersten Mord ging es um den Wiedergänger, da war sie sich ganz sicher. Ein Mann war auf See ums Leben gekommen und wollte – oder sollte – nicht vergessen werden. Was Koog damit zu tun hatte, erschloss sich ihr zwar nicht, aber das musste die Polizei herausfinden.

Der Mord an Remo war eine Botschaft an sie. Der Mörder hatte ihr auf diese Weise den Ort gezeigt, an dem er eine Nachricht für sie hinterlassen hatte. Sein Handeln hatte mit der Zeitung und den Nachrichten darin zu tun. Möglicherweise mit der Notiz zu dem Bootsunglück, denn das hatte sieben Seemänner das Leben gekostet. Falls es dem Mörder darum ging, wäre diese dritte Tat mit der ersten verknüpft.

Aber was war mit dem zweiten Mord? Die Steuerberaterin hatte in einem Topf mit Grünkohl gelegen, wie in der Sage von Pidder Lüng, der gegen die Dänen gekämpft hatte.

Katharina blieb wie angewurzelt stehen. Ging es darum? Um Dänen? Anita Hausers Beruf war vermutlich der Grund, warum der Mörder sie als Opfer ausgesucht hatte. Aber was wollte er damit sagen? Dass sie zu viel Geld verlangte? Oder verwies der eigentliche Kern der Nachricht nicht auf die Steuern, sondern auf die Dänen, die die Steuern erhoben hatten?

Von neuer Energie durchströmt lief sie weiter. Das könnte die Lösung sein! Der Mord hatte unter Umständen mit Dänemark zu tun. Kam der Mörder von dort? Oder wollte er auf ein Verbrechen bei den Dänen aufmerksam machen? Wahrscheinlicher wäre, dass er selbst Däne war. Vielleicht hinterließ er die Botschaften, um auf seine Identität hinzuweisen.

Katharina war so konzentriert, dass sie gar nicht mehr auf ihre Umgebung achtete. Als sie an einer verlassenen Straßenbiegung schließlich innehielt und aufsah, war das letzte Gehöft bereits rund hundert Meter entfernt, das nächste lag etwa einen halben Kilometer vor ihr. Rechts und links der Straße erstreckte sich Heidelandschaft bis zum Wattenmeer. Da ertönten auf einmal Schritte hinter ihr, und Katharina drehte sich erschrocken um. Ehe sie sich versah, hielt ihr ein bärtiger Mann ein Messer an die Brust. Ein zweiter fuchtelte ebenfalls mit einem Messer herum. Er war zwar ein gutes Stück kleiner als der mit dem Bart, aber wirkte nicht weniger gefährlich.

»Gib uns deine Tasche«, sagte der Bärtige.

Katharina überlegte kurz, ob es Sinn ergäbe, sich zu wehren, verwarf den Gedanken aber sofort wieder. Sie hing an ihrem Leben, nicht an ihrer Geldbörse, ihrem Smartphone oder dem Autoschlüssel. Sie reichte dem Mann ihre Tasche und wich einen Schritt zurück. Der Bärtige folgte ihr. Er schien abzuchecken, ob sie noch mehr Wertsachen bei sich trug. Sein Blick fiel auf ihr Handgelenk.

»Deine Uhr, deinen Ring«, sagte er. »Trägst du eine Kette?«

Katharina schüttelte den Kopf. Sie trug tatsächlich eine Kette, aber die war ein Geschenk ihrer Mutter zu ihrem zehnten Geburtstag, ein Jahr bevor sie verschwunden war. Die würde sie nie im Leben weggeben.

»Die Uhr und den Ring, los!«, kommandierte er mit neuerlich erhobenem Messer.

Katharina wollte eben den Ring vom Finger ziehen, als

Scheinwerfer die Dunkelheit hinter den beiden zerteilten. Das Brummen eines Motors kam rasch näher.

Die Angreifer fluchten in einer Sprache, die Katharina nicht verstand, und wollten wegrennen. Doch Katharina erkannte ihre Chance, griff nach ihrer Tasche und schrie. Der Bärtige, der die Tasche in der Hand hielt, zerrte an der Beute, aber Katharina ließ nicht los. Das Messer zu benutzen, wagte er nicht mehr, das Auto war viel zu nah. In dem Moment, als es um die Kurve bog und die Lichtkegel der Scheinwerfer sie erfassten, ließ er Katharinas Tasche los und rannte mit seinem Komplizen in das Gebüsch neben der Straße und durch das Heidekraut in die Dunkelheit. Das Auto bremste scharf und hielt neben ihr an.

»Geht es Ihnen gut?«, fragte eine erschrockene Frauenstimme von der Fahrerseite her. »Haben die Männer Ihnen etwas getan?«

»Es ist nichts passiert. Danke.«

»Wollen Sie irgendwohin? Zur Polizei?«

»Zu meinem Auto. Es steht dahinten irgendwo.« Katharina fiel es schwer, in vollständigen Sätzen zu sprechen. Als hätte der Schreck ihre Hirnwindungen gelähmt.

»Soll ich die Polizei rufen?«, fragte die Frau mit besorgtem Blick, als Katharina eingestiegen war. Sie war jung, etwa zwanzig, und schwanger. Ihr dicker Bauch passte kaum noch hinter das Lenkrad.

»Nein danke, ich fahre gleich mit meinem eigenen Wagen hin.«

»Okay.« Sie wendete und fuhr dieselbe Strecke zurück.

»Wo bin ich hier?«, fragte Katharina und versuchte, den Schock zu überwinden.

»Zwischen Archsum und Schellinghörn. Wo wollten Sie denn hin?«

»Nirgends. Ich wollte mir die Beine vertreten und war in Gedanken, die beiden kamen wie aus dem Nichts.«

»Wir haben auf der Insel seit einiger Zeit mit Einbrüchen zu kämpfen. Irgendwelche Banden brechen in die Häuser und Autos ein. Das werden zwei von denen gewesen sein. Haben Sie die Gesichter gesehen?«

»Ja, sie standen direkt vor mir.«

»Dann sagen Sie das der Polizei. Die sind bestimmt froh, wenn Sie sie beschreiben können.«

»Das werde ich. Da vorn steht mein Auto.« Sie deutete auf das Gehöft der Lanschos, das im Scheinwerferlicht deutlich zu erkennen war.

»Die Leute haben gerade ihr Kind verloren«, sagte die Fahrerin leise.

»Ich weiß. Ich war bei ihnen und habe mein Beileid ausgesprochen.«

»Furchtbare Sache. Es war ein Mord. Schon der dritte innerhalb weniger Tage, wie man hört. Langsam komme ich mir vor wie auf einer Toteninsel.«

Katharina verzog den Mund zu einem bedrückten Lächeln. »Die Polizei wird den Täter finden, verlassen Sie sich darauf.« Sie starrte auf den dicken Bauch der Frau und spürte einen heftigen Stich in ihrem Herzen. Krampfhaft versuchte sie, den Schmerz zu ignorieren. Das war nicht die richtige Zeit und der richtige Ort dafür.

»Ich hoffe es, ich hoffe es sehr.« Die Frau hielt an und ließ Katharina aussteigen. »Haben Sie Kinder?«

»Nein.« Wieder dieser Stich. Dieses Mal noch heftiger. »Danke für die Rettung.«

»Dafür nicht. Wenn Sie mich als Zeugin brauchen, sagen Sie Bescheid.«

Sie nannte ihren Namen und die Adresse.

»Danke.« Katharina schlug die Autotür zu, und die junge Frau fuhr davon. Danach ging sie zu ihrem Auto.

Gangster bellte im Hof, als sie sich dem Tor näherte, und verstummte, nachdem er ihre Witterung aufgenommen hatte. Immer noch wie betäubt stieg sie ein und fuhr nach Westerland.

»Ich möchte zu Polizeihauptkommissar Dahl«, sagte sie zu dem wachhabenden Beamten im Polizeirevier. Die Lampe auf seinem Schreibtisch beleuchtete seine Glatze und die Altersflecken auf seinen Händen.

»Er ist nicht da. Kann ich Ihnen helfen?«

»Ich bin gerade überfallen worden und möchte Anzeige erstatten. Außerdem habe ich eine Information für ihn.«

»Die Anzeige können Sie bei mir loswerden.« Der Mann stand auf und führte sie in einen kleinen Raum mit mehreren Monitoren und einem leeren Schreibtisch. Während er sich setzte, schaltete er bereits den Computer an. Katharina nahm auf einem Stuhl gegenüber Platz.

»Wie ist Ihr Name?«

»Katharina Weller. Ich bin zu Besuch hier auf Sylt. Meine Daten sind aber schon im System. Ich wurde bereits des Mordes verdächtigt.«

Der Mann runzelte die Stirn und suchte im Computer nach ihrem Namen. Als er fündig wurde, verstärkte sich die Irritation, bis auch seine Glatze Falten schlug.

»Sie wurden zu den aktuellen Mordfällen befragt?«

»Ja, weil ich eine Theorie habe, wie die Taten zusammenhängen könnten. Ich habe aber niemanden umgebracht. Ich bin Sagenforscherin, keine Mörderin.«

»Ah, die Sagenforscherin. Ich habe schon von Ihnen gehört.« Er klang, als wäre das, was ihm zu Ohren gekommen war, nicht gerade schmeichelhaft.

»Sagen Ihre Kollegen, dass ich verrückt bin? Das würde mich nicht wundern.«

Der Mann erwiderte nichts darauf. »Wo wurden Sie überfallen?«, wollte er stattdessen wissen.

»Auf der Landstraße zwischen Archsum und Schellinghörn.«

»Wie geschah es?«

Katharina erzählte ihm, was passiert war. Sie versuchte auch, die Täter zu beschreiben.

»Haben Sie das Kennzeichen der Frau, die Sie gefahren hat? Können wir sie als Zeugin laden?«

»Ich habe ihren Namen. Sie hat schon gesagt, dass sie zur Verfügung stehen würde.«

Er notierte sich den Namen und die Adresse.

»Wo ist Dahl?«, fragte Katharina. »Ich muss mit ihm wegen der Mordfälle reden.«

»Nicht hier. Er hat außerdem Feierabend.«

Katharina sah auf die Uhr. Es war wirklich schon spät. Der Beamte hatte recht. Es wäre aufdringlich, Dahl jetzt noch zu behelligen. Allerdings erwartete sie, dass ein Polizeibeamter bei einer Serie von mysteriösen Morden sein Privatleben hintanstellte und vierundzwanzig Stunden am Tag an der Aufklärung der Fälle arbeitete. In den Filmen war es jedenfalls so. Da wurde zwischendurch nicht einmal gegessen oder die Toilette aufgesucht. Dass das in der Realität nicht so sein konnte, war ihr klar. Aber konnte Dahl nicht ein Mal eine Ausnahme machen?

»Wann ist er wieder im Haus?«

»Vermutlich morgen früh. Wenn er nicht dienstlich unterwegs ist.«

Er klang vage, als würde er ihr mit Absicht nicht sagen, was Dahl vorhatte. Womöglich galt sie inzwischen als verrückte Spinnerin, die man von den Polizisten fernhalten musste.

»Ich komme wieder«, sagte sie leichthin.

Der Beamte tippte unbeeindruckt den Tathergang in den Computer. Als er fertig war, druckte er das Ergebnis seiner Arbeit aus und legte es ihr zur Unterschrift vor.

»Und wenn es wichtig ist?«, fragte sie, als sie aufstand und zur Tür ging. »Wen ruft man hier an, wenn es sich um einen Notfall handelt?«

»Die 110 oder 112, wie immer bei Notfällen.«

»Gibt es keine Nummer, die direkt an Dahl weiterleitet?«

»Unser Büro ist rund um die Uhr besetzt, es geht immer jemand ran. Ob der Anruf weitergeleitet wird, wird von Fall zu Fall entschieden.«

»Alles klar.«

»Wir melden uns bei Ihnen, wenn wir die Räuber gefasst haben.«

Katharina lief zum Parkplatz. In der Ferne hörte sie die Musik aus einer Disco durch die Nacht dröhnen. Scheinwerfer strahlten die Wolken am Himmel an, als würden sie einen maskierten Retter herbeiwünschen. Im Augenwinkel sah Katharina plötzlich einen Schatten und fuhr herum. Doch da war niemand. Immer noch gefangen vom Eindruck des Überfalls beschleunigte sie ihre Schritte. Erneut huschte in ihrem Augenwinkel ein Schatten durch die Nacht. Doch sobald sie sich umdrehte, war nichts mehr zu sehen. Sie schob es auf ihre von dem bedrohlichen Erlebnis gereizten Nerven und setzte sich ins Auto.

Einen Moment wartete sie noch mit klopfendem Herzen und suchte im Rückspiegel nach verdächtigen Bewegungen, aber da war nichts mehr.

21

Die Fähre ging mächtig auf und ab. Janssen verspürte ein grauenhaftes Gefühl im Magen und wünschte sich, niemals zugestimmt zu haben, per Schiff nach Rømø zu fahren. Dahl schien die Fahrt wesentlich besser wegzustecken.

»Ich mag meine Arbeit«, sagte der Sylter. »Aber diese Mordserie macht mir echt zu schaffen. So etwas braucht man nicht im Job – und auf einer Insel wie dieser erst recht nicht.«

»Ich könnte nicht auf so einem kleinen Eiland arbeiten und leben«, erwiderte Janssen und überlegte, ob er den Beutel aus dem Vordersitz nehmen sollte. Es wäre schade um das schöne Essen aus dem Golfclub, aber im Magen bleiben wollte es anscheinend nicht.

»Die Insel ist überschaubar, gemütlich. Man kennt sich hier und weiß, was man hat. An manchen Sommertagen stehe ich den halben Tag am Strand und esse Fischbrötchen. Es werden Fahrräder geklaut und ein paar Hühner gemopst, mehr gibt es meistens nicht zu tun. Das gefällt mir schon.«

»Ich mag das Festland lieber«, erwiderte Janssen aus tiefstem Herzen. »Immer diese Fähren, das brauche ich nicht. Und auch der Zug nervt.«

Die Bewegung des Bootes schwächte sich ab, sie näherten sich dem Hafen. Janssens Hand, die sich wie von allein zum Beutel ausstrecken wollte, sank herab.

»Ein Problem sind die Urlauber, da müsste man noch ein paar Regelungen finden«, sinnierte Dahl. »Aber ansonsten möchte ich nicht tauschen. Polizist in Hamburg oder Berlin? Nie im Leben!«

Janssen lehnte sich zurück und schloss gequält die Augen.

»Alles in Ordnung?«, fragte Dahl.

»Jaja, alles bestens. Das Essen in Budersand war wohl doch nicht so gut.«

Dahl, der ihn sicherlich längst durchschaut hatte, lachte leise.

»Kein Wunder, dass du das Festland bevorzugst. Alte Landratte.«

»Es muss solche und solche geben. Ich hätte gegen eine Versetzung nach Hamburg oder Berlin nichts einzuwenden. Obwohl ich schon am Norden hänge. Flensburg ist eigentlich optimal. Ich frage mich allerdings, was mein Chef macht, wenn wir bis morgen früh keinen Verdächtigen anschleppen.«

Die Fähre wurde langsamer.

»Dann müssen wir uns wohl künftig mit den Experten vom LKA rumärgern. Auch das werden wir überleben.«

»Deine Ruhe möchte ich haben.«

»Das kommt vom Leben auf einer Insel. Man ist entspannter. Es gibt Dinge, die kann man nicht beeinflussen, wie das Meer oder die Stürme. Ich sehe vieles gelassen.«

Janssen antwortete nicht, sondern dachte mit Horror daran, dass sie später auch wieder mit der Fähre nach Sylt zurückmussten. Wenn der Wind weiter auffrischte, wäre das kein Zuckerschlecken. Allein der Gedanke an diese Redewendung verursachte bei ihm direkt wieder ein grauenhaftes Gefühl im Magen. Zucker, kombiniert mit einem schaukelnden Boot, das wirkte bei ihm besser als jedes Brechmittel.

Er schaffte es dennoch, die Tüte dort zu lassen, wo sie war, und folgte Dahl mit wackeligen Beinen aufs Fahrzeugdeck, kurz bevor die Fähre in Havneby angelegte. Nachdem sie die Passkontrolle passiert hatten, hielten sie vor dem Büro des Hafenmeisters. Dieser, ein großer Däne mit kurzen Haaren und breiten Schultern, musterte sie ungerührt.

»Polizei aus Deutschland?«, fragte er auf Deutsch.

»Sieht man uns das an?« Dahl reichte ihm die Hand.

»Auf eine Seemeile Entfernung. Was kann ich für Sie tun?«

»Wir sind Polizeihauptkommissar Dahl und Kriminalhauptkommissar Janssen. Wir haben einen Mörder auf Sylt.«

»Ich habe davon gehört. Eine Zeitung hat bei uns darüber berichtet.«

»Wir wollen wissen, ob es in letzter Zeit irgendwelche Auffälligkeiten gab. Verdächtige Besucher, Passagiere, seltsame Vorkommnisse, irgendetwas in der Art? Der Täter hat möglicherweise einen Bezug zu Dänemark.«

Der Däne dachte einen Moment nach, bevor er den Kopf schüttelte. »Ich wüsste nicht. Jedenfalls nicht in meiner Schicht. Und nichts, was mit Ihren Morden zu tun haben könnte. Ein paar Raufbolde aus Schweden interessieren Sie sicherlich nicht. Die sind nicht nach Deutschland gefahren. Aber ich frage den Kollegen.«

Er nahm sein Telefon und wählte eine Nummer. Als sich jemand meldete, sprach er auf Dänisch weiter. Dahl und Janssen, die beide dieser Sprache mächtig waren, verstanden nahezu jedes Wort.

»Zwei Kommissare aus Deutschland ermitteln in mehreren Mordfällen auf Sylt und interessieren sich für verdächtige Vorkommnisse in letzter Zeit bei uns. Hast du etwas beobachtet?«

Der Mann am anderen Ende der Leitung redete eine Weile, was sie nicht hören konnten. Der Hafenmeister nickte, bevor er sich an Dahl und Janssen wandte: »Er meint, es war nichts Auffälliges in letzter Zeit. Nur das Übliche zur Ferienzeit. Viele Touristen, ein paar Schmuggler, aber das haben wir in jedem Sommer.«

Dahl nickte resigniert. »Es hätte ja sein können.«

»Und was war im März?«, fragte Janssen. »Gab es da etwas Besonderes?«

»Im März?«

»Am 28. März ist ein Schiff aus Sylt kommend nördlich von Helgoland auf See explodiert. Wissen Sie etwas darüber?«

»Nein! Davon habe ich nichts gehört.«

»Und Ihr Kollege?«

Der Däne sprach wieder in den Hörer und lauschte aufmerksam, bevor er das Gesagte für sie übersetzte. »Er meint, jemand habe einen Schiffbrüchigen aufgenommen, es habe einen Funkspruch gegeben. Er hat es im Bericht vermerkt und die Polizei gerufen. Mehr weiß er nicht über den Vorgang. Die Polizei hat sich darum gekümmert.«

»Das war am 28. März?«

Der Hafenmeister fragte bei seinem Kollegen nach und nickte. »Es war der 28. März.«

Dahl blickte triumphierend zu Janssen. »Es gab doch einen Überlebenden. Und er könnte unser Wiedergänger sein.«

»Wir haben einen Schiffbrüchigen, keinen Untoten«, wiegelte Janssen ab.

»Aber er könnte von der ›Delphi‹ sein und nun Rache üben für das Unglück, das ihm und den anderen Crewmitgliedern widerfahren ist.«

»An Koog? An der Steuerberaterin? Und an dem Jungen? Das ergibt keinen Sinn. Warum nicht an Vrees, dem das Schiff gehörte?«

Dahl zuckte ratlos mit den Schultern.

»Brauchen Sie ihn noch?«, fragte der Hafenmeister und deutete auf das Telefon.

»Weiß er mehr?«

»Nein. Sie müssen sich an die Polizei wenden.«

»Dann machen wir das. Danke.«

Der Däne sagte noch etwas zu seinem Kollegen, bevor er auflegte. Danach blickte er zu den beiden Besuchern. »Ich hoffe, ich konnte Ihnen bei Ihrem Fall helfen.«

»Ja, sehr. Als Nächstes gehen wir zur Polizei.«

»Sie können gleich hier im Hafen mit jemandem sprechen. Es gab vorhin einen Unfall auf dem Parkplatz, es ist ein Einsatzwagen hier.«

»Danke.«

Die Nacht war hereingebrochen, als Janssen und Dahl hinaus aufs Hafengelände gingen. Aus den Restaurants drang Musik, es roch nach gegrilltem Fisch. Dahl sagte, er verspüre schon wieder Hunger, Janssen knurrte nur. Sein Magen war noch damit beschäftigt, die Fahrt auf der Fähre zu verdauen.

Es stand tatsächlich ein Polizeiwagen auf dem Parkplatz, daneben ein verbeulter Volvo aus Schweden und ein dänischer Lieferwagen mit defektem Scheinwerfer. Die Polizisten reichten den betroffenen Fahrern gerade die Unterlagen, als Dahl und Janssen zu ihnen traten.

»Haben Sie gleich einen Moment Zeit für uns?«, fragte Dahl auf Dänisch.

»Deutsche Polizei?«

»Ich weiß, man sieht es uns an, aber müssen uns alle so direkt darauf hinweisen?«

Der Däne lächelte fein. »Das nächste Mal nehme ich mehr Rücksicht auf Ihre Gefühle. Einen Moment.«

Er besprach noch etwas mit dem Fahrer des Lieferwagens, dann mit seinem Kollegen, bevor er dem Grüppchen den Rücken kehrte und sich an Dahl wandte. »Worum geht es?«

»Am 28. März wurde nördlich von Helgoland ein vermutlich deutscher Schiffbrüchiger von einem dänischen Boot aufgenommen. Wir hätten gern gewusst, was aus dem Mann geworden ist.«

»Davon weiß ich nichts. Aber ich frage nach.« Er setzte sich in den Polizeiwagen, um mit der entsprechenden Stelle zu telefonieren.

»Sind es die Sachen?«, fragte Janssen und sah an sich herab. »Erkennt man uns daran?« Er trug eine dunkelblaue Hose, ein hellblaues Hemd und ein schwarzes Jackett. Dahl hatte schon am Morgen, nach seinem Einsatz an der Lügenbrücke, die Uniform gegen eine schwarze Jeans, ein weißes Hemd und eine schwarze Lederjacke getauscht.

»Ich denke eher, es sind die Schuhe.« Beide trugen Turnschuhe, der eine in Schwarz, der andere weiße.

»Oder unser treuer Blick.«

Dahl lachte. »Das wird es sein.«

Der Polizist kehrte zu ihnen zurück. »Meine Kollegen wollen nicht am Telefon darüber reden. Sie sollen besser zu ihnen kommen.«

»Natürlich. Wir fahren zu ihnen ins Revier.«

»Es gibt nur eine kleine Polizeiaußenstelle auf Rømø. Das Büro ist immer nur mittwochs zwei Stunden besetzt oder nach Vereinbarung. Sie können einen Termin vereinbaren und später wiederkommen.«

»Nein, es ist eilig.«

»In dem Fall müssen Sie nach Esbjerg. Das Präsidium ist vierundzwanzig Stunden besetzt.«

»Danke.«

Dahl und Janssen stiegen in den Wagen und fuhren eine Weile hinter den dänischen Kollegen her, bis sie den Damm über das Wattenmeer aufs Festland erreichten. Dort verloren sie den Polizeiwagen aus den Augen. Auf dem Festland bog Dahl nach Norden ab.

Esbjerg war eine hübsche Hafenstadt, deren Lichter in der Nacht funkelten und sich im Wasser spiegelten, als Dahl und Janssen sich näherten.

Das Polizeipräsidium, ein moderner Klinkerbau mit einer Bushaltestelle vor dem Haus, lag mitten im Zentrum. Ein Pförtner wies ihnen den Weg in den ersten Stock, sobald sie ihre Ausweise gezeigt und ihr Anliegen vorgetragen hatten. In einem freundlich eingerichteten Büro saß ein älterer Däne mit einem dichten Schnauzbart und lockigen grauen Haaren. Bei ihrem Eintreten stand er sofort auf und bat sie, sich zu setzen. Neben dem Fenster befand sich ein kleiner runder Tisch mit vier Stühlen.

»Sie möchten etwas über einen Schiffbrüchigen wissen«, sagte er auf Dänisch. »Wollen Sie Kaffee?«

»Danke, gerne«, antworteten Dahl und Janssen wie aus einem Mund.

Der Däne schenkte drei Tassen ein, bevor er an den runden Tisch zurückkehrte.

»Am 28. März ist ein Boot, das auf dem Weg von Sylt nach Helgoland war, auf See explodiert«, sagte Janssen, dessen Magen sich inzwischen gefangen hatte. Mittlerweile verspürte er sogar wieder Hunger.

»Laut offiziellen Angaben gab es keine Überlebenden«, ergänzte Dahl.

»Wir haben allerdings Zweifel an den offiziellen Angaben«, fügte Janssen hinzu.

»Darf ich fragen, warum?« Der Däne nippte an seinem Kaffee

und musterte sie, als wollte er abschätzen, ob sie ihm die Wahrheit sagten.

»Weil im Moment mehrere Morde auf Sylt passieren, die irgendwie im Zusammenhang mit diesem Unglück stehen«, erwiderte Dahl.

»Morde auf Sylt?«

»Drei inzwischen. Und wir tappen im Dunkeln. Die einzige Spur führte uns zu dem Unglück. Wir fanden heraus, dass sich zum Zeitpunkt der Explosion ein dänisches Fischerboot in der Nähe aufhielt, und nun sagte uns der Hafenmeister in Havneby, dass ein dänisches Boot an dem Tag möglicherweise einen Überlebenden aufgenommen hat.«

»Ich weiß nicht, ob der Schiffbrüchige von dem Unglücksboot stammt. Aber ein dänisches Boot hat tatsächlich in Farnø angelegt und einen Schiffbrüchigen abgeliefert. Eine Identifikation war nicht möglich, da er keine Papiere besaß und nicht bei Bewusstsein war.«

»War er verletzt?«

»Schwer, soviel ich weiß. Ich war an dem Tag nicht im Dienst, ich habe nur davon gehört und mir eben die Akte durchgelesen, weil mir gesagt wurde, dass Sie kommen.«

»Was wurde aus dem Schiffbrüchigen?«

»Er kam ins Krankenhaus.«

»Hier in Esbjerg?«

»Ja.«

»Wurden Fingerabdrücke von ihm genommen?«

»Ich sehe nach.«

Er ging zum Schreibtisch und sah im Computer nach.

»Nein, es sind keine Fingerabdrücke hinterlegt«, sagte er schließlich. »Es gab keinen Grund, sie zu nehmen. Keinen Hinweis auf ein Verbrechen oder Ähnliches.«

»Auch nicht zur Feststellung seiner Identität?«

»Wir gingen davon aus, dass er das Bewusstsein wiedererlangt.«

»Aber das hat er nicht? Ist er verstorben?« Janssen sah, wie Dahl die Luft anhielt. Ging ihre einzige Spur gerade verloren?

»Er kam wieder zu sich. Aber er hat nicht gesprochen. Kein Wort. Und eines Tages war er plötzlich weg.«

Dahl atmete aus. Er sah zu Janssen, der den Blick erwiderte. Die Spur war noch heiß und wurde gerade sehr viel heißer. Sie kochte fast.

»Er könnte tatsächlich unser Mann sein«, sagte Janssen. »Haben Sie eine Idee, wohin er gegangen sein könnte?«

»Nein, keine Ahnung. Wir haben ihn eine Weile gesucht, aber dann aufgegeben. Wie gesagt, es gab keinen Hinweis auf ein Verbrechen. Es wurde auch niemand vermisst.«

»Haben Sie mit den deutschen Behörden gesprochen?«

»Ja, mit einem Kollegen in Kiel, zudem mit den Holländern, weil wir nicht wussten, woher er stammte. Sie haben die Sache zur Kenntnis genommen, aber wir haben nie wieder was von ihnen gehört. Anscheinend wurde dort auch niemand vermisst, auf den seine Beschreibung zutraf.«

»In welchem Krankenhaus lag er?«

»Esbjerg Central, nicht weit von hier.«

»Danke. Sie haben uns sehr geholfen.«

»Ich arbeite gerne mit den deutschen Behörden zusammen. Die sind immer sehr zuverlässig.«

»Es ist also doch unser treuer Blick«, sagte Janssen schmunzelnd.

»Was meinen Sie?«

»Wir fragen uns bloß, was einen deutschen Polizisten ausmacht, dass man ihn immer sofort als solchen erkennt.«

Der Däne betrachtete sie verwundert. »Es könnte die Haltung sein, vielleicht auch der Blick. Und die Kleidung. Die Mischung macht es.«

»Dann sind wir wohl gut gemischt.« Janssen und Dahl standen auf. »Danke nochmals für die Informationen. Wenn wir noch etwas brauchen, melden wir uns.«

»Natürlich. Gern.« Der Mann ging zurück an seinen Schreibtisch, Janssen und Dahl verließen das Büro.

»Erst was essen und anschließend ins Krankenhaus oder umgekehrt?«, fragte Dahl, sobald sie draußen standen.

»Zuerst die Arbeit, dann das Vergnügen.«
»Typisch deutsch.«
»So bin ich.«

Im Krankenhaus angekommen, wandten sie sich an eine hübsche rothaarige Krankenschwester am Empfang. Neben ihr saß eine Brünette, die emsig an einem Computer schrieb.

»Wir brauchen Informationen über einen namenlosen Schiffbrüchigen, der vor einigen Monaten hier behandelt wurde. Wo bekommen wir die?« Dahl zeigte seinen deutschen Polizeiausweis und sein charmantestes Lächeln. Er mochte Rotschöpfe.

»Kommen Sie morgen wieder. Jetzt ist niemand mehr da.«

»Aber es eilt! Es kann nicht bis morgen warten.«

»Ich kann Ihnen nicht weiterhelfen. Sie müssen mit dem Chefarzt sprechen, und der ist nicht mehr im Haus.«

»Gibt es jemanden, der jetzt noch Dienst hat und den Kranken damals behandelt hat?«

»Tut mir leid, das darf ich Ihnen nicht sagen.«

Die Brünette hörte auf zu tippen und sah auf. »Gehen Sie in die Unfallabteilung, dort ist vielleicht jemand, der Ihnen Auskunft geben kann.«

»Okay, Unfallabteilung«, sagte Dahl.

»Wo finden wir die?«, mischte sich Janssen ein.

»Erster Stock, hinter der Chirurgie.«

»Danke.« Dahl schenkte der Rothaarigen noch ein Lächeln, das allerdings nicht mehr ganz so charmant ausfiel wie vorhin.

»Ich mag den Geruch von Krankenhäusern nicht«, brummte Janssen, als sie zum Treppenhaus gingen.

»Ich auch nicht. Mag den überhaupt jemand?«

»Es gibt immer jemanden, der etwas mag, was alle anderen hassen.«

Die Gänge in der Chirurgie waren hell erleuchtet; in der Unfallabteilung eilten mehrere Pfleger und Krankenschwestern zu einem Raum mit einem offenbar Schwerverletzten. In einem Raum hinter einer Glasscheibe stand eine Schwester und sortierte Medikamente in einen Schrank.

»Guten Abend. Wir müssten bitte mit jemandem sprechen, der im März Dienst hatte und einen Schiffbrüchigen verarztet hat«, sagte Janssen, nachdem er sie durch ein Klopfen an der offen stehenden Tür auf sich und Dahl aufmerksam gemacht hatte.

»Ich war nicht hier. Aber vielleicht Schwester Angela. Sie kommt gleich wieder.«

»Danke. Wir warten.«

Es dauerte etwa zwanzig Minuten, bis Schwester Angela Zeit für sie hatte.

»Es geht um einen Schiffbrüchigen, der im März hier eingeliefert wurde. Was wissen Sie über ihn?«

»Im März? Oh ja, ich erinnere mich. Niemand wusste, wer er war. Wir kannten nicht einmal seinen Namen. Er hatte schlimme Verbrennungen. Irgendwann wachte er auf, aber konnte nicht sprechen. Wir haben alles versucht, um ihn zum Reden zu bringen oder zum Schreiben, aber er hat auf nichts reagiert. Wir dachten bereits, er hätte eine Hirnverletzung davongetragen. Aber als wir weitere Tests machen wollten, war er weg. Einfach verschwunden.«

»War er da noch schwer verletzt?«

»Er benötigte definitiv noch Hilfe. Seine Wunden waren längst nicht verheilt.«

»Was wissen Sie über ihn?«

»Nichts. Gar nichts.«

»Hat er etwas zurückgelassen? Haben Sie zum Beispiel noch Kleidung von ihm?«, fragte Janssen.

»Wir wollten sie der Polizei geben, aber die wollte sie nicht. Da haben wir sie verbrannt.«

»Ich verstehe nicht, wieso die Polizei sich nicht für ihn interessiert hat. Es mag vielleicht kein Verbrechen gegeben haben, aber der Mann musste doch irgendwie identifiziert werden.«

»Tut mir leid, mehr weiß ich nicht.«

»Haben Sie wenigstens eine vage Beschreibung von ihm? Augenfarbe? Haarfarbe, Größe?«

»Von den Haaren war nichts mehr übrig, da muss ich passen.

Augenfarbe grau, jedenfalls das eine, das er noch besaß. Etwa einen Meter achtzig groß, drahtig.«

»Gibt es Blutproben von ihm, die wir anfordern könnten, um eine DNA-Probe zu nehmen?«

»Möglich. Ich sehe nach.« Sie konsultierte den Computer. »Es gibt noch Zellkulturen von ihm im Labor, weil wir neue Haut für ihn züchten mussten, um die verbrannte zu erneuern. Fragen Sie dort nach.«

»Wie lange war er insgesamt hier?«, fragte Dahl.

»Ungefähr einen Monat. Die Hälfte davon lag er im Koma.«

»Danke.«

»Viel Erfolg mit Ihrem Fall.«

Sie lächelten ihr zu, wandten sich ab und steuerten den Ausgang an.

»Wir lassen die Proben per Gerichtsbeschluss abholen. Ich bin zu hungrig, um dort auch noch nachzufragen«, sagte Janssen.

»Ich bin ganz deiner Meinung. Ich würde jetzt sogar mit einer Fast-Food-Kaschemme vorliebnehmen.«

»Gott sei Dank!«

Als Janssen satt war und wieder klar denken konnte, rief er in Flensburg an.

»Mayer! Wir brauchen einen Gerichtsbeschluss für die Herausgabe von Zellkulturen eines unbekannten Brandopfers. Das Labor soll sie aus dem Krankenhaus von Esbjerg abholen. Oder schicken lassen. Was schneller geht. Es ist extrem wichtig.«

»Alles klar. Kommt ihr voran?«, fragte Mayer. »Der Chef hat vorhin wieder mit dem LKA telefoniert. Ihr könnt froh sein, dass es bis jetzt noch keinen vierten Toten gegeben hat. Sonst wärt ihr weg vom Fenster.«

»Wir sind auch froh, glaub mir. Ich wollte dich außerdem um noch etwas bitten.«

»Was?«

Janssen sah zu Dahl und hielt das Mikrofon seines Telefons zu. »Wenn Vrees tatsächlich Dreck am Stecken hat, sollten wir uns auf jeden Fall seine Bekanntschaften genauer ansehen.«

Dahl nickte zustimmend. »Was die Kellnerin im Golfclub über diesen Jenner gesagt hat, fand ich interessant.«

Janssen nahm seine Hand vom Mikro und sprach wieder ins Telefon. »Kannst du etwas über einen gewissen Henning Jenner in Erfahrung bringen? Was macht er? Woher kennt er Dominik Vrees? Die beiden haben regelmäßig zusammen Golf gespielt, ab März nicht mehr. Er wohnt in Schleswig. Und es eilt.«

»Schon klar. Ich mache die Nacht durch. Hab ja sonst nichts zu tun.«

Janssen ignorierte die Spitze. »Danke. Ich melde mich wieder.«

»Bis später.«

Sie legten auf, und Janssen sah zu Dahl. »Heißt das, wir müssen jetzt zurück nach Sylt?«

»Das heißt es wohl.«

»Verdammtes Elend. Schade um die Burger.«

Dahl lachte und wischte sich den Mund ab. »Du hättest dir im Krankenhaus eine Pille gegen Seekrankheit geben lassen sollen.«

»Zu spät.« Er verzog das Gesicht, brachte die Tabletts in das Sammelregal und ging mit Dahl zum Wagen.

22

Eigentlich hätte Finn Mayer heute Abend eine Verabredung mit der Schwester einer Kollegin gehabt. Fünfundzwanzig, alleinerziehend und sehr sexy. Doch ihr Kind war krank geworden, und einem Zweijährigen bei seinen Fieberträumen die Hand zu halten, so weit war ihre Beziehung noch nicht fortgeschritten. Deshalb setzte sich Finn trotz Feierabend wieder in die Polizeidirektion und recherchierte für Janssen und Dahl. Zuerst über Henning Jenner. Den offiziellen Daten zufolge war der Mann neunundvierzig, verheiratet, hatte zwei fast erwachsene Töchter. Seine Frau war Chemikerin, er selbst Betriebswirt. Zusammen betrieben sie die Firma ihrer Eltern, einen Chemiebetrieb, der Arznei- und Futtermittel für Tiere herstellte. Sie fertigten Pellets für kranke Rinder, um deren Verdauung anzukurbeln, außerdem Vitamine, Insulin und Antibiotika für Haustiere sowie Läuse- und Flohshampoo. Die Firma lief gut, der Umsatz im vergangenen Jahr war siebenstellig gewesen. Beide waren nicht vorbestraft, sondern ehrenhafte Bürger von Schleswig.

Oberflächlich schien also alles in Ordnung zu sein. Mayer musste tiefer graben. Am besten direkt vor Ort in Schleswig.

Es war inzwischen später Abend. Jenner lag mit seiner Frau längst im Bett. Das befand sich in einem stattlichen Herrenhaus im historischen Zentrum der Stadt direkt hinter dem Petridom. Ein Garten mit Rosenbüschen und einem sanft plätschernden Brunnen trennte das Gebäude vom Kopfsteinpflaster der Straße. Es brannte kein Licht im Haus, aber ein Wagen stand in der Auffahrt, ein zweiter in der Garage. Zwei Fahrräder lehnten an der Garagenwand. Die Familie war demnach zu Hause und schlief bereits.

Mayer überlegte, ob er den Hausherrn wach klingeln sollte, entschied sich jedoch dagegen. Es lag nichts gegen den Mann vor, er wollte nur Erkundigungen über ihn einziehen. Wenn

Jenner mitbekam, dass gegen ihn ermittelt wurde, würde er nur misstrauisch werden – falls er etwas zu verbergen hatte. Falls nicht, war es sowieso umsonst.

Mayer ging zum Marktplatz und setzte sich in die Eckkneipe gegenüber vom Dom. Das Lokal war noch geöffnet, eine Gruppe Urlauber und drei einheimische Trunkenbolde saßen darin. Der Wirt sah Mayer nur kurz an, als wollte er überprüfen, ob er auch wirklich ein Mensch war und kein Außerirdischer, dann widmete er sich wieder dem Bier, das er gerade zapfte. Mayer setzte sich an den Tresen und bestellte ein Pils.

»Hübsches Städtchen«, sagte er, als der Wirt ihm das Frischgezapfte vor die Nase stellte.

»Tourist?«

»Nicht ganz. Ich stamme aus Hamburg und bin dienstlich hier.« Das war die Wahrheit, aber mehr würde er von sich nicht preisgeben. Er befand sich jetzt im Undercovereinsatz.

»Aha.«

Offenbar war der Wirt ohnehin kein Plauderer.

»Ich suche einen neuen Lieferanten für mehrere Tierarztpraxen in Hamburg. Deshalb habe ich morgen früh einen Termin mit Henning Jenner. Sind seine Sachen gut?« Die Idee zu dieser Geschichte war ihm auf dem Weg nach Schleswig eingefallen. Er fand sie ziemlich überzeugend.

Der Wirt schien es ihm abzunehmen, denn er nickte. »Habe nichts Schlechtes gehört.«

»Nur beste Qualität?«

»Jo.«

»Und wie ist er als Geschäftsmann? Kann man sich auf ihn verlassen?«

»Jo.«

»Wie auf Vrees?«

»Vrees?«

»Den kennen Sie nicht? Der Schiffseigner von Sylt?«

»Nö.«

Definitiv kein Plauderer.

»Meine Frau arbeitet für Jenner«, sagte einer der Trunkenbolde, die am Tresen saßen und in ihre Korngläser starrten. »Er zahlt immer pünktlich und gibt sogar Weihnachtsgeld.«

»Das freut mich zu hören«, erwiderte Mayer. »Ist er menschlich auch okay? Kann man mit ihm Geschäfte machen und sich hinterher noch im Spiegel ansehen?«

»Wenn Sie Ihr Gesicht ertragen, ja.« Der Mann lachte kurz auf und rieb sich die rote Nase. »Ich schau schon lange nicht mehr rein. Zu deprimierend.«

Mayer lächelte. »Es geht schon noch.«

»Meine Frau meint, es kommt auf die inneren Werte an.«

»Da hat sie recht.«

»Ich habe Sprit im Blut, ich war mal Fahrer. Nur die großen Wagen, Vierzigtonner. Auf diese Werte steht sie.«

»Und jetzt tauschst du den Diesel gegen den Sprit hier«, sagte der Wirt und deutete auf das Herrengedeck aus Bier und Korn, das vor dem Trinker stand. Er konnte also doch längere Sätze formulieren.

Der Säufer lachte erneut. »Das muss so. Was denn sonst? Rosenwasser?«

»Sind Sie für Jenner gefahren?«, fragte Mayer, um das Gespräch wieder auf den Unternehmer zu bringen.

»Nö, nicht für den. Für Ölstrum, eine Firma, die es jetzt nicht mehr gibt. Pleite. Zu viele neue Auflagen.«

»Schade.«

»Ja, schade. Aber was soll's. So ist es halt. Obwohl mich Jenner vielleicht brauchen könnte.«

»Dafür müsstest du nüchtern sein«, sagte der Wirt trocken. Der Säufer lachte wieder.

»Dann geht's wohl nicht.«

»Wieso denken Sie, Jenner könnte Sie brauchen?«, hakte Mayer nach, um beim Thema zu bleiben.

»Hin und wieder sehe ich Lkw aus der Firma fahren. Die müssen ja irgendwohin.«

»Soweit ich weiß, beliefert Jenner Tierarztpraxen in ganz Deutschland.«

»Schon, aber der hat gar keinen eigenen Fuhrpark, das ist ja das Seltsame. Wenn er was verschicken muss, macht er es per Post. Es ist kein großer Laden, und den Vertrieb hat eine andere Firma übernommen. Deren Laster kenne ich. Er kümmert sich eigentlich nur um die Herstellung.«

»Was transportiert er dann?«

»Keine Ahnung.« Der Mann zuckte resigniert mit den Schultern und trank sein Bier aus, als müsse er seinen Kummer über Jenners unbekannte Tätigkeiten mit Alkohol ertränken.

»Wann haben Sie die Lkw gesehen?«, fragte Mayer.

»Ist schon ein paar Monate her. Im Herbst. Und im Winter. Kann sein, dass es auch mal zwischendurch war. Ich gehe abends an der Firma vorbei, wenn ich von der Arbeit nach Hause laufe. Da konnte ich es sehen. Aber natürlich nicht immer.«

»Was waren das für Laster?«

»Fünfzehntonner mit Kühlung.«

»Keine Aufschrift?«

»Doch. Was stand dadrauf? ›Die Milch macht's‹ oder so. Irgendwas mit Milch.«

»Sonst irgendetwas Prägnantes?«

»Nö, nichts Besonderes. Aber die gehören da nicht hin.«

»Noch ein Bier?«, fragte der Wirt, weil Mayer sein Glas ebenfalls ausgetrunken hatte.

»Nein, lieber nicht. Ich muss morgen fit sein.«

»Schwerer Job als Vertreter?«, fragte der Trinker.

»Gibt Schlimmeres. Für Vrees habe ich auch schon Dinge geregelt. Kennen Sie den? Großes Tier auf Sylt.«

Der Mann schüttelte den Kopf. »Nie gehört.«

»Ihm gehört die Vrees-Line.«

»Ah, Vrees-Line. Die Schiffe, die sagen mir was. Aber den Mann kenne ich nicht.«

»Er war nie hier?«

»Nicht gesehen oder gehört.«

»Schade.« Mayer legte fünf Euro auf den Tresen und stand auf.

»Na, dann viel Erfolg mit Jenner«, sagte der Trunkenbold und hob sein Schnapsglas, um daran zu nippen.

»Danke. Mal sehen, was dabei herauskommt. Man sieht sich.« Mayer klopfte auf den Tresen, der Trunkenbold nickte, und der Wirt beobachtete wortlos, wie Mayer die Kneipe verließ.

Sobald er draußen stand, holte er tief Luft. Der Sache mit den mysteriösen Lkw musste er nachgehen. Er fuhr zurück nach Flensburg, wobei er langsam müde wurde. Das Bier war keine gute Idee gewesen. Die Straßen waren leer; in der Nacht kam ihm Schleswig-Holstein manchmal wie ein ausgestorbener Landstrich vor, der nur von Kühen und Schafen bevölkert wurde. Niemand hielt ihn an, aber es hielt ihn auch niemand wach. Er stellte das Radio laut und sang jeden Song mit, um nicht einzunicken.

In der Polizeidirektion angekommen, setzte er sich mit einer Kanne Kaffee in sein Büro und schaltete den Computer an, um eine Anfrage an den Sylt Shuttle in Niebüll zu stellen. Waren die Laster von Jenner nach Sylt gefahren? Auf eine baldige Antwort brauchte er allerdings nicht zu hoffen. Vermutlich saß erst morgen früh wieder jemand am Computer, um die Anfrage zu beantworten. Er überlegte, wie er noch herausfinden könnte, ob Vrees und Jenner irgendwie geschäftlich miteinander zu tun hatten. Spontan fiel ihm zwar nichts ein, aber die Nacht war noch lang.

23

Dahl war todmüde, als sie auf Sylt ankamen. Er hatte die vorherige Nacht nicht geschlafen, das spürte er jetzt. Für ein paar selige Minuten war er auf der Fähre eingeschlummert und schließlich mit Mühe von Janssen geweckt worden, der die Hälfte der Zeit auf dem Klo verbracht hatte. Jetzt konnte er kaum noch die Augen offen halten. Er brachte Janssen ins Hotel und fuhr nach Hause, um ein paar Stunden zu schlafen, ehe er wieder aufstand, um pünktlich im Büro zu erscheinen. Immerhin konnte Dahl seinen Kindern dadurch am Morgen ein Küsschen geben, nachdem sie aufgestanden waren, und seiner Frau einen langen, innigen Kuss. Für mehr reichte es nicht.

Im Büro prüfte er sofort die eingegangenen Nachrichten und erfuhr von Sophie, die kurz nach ihm eintraf, dass Katharina Weller am Abend da gewesen sei und ihn habe sprechen wollen. Ihm blieb jedoch keine Zeit, sie anzurufen, denn Janssen trat ein und brachte Neuigkeiten. Der Flensburger sah blass aus, aber munter.

»Mayer hat gerade angerufen. Er hat etwas über Jenner herausgefunden.«

»Macht er Geschäfte mit Vrees?«

»Ja und nein. Möglicherweise. Wir müssen wieder nach Hörnum. Unterwegs erzähle ich dir alles.«

Dahl nahm seine Jacke, die nur sechs Minuten über der Lehne hatte hängen dürfen, und ging mit Janssen hinaus.

»Jenner besitzt, wie wir schon von der Kellnerin im Golfclub wussten, eine Firma, die Arznei- und Futtermittel für Tiere herstellt«, berichtete Janssen, sobald sie Richtung Süden fuhren. »Im Herbst und Winter gingen mehrere Lkw-Ladungen von seinem Betriebsgelände nach Sylt. Mayer hat herausgefunden, dass sie jeweils am frühen Abend mit dem Sylt Shuttle auf die Insel kamen. Daraufhin hat Mayer sämtliche Tierarztpraxen auf der Insel kontaktiert und gefragt, ob sie Geschäfte mit Jenner machen. Keiner bestellt hier die Mittel direkt bei Jenner. Auch die Landwirte nicht. Wohin sind also die Laster gefahren? Mayer hat alle Hafenmeister auf Sylt angerufen, weil er dachte, dass die Ladung verschifft wurde. Fehlanzeige. An keinem Hafen wurde die Ladung registriert. Die Lkw fuhren am Morgen nach ihrer Ankunft wieder zurück nach Schleswig. Irgendetwas muss also in der Nacht mit der Ladung passiert sein.«

»Und du denkst, des Rätsels Lösung liegt in Hörnum?«

»Koog war nachts Wachmann in Hörnum.«

Dahl spürte ein feines Kribbeln auf seinem Rücken. Ein Zeichen, dass wieder ein Puzzleteil zum großen Ganzen passte.

»Dann waren die Ladungen illegal?«

»Möglich. Mayer meinte, sein Zeuge habe ausgesagt, dass Jenner normalerweise nichts selbst verschickt. Er hat seinen Vertrieb komplett ausgelagert. Die Lkw seien merkwürdig gewesen.«

»Könnten sie etwas transportiert haben, was auf See in die Luft geflogen ist?«

»Das wäre denkbar. Wir müssen nachhaken.«

Der Hörnumer Hafenmeister verdrehte die Augen, als Dahl und Janssen sich ihm näherten. Er stand am Kai und schlichtete einen Streit zwischen einem Hafenarbeiter und einem Bootseigner, der nicht zufrieden mit dem Service war.

»Sie können es einfach nicht lassen.« Er sah aus, als würde er sowohl die beiden Beamten als auch die Streithähne am liebsten ins Wasser stoßen.

»Es geht um ein paar Lkw, die im Winter im Hafen waren«, sagte Janssen, dessen Blässe langsam verschwand.

»Ich kümmere mich gleich darum.« Ole ließ sie stehen und redete ein Machtwort mit dem Hafenarbeiter, der sich beim Bootseigner entschuldigte, wenn auch mit sichtlichem Widerwillen. Danach ging er, ohne ein Wort zu sagen, zum Büro. Janssen und Dahl folgten ihm.

»Wann soll das gewesen sein?«, fragte er unwirsch, als er an seinem Schreibtisch den Computer befragte. Neben der Tastatur stand ein Teller mit Rührei, Bratkartoffeln und Rosenkohl. Ein fetter Klecks Ketchup zierte den oberen Rand des Frühstückstellers.

Janssen nannte ihm die insgesamt fünf Daten, die Mayer vom Büro des Sylt Shuttle erhalten hatte.

»An diesen Tagen gab es keine Ladung hier im Hafen. Sie müssen sich irren. Im Winter ist der Betrieb sowieso eingeschränkt, weil die Witterung oft nicht mitspielt.«

»Das ist mir klar. Aber die Daten stimmen. Kann es sein, dass Ladungen verschifft wurden, ohne dass es im Computer steht?«

»Ohne sie zu erfassen?« Er hielt einen Augenblick inne. »Sie sprechen von Schmuggelware.«

»Möglicherweise. Wie kann man herausfinden, was in den Nächten passiert ist?«

Der Hafenmeister kratzte sich am Kopf. Seine Haltung hatte sich verändert. Als würde er die Beamten auf einmal ernst nehmen. »Es gibt eine Überwachungskamera vor der Tür dieses Amts. Die könnte ich anzapfen.«

»Und im Rest des Hafens?«

»Hängt keine. In List filmt eine Webcam das Hafenbecken, aber so einen Luxus haben wir hier nicht.«

»Und im Golfhotel da drüben?«

»Dort können Sie natürlich nachfragen. Aber darauf habe ich keinen Zugriff.«

»Okay, tun Sie, was Sie können.«

Holger Olesand ging in ein benachbartes Zimmer und kam mit einer externen Festplatte zurück, die er an den Computer anschloss.

»Wir haben immer nur den aktuellen Monat auf dem Computer, der Rest wird hier abgespeichert.«

Kurz darauf rief er die an den von Janssen genannten Daten aufgenommenen Bilder auf. Zu dritt beugten sie sich zum Bildschirm, um besser sehen zu können, aber die Auflösung war schlecht.

Die Aufnahme zeigte nächtliches Grau, an der Seite brannte eine Lampe, deren Licht so blendete, dass die Hälfte des Bildschirms in Weiß getaucht war. Mit viel Phantasie konnte man erkennen, dass die Kamera über der Tür des Hafenamtes hing und den Eingang filmte. Niemand kam, niemand ging. Vom Weg sah man nur einen schmalen Streifen.

In keiner der Nächte, die Janssen genannt hatte, passierte etwas. Nur einmal waren auf dem Weg Räder zu sehen, die vorbeirollten.

»Hier!«, rief Dahl. »Das müssen sie sein.«

»Es ist nicht viel zu erkennen«, sagte der Hafenmeister. »Das kann jeder gewesen sein.«

»Aber es ist nichts registriert. Also muss es etwas Illegales sein.«

»Vermutlich.«

»Koog hätte davon gewusst?«, fragte Janssen.

»Es war seine Aufgabe, in den Nächten illegale Aktivitäten auf dem Hafengelände zu verhindern.«

»Dann muss er involviert gewesen sein, vermutlich wurde er bestochen.«

Der Hafenmeister nickte. »Möglich.«

»Wie passt Anita Hauser da rein?«, überlegte Janssen laut.

»Sie hat möglicherweise beide gekannt, sodass es eine Verbindung geben könnte. Zumindest verkehrten sie alle auf demselben Golfplatz. Das müssen wir noch herausfinden.« Dahl wandte sich vom Bildschirm ab und Janssen zu.

»Und der Junge?«

»Wahrscheinlich wirklich eine Botschaft an die Märchentante Katharina Weller.«

Janssen stöhnte leise. »Ich wüsste gerne, was in den Lkw war.«

»Ich auch.«

»Was ist mit Satellitenaufnahmen?«, fragte der Hafenmeister. »Können Sie die nicht anfordern und ansehen?«

»So was gibt es nur im Film. Sie wissen doch, hier können wir uns nicht einmal eine Webcam leisten.«

Holger Olesand grunzte zustimmend.

»Es muss doch noch mehr Zeugen geben! So eine Fuhre kann nicht unbemerkt einfach verschifft werden. Was ist mit der Crew?«

»Ich nehme an, die ist tot«, sagte der Hafenmeister trocken.

Dahl nickte. »Das wäre eine Erklärung für die Explosion. Vrees und Jenner wollten alle Zeugen beseitigen.«

»Kann man herausfinden, wer in den Nächten gearbeitet hat? Außer Koog? Wer hier war? Und ich brauche alle Daten von der Crew, die bei dem Bootsunglück ums Leben kam.«

»Welche Daten?«

»Was auch immer Sie hierhaben. Gibt es Fingerabdrücke? DNA? So was?«

Der Mann lachte. Es klang bitter und amüsiert zugleich. »Wenn Sie denken, dass wir das haben, können Sie auch Satellitenbilder anfordern. Wir haben die Adressen und Bankverbindungen, aber mehr nicht. Manche geben nicht einmal komplette Lebensläufe ab.«

»Verstehe. Die Namen und Adressen hätten wir trotzdem gern. Wir haben zwar schon alles von Vrees, aber ich traue dem Kerl nicht mehr über den Weg.«

»Ich drucke Ihnen alles aus.«

Er brauchte eine Weile, bis er alle verfügbaren Daten im Computer zusammengesammelt hatte, bevor er sie ausdruckte und Janssen sieben Blätter reichte. Der gab sie weiter an Dahl.

»Können Sie sehen, wer in den fraglichen Nächten gearbeitet hat?«

»Ich kann überprüfen, welche Männer Überstunden registriert haben.«

»Machen Sie das.«

Wieder benötigte der Mann ein paar Minuten. »Drei haben an allen Abenden Überstunden eingetragen.«

»Wer war das?«

»Langner, Bergen und Schütte.«

Janssen wandte sich an Dahl. »Mindestens drei der toten Crewmitglieder der ›Delphi‹ haben demnach von den Lieferungen gewusst. Es ist wahrscheinlich, dass die anderen ebenfalls hier waren, sich nur nicht eingetragen haben. Das können wir im Moment nicht beweisen. Für mich sind die drei Beweis genug, dass Vrees' Geschäfte und das Bootsunglück direkt miteinander in Verbindung stehen. Er wollte die Männer loswerden, aber wieso? Was ist das Motiv?«

»Carsten, der Hörnumer Hafenarbeiter, der inzwischen in List arbeitet, hat behauptet, Langner und Bergen hätten Vrees erpresst. Vielleicht stimmt das, und was immer Vrees mit der Crew im Herbst und Winter abgezogen hat, ist ihm zu heiß geworden. Er und Jenner haben die Sache gestoppt und dafür gesorgt, dass die Mitwisser kein Problem mehr darstellen.«

Ole schürzte die Lippen. »Carsten wurde im März von Hörnum nach List versetzt, das stimmt«, meinte er nachdenklich. »Darüber hatte ich mich gewundert, aber nicht weiter nachgefragt. Genauso wie ...« Er hielt einen Moment inne, als hätte er gerade einen Einfall. »Mit ihr sollten Sie reden!«

»Mit wem?«

»Nadine Sörensen. Sie war Vrees' Assistentin, bevor sie Anfang des Jahres bei ihm aufhörte und in einem Hotel als Managerin anfing. Ich hatte den Eindruck, dass sie nicht ganz freiwillig ging.«

»In welchem Hotel arbeitet sie?«

»Im Wellenbrecher in Tinnum.«

»Danke.«

»Dafür nicht.«

Dahl und Janssen verließen das Büro des Hafenmeisters, der unerwartet hilfreich gewesen war.

Tatsächlich hatte Ole seine Meinung über die beiden Beamten geändert. Zuerst hielt er sie für nervig, beim zweiten und dritten Besuch für völlig unfähig und inkompetent, aber jetzt glaubte er, dass sie einer heißen Sache auf der Spur waren. Und er ärgerte sich, dass die Angelegenheit ausgerechnet in seinem Hafen passiert war. Das warf kein gutes Licht auf ihn. Deshalb gab er sich einen Ruck und rief im Hotel des Golfclubs an, um darum zu bitten, die Aufnahmen der Überwachungskameras einsehen zu dürfen.

Dahl und Janssen trafen Nadine Sörensen im besagten Hotel am Empfang an, wo sie gerade eine vierköpfige Familie aus Bayern eincheckte.

»Wo können wir ungestört mit Ihnen reden?«, fragte Dahl, sobald die Familie versorgt war, und zeigte seinen Dienstausweis.

Die Blondine wurde blass. »Worum geht es?« Sie zupfte nervös an ihrer weißen Bluse und sah hoffnungsvoll zur Tür, ob nicht weitere Urlauber ankämen, denen sie behilflich sein musste.

»Das würden wir gerne ohne weitere Zuhörer klären.«

Die Tür blieb geschlossen, also ergab sie sich in ihr Schicksal und führte die Kommissare in einen Raum hinter dem Tresen, wo Koffer und Taschen von Urlaubern standen, die ihr Gepäck zwischengelagert hatten.

»Was ist passiert? Geht es um die Morde?«, fragte sie und war inzwischen nicht mehr blass, sondern rot im Gesicht.

»Wie kommen Sie darauf?« Janssen zog die linke Augenbraue nach oben.

»Es ist nur eine Ahnung. Weil alles irgendwie zusammenhängt.«

»Was hängt zusammen?«

»Die Morde und …« Sie ließ das Ende des Satzes in der Luft hängen.

»Und was?«

»Vrees.« Sie flüsterte den Namen nur. »Ich habe früher für ihn gearbeitet.«

»Das ist uns bekannt. Was wissen Sie über ihn und die Morde? Und über das Bootsunglück?«

»Nicht viel, aber auch zu viel, um noch ruhig schlafen zu können.«

Dahls und Janssens Interesse war geweckt.

»Was war los?«

Sie rieb sich das rote Gesicht und schloss für einen Moment die Augen, als müsste sie Mut fassen. »Es begann im Sommer des vergangenen Jahres. Vrees hatte Anita Hauser auf dem Golfplatz getroffen, und sie hatte ihn mit Henning Jenner bekannt gemacht. Ich bin einmal kurz dazugestoßen, weil ich ihm etwas bringen musste, eine Mappe über ein Boot, das er verkaufen wollte. Deshalb habe ich das mitbekommen. Aus dem Verkauf wurde zwar nichts, dafür machte Vrees Geschäfte mit Jenner.« Sie hielt inne.

»Was waren das für Geschäfte?«, hakte Janssen nach.

»Schmutzige. Ich habe nur gehört, dass es um irgendwelche Abfälle ging, die entsorgt werden sollten. Jenner hätte viel Geld für die legale Entsorgung aufbringen müssen, was er aber nicht wollte. Vrees bot ihm an, das Zeug für ihn ins Meer zu kippen. Genaues weiß ich nicht, wollte ich auch nicht wissen. Ich habe allerdings mitbekommen, dass sie ein paar Termine vereinbart haben. An den Tagen habe ich mir immer früher freigenommen, um nicht dabei sein zu müssen. Vrees hat gemerkt, dass ich Probleme damit hatte, und mich entlassen. Um ehrlich zu sein, ich war froh darüber. Mir geht es hier wesentlich besser, zumal ich das Gefühl hatte, dass er mich gern angemacht hätte. Aber er hatte Angst vor meinem Freund, er arbeitet in der Security für eine Disco in Westerland.«

»Was wissen Sie über das Bootsunglück?«

»Nicht viel, da war ich schon hier im Hotel.«

»Und über die Männer, die dabei umgekommen sind?«

»Es sind die, die für Vrees die Fässer ins Meer gekippt haben.«

»Sind Sie sicher?«

»Ja, ganz sicher. Ich habe einmal Überstunden extra auszahlen müssen. Schecks, die nicht in den Unterlagen erscheinen durften. Und nach dem Unglück habe ich die Anweisung für die Überweisungen an die Familien gesehen, die Vrees an meine Nachfolgerin geschickt hat, weil er sie aus Versehen in Kopie an mich gesendet hat. Es waren dieselben Namen. Er hat es zum Glück nicht gemerkt. Er schickt mir immer noch ab und zu Mails, weil es in seinem Verteiler so eingestellt ist. Aber die lösche ich sofort.«

»Denken Sie, er wollte die Männer loswerden, weil sie zu viel wussten?«

»Das nehme ich an.«

»Und weil er von ihnen erpresst wurde?«, fügte Dahl hinzu.

»Das kann sein. Es würde mich nicht wundern. Er hat sich für seine Sonderaufträge die Männer ausgesucht, die schon Dreck am Stecken hatten. Einer war vorbestraft.«

»Langner?«

»Kann sein, dass er so hieß.«

»Warum sind Sie nicht zu uns gekommen?«, fragte Dahl.

»Weil ich nichts damit zu tun haben wollte. Und ich wusste ja nichts Genaues. Das mit dem Boot könnte tatsächlich ein Unfall gewesen sein. Und außerdem hatte ich …« Sie sprach erneut nicht zu Ende.

»Was?«, hakte Janssen nach.

»Ich habe Angst vor Vrees«, wisperte sie. »Er ist nicht ohne. Meine Vorgängerin hat er so fertiggemacht, dass sie jetzt in der Irrenanstalt sitzt. Es kann natürlich sein, dass sie vorher schon angeknackst war. Ihr Mann war ein Schläger. Sie hat ihn umgebracht.«

»Den Mann?«

»Ja, deshalb sitzt sie in der geschlossenen Anstalt. Ich weiß nicht, ob Vrees was damit zu tun hat, aber ich wollte kein Risiko eingehen.«

»Würden Sie auch vor Gericht aussagen?«

Sie zuckte mit den Schultern. »Wenn ich nicht belangt werde?«

»Warum sollten Sie?«

»Als Mitwisserin oder so. Weil ich nicht schon eher etwas gesagt habe.«

»Das muss der Staatsanwalt entscheiden. Aber ich denke nicht, dass Sie genügend Wissen und Einfluss hatten, um die Sache zu verhindern.«

»Nein, das hatte ich wirklich nicht. Ich habe nur meine Schlüsse gezogen und versucht, mich rauszuhalten, so gut es ging.«

»Dann sollten Sie nichts zu befürchten haben.«

Sie wirkte erleichtert. Die Röte in ihrem Gesicht verblasste etwas.

In dem Moment klingelte Janssens Telefon. Es war Mayer.

»Was gibt es?«

»Manchmal geht es wirklich schneller, als man annimmt. Das

kriminaltechnische Labor in Flensburg hat die Proben vom Krankenhaus in Esbjerg erhalten und ausgewertet. Es gibt eine Übereinstimmung.«

Janssen hielt den Atem an. »Wer ist es?«

»Ein gewisser Hans Kastenmeyer. Er wurde vor sieben Jahren wegen Einbruchdiebstahls festgenommen. Er arbeitete damals im Hafen von Hörnum und wurde mit gestohlenen Waren erwischt, als er auf der Fähre von Deutschland nach Dänemark fuhr. Sein Anwalt konnte ihn raushauen, er behauptete, die Sachen seien ihm von anderen Passagieren in die Tasche gesteckt worden, aber seine DNA und die Fingerabdrücke sind seitdem in der Datenbank.«

»Wir haben einen Namen«, sagte Janssen zu Dahl und konnte sich ein erleichtertes Grinsen nicht verkneifen.

Auch Dahls Gesicht entkrampfte sich sichtlich.

»Kennen Sie einen Hans Kastenmeyer?«, fragte Janssen, nachdem er sich von Mayer verabschiedet und aufgelegt hatte.

»Ja, er gehörte zur Crew, die bei dem Unglück in die Luft flog.«

»Was war er für ein Mann?«

»Ein Eigenbrötler. Er hat nie viel geredet und wirkte immer mürrisch. Ich glaube, er war mal ein Junkie.«

»Warum denken Sie das?«

»Ich habe die Einstichstellen in seinem Arm gesehen.«

»Vrees hat ihm trotzdem eine Chance gegeben?«

»Ich weiß nicht, warum, aber Vrees hat ein Herz für solche Männer. Vielleicht, weil sein Bruder mal straffällig war und sich umgebracht hat, als er nach der Entlassung aus dem Knast nicht mehr mit der Realität zurechtkam.«

»Das wusste ich nicht«, sagte Dahl.

»Das wissen nicht viele. Es war sein Halbbruder. Er lebte in Hamburg.«

»Was hat er gemacht?«

»Drogenhandel, glaube ich. Vrees hat mir das mal erzählt, als wir nach der Arbeit etwas getrunken haben und er mich angemacht hat. Ich habe ihm schnell von meinem Freund erzählt, daraufhin hat er mich in Ruhe gelassen.«

»Danke, Sie haben uns sehr geholfen.«

»Ich hoffe, Sie finden den Mörder, damit nicht noch mehr Menschen sterben müssen.«

»Das hoffen wir auch. Wir sind schon nah dran.«

»Dann werde ich heute Nacht vielleicht endlich wieder etwas besser schlafen können.«

»Alles Gute«, sagte Dahl, der wusste, wie es war, nicht richtig schlafen zu können und trotzdem funktionieren zu müssen.

»Ihnen auch bei der Fahndung nach dem Mörder.«

Sie verließen den kleinen Raum, und während Nadine Sörensen erwartungsvoll hinter dem Tresen Stellung bezog, da just in dem Moment neue Urlauber ankamen, gingen Dahl und Janssen nach draußen.

»Wir haben einen Namen.« Dahl fühlte sich so erleichtert, dass er das am liebsten gesungen hätte.

»Fehlt nur noch sein Aufenthaltsort«, sagte Janssen, was die Freude etwas dämpfte.

»Weißt du, worüber ich mich wundere?«, fragte Dahl, als sie ins Auto einstiegen.

»Was?«

»Dass er Koog und Anita Hauser umgebracht hat, aber nicht Vrees.«

»Vermutlich ist Vrees der Nächste auf der Liste.«

Dahl nickte. »Das Sahnestück.«

»Wir müssen unbedingt zu ihm. Auch wenn er ein Verbrecher ist, wir müssen ihn beschützen.«

Dahl antwortete nicht, sondern schaltete das Blaulicht ein und fuhr nach List.

24

Katharina fühlte sich schlapp, als sie im Café vor ihrem verspäteten Frühstück saß. Sie hatte schlecht geschlafen, eigentlich gar nicht. Nach dem Schrecken mit dem Raubüberfall hatte sie lange gebraucht, um überhaupt Ruhe zu finden. Bis weit nach Mitternacht hatte sie mit Sabrina im geschlossenen Café gesessen und über ihr Erlebnis gesprochen. Dabei waren auch fast alle anderen Themen, die in ihrem Leben derzeit aktuell waren, zur Sprache gekommen, und das hatte sie noch weiter aufgewühlt. Irgendwann war sie ins Bett gegangen und hatte versucht einzuschlafen, es war ihr aber nicht gelungen. Die ganze Zeit musste sie über ihre Großmutter, über ihren Ex-Freund und natürlich über die Morde und ihre Schuld an Remos Tod nachdenken. Gegen Morgen war sie dann schließlich in einen kurzen Schlummer gefallen, er war jedoch weder erfrischend noch aufbauend gewesen, sondern hatte sie nur müder gemacht. Und nun saß sie hier und stocherte lustlos in ihrem Rührei herum, ohne es zu essen. Sie hatte nicht einmal an ihrem frisch gepressten Orangensaft genippt, sondern nur zwei Tassen Kaffee getrunken.

»Du solltest einen Ausflug machen.« Sabrina setzte sich zu ihr, nachdem sie den Geschirrspüler ausgeräumt hatte. »Vielleicht nach Föhr. Oder Helgoland. Die Halligen sind ganz anders als Sylt. Dort kommst du auf andere Gedanken.«

»Ja, vielleicht.« Ohne Begeisterung wirbelte Katharina mit einem Löffel das Fruchtfleisch in ihrem Orangensaft auf, um zu beobachten, wie es sich langsam wieder setzte.

»Oder du besuchst ein Museum. Wir haben einige hier. Geh doch in die Naturgewalten in List! Das wird dir bestimmt gefallen.«

»Ja.«

Sabrina legte mitfühlend ihre Hand auf die von Katharina. »Es tut mir leid, dass ich dir keine besseren Ferien bieten kann. Ich wünschte, ich könnte etwas für dich tun.«

»Du tust genug für mich, wirklich.« Katharina versuchte ein Lächeln und schämte sich, dass sie die Gastfreundschaft der Freundin so missmutig belohnte. Sie zwang sich zu einem munteren Blick aus dem Fenster. Die Sonne malte helle Muster auf den Asphalt, weil sie sich in einem Prisma brach, das im Schaufenster gegenüber hing. Ein Hund sah in den Mustern eine mögliche Beute und jagte ihr nach, wobei er an der Leine zerrte und die Geduld seines Frauchens herausforderte. »Ich werde einen Ausflug machen, um auf andere Gedanken zu kommen, du hast recht. Es ist viel zu schön draußen, um wie ein Häufchen Elend hier drinnen zu sitzen.«

»Wirklich?«

»Ja, wirklich.«

»Du willst mir nicht nur einen Gefallen tun?«

»Nein, natürlich nicht! Ich ...« Sie stockte, denn hinter dem Hund hatte sie eine Gestalt wahrgenommen. Einen Mann in einem schwarzen Mantel, die Kapuze über den Kopf gezogen, sodass man sein Gesicht nur schlecht sehen konnte. Er hatte sie im Vorübergehen angestarrt.

»Was ist?«, fragte Sabrina.

»Da war jemand«, flüsterte sie. »Das war er!«

»Wer?«

Katharina antwortete nicht, sondern sprang auf und lief hinaus. Sie rannte in die Richtung, in die der Mann gegangen war, aber er war nirgends mehr zu sehen. Sie lief vor bis zum Meer, wo die Promenade begann, doch den Mann konnte sie nicht entdecken. Frustriert kehrte sie ins Café zurück.

»Wer soll das gewesen sein?«, fragte Sabrina.

»Ich weiß es nicht. Vielleicht der Mörder.«

»Was? Bist du verrückt? Du kannst doch nicht einfach rausrennen und einem Kerl folgen, von dem du denkst, er hat drei Menschen umgebracht!« Sabrina klang so entsetzt, dass Katharina wünschte, sie hätte nichts gesagt.

»Er wird mir nichts tun, er will mir etwas sagen.«

»Nein, er will dir nichts sagen! Er soll mit der Polizei reden, nicht mit dir.«

Katharina lächelte, um die Besorgnis ihrer Freundin zu zerstreuen. »Es ist ja auch nichts. Er war nicht da. Wahrscheinlich habe ich mich sowieso geirrt. Vielleicht habe ich Halluzinationen, weil ich schlecht geschlafen habe.«

Noch während sie das sagte, sah sie eine Bewegung im Augenwinkel. War jemand im Treppenhaus, das zu den oberen Räumen führte? Ihr Herz schlug schneller. Sie nahm die Gabel von ihrem Teller, hielt sie mit den Zinken nach vorn wie eine Waffe und stand wieder auf. Sie schlich zum Treppenhaus und sah sich um. Der Flur war leer.

»Was machst du?«, fragte Sabrina.

Katharina stand stocksteif da und starrte auf einen Schatten vor der durchscheinenden Hintertür. Dort, in dem kleinen Garten hinter dem Haus, stand jemand. Er hatte eine Kapuze auf.

Katharinas Herz raste. Was sollte sie tun? War das der Mörder? Wartete er auf sie?

Ehe sie sich zu einer Handlung entschließen konnte, öffnete sich die Tür, und der Schatten trat ein. Katharina wollte bereits zum Stich mit der Gabel ausholen, da erkannte sie ihn.

»Ludwig! Was machst du denn hier?«

»Ich wollte dich sehen.« Ihr Ex-Freund streifte die Kapuze seines Pullovers vom Kopf. Er sah müde und ungepflegt aus, als hätte er die letzten Tage in der Wildnis verbracht.

»Du hast mich erschreckt! Was ist passiert?« Katharinas Herzschlag beruhigte sich wieder. Ganz gelassen wurde er allerdings nicht. Sie nahm die Gabel runter und zählte innerlich bis drei.

»Nichts ist passiert. Jedenfalls nichts Neues. Ich habe dich vermisst. Du kannst nicht einfach aus meinem Leben verschwinden und dich bis in alle Ewigkeit hier verkriechen. Wir müssen eine Lösung finden, Katinka. Bitte.«

Sabrina war genauso überrascht über den Besucher wie Katharina. »Dich haben wir nicht erwartet. Willst du einen Kaffee?«

»Gerne.«

Er folgte ihnen ins Café, wo Sabrina ihm einen Kaffee servierte. Katharina spürte eine leichte Übelkeit in seiner Nähe, wie bei einem verdorbenen Magen. Ihr Herz fühlte sich schwer an, als wäre es durchtränkt von Tränen. Sie wusste immer noch nicht, wie sie mit ihm umgehen sollte. Durch die Morde hatte sie keine Zeit gehabt, über ihr Leben nachzudenken. Sie war abgelenkt gewesen, das war gut, aber gleichzeitig auch schlecht, denn dadurch hatte sie noch keine Lösung für ihr Dilemma finden können.

»Wie war die Fahrt?«, fragte Sabrina, um eine lockere Konversation in Gang zu bringen. Ganz die professionelle Gastgeberin.

»Die Autobahnen waren leer so früh am Morgen, es war ganz in Ordnung.«

»Hast du dir Urlaub genommen?«

»Nein, trotzdem. Ich musste raus.« Er sah mit wehleidigem Blick zu Katharina, um ihr klarzumachen, dass er litt wie sie. »Es ging nicht mehr.«

»Ich denke, wir sollten in mein Zimmer gehen.« Katharina wandte sich zur Tür. Sabrina musste nicht unbedingt noch tiefer in ihr Drama hineingezogen werden. Sie war der Freundin dankbar, dass sie sie aufgenommen hatte. Aber mehr belasten wollte sie sie nicht mit ihren Problemen.

»Redet in Ruhe, das wird gut für euch sein.«

Sabrina räumte Ludwigs Kaffeetasse weg, die er kaum angerührt hatte, und Katharina ging mit Ludwig hinauf in ihr Zimmer, wo sie sich an den kleinen Tisch neben dem Fenster setzte und die Hände im Schoß faltete, weil sie schon wieder zu zittern begannen. Er ließ sich auf dem zweiten Stuhl nieder.

»Ich musste dich sehen, Katinka«, sagte er und griff nach ihren Händen. Sie zog sie weg.

»Ich habe noch nicht darüber nachdenken können, was mit uns wird. Ich kann dir noch nichts sagen.«

»Du weißt, dass es mir leidtut. Ich wünschte, ich könnte es rückgängig machen, aber das geht nicht. Ich kann dir nur wieder und wieder sagen, dass ich dich liebe und es bereue. Bitte, Katharina. Vergib mir!«

Sie starrte auf die Tischplatte, als würde die Lösung ihres Problems darauf stehen.

»Ich weiß nicht. Momentan habe ich das Gefühl, dass mir das alles nicht guttut. Ich muss nachdenken.« Zu viel war passiert, zu viel Schlechtes. Sie sehnte sich nach einer Tablette, um die düsteren Gedanken in ihrem Kopf zur Ruhe zu bringen.

»Wäre es nicht besser, einfach alles zu vergessen? Nicht ständig darüber nachzudenken, denn dadurch wühlst du nur die Wunden auf. Das mit dem Kind und mit uns. Wir sollten einen Schlussstrich unter das Alte ziehen und einen Neuanfang wagen. Wir beide, zusammen.«

»Vielleicht hast du recht.« Sie stöhnte leise und legte den Kopf in ihre Hände. Ihr Herz schmerzte, ihre Seele weinte, weil ihr in diesem Jahr alles genommen worden war, was ihr wichtig gewesen war, was sie geliebt hatte. Wäre es vielleicht wirklich besser, alles zu vergessen und einen Neuanfang zu wagen? Womöglich hatte er recht.

»Geht es dir so schlecht ...«, fragte Ludwig auf einmal leise, »... dass du ...? Hast du ...?« Er sprach den Satz nicht zu Ende. Sie sah auf.

»Was?«

»Ins Bett gemacht hast?«

»Was? Nein!«

»Dein Bett ist nass. Ein nasser Fleck.«

Katharina sprang auf. Es befand sich tatsächlich ein nasser Fleck auf dem Laken, der ihr nicht aufgefallen war, als sie ins Zimmer gekommen waren.

»Er war hier«, flüsterte sie.

»Wer war hier?«

»Der Mörder! Er war hier. Deshalb habe ich ihn draußen auf der Straße gesehen. Er will mir wieder etwas mitteilen.«

»Wovon redest du?«

Katharina antwortete nicht, sondern lief hinunter zu Sabrina, die in der Küche stand und die Suppe des Tages kochte.

»Er war in meinem Zimmer«, platzte sie heraus. »Der Mörder hat mein Bett nass gemacht. Ich habe mich nicht geirrt.«

Sabrina ließ die Suppenkelle fallen. »Du musst die Polizei rufen!«

Mit zitternden Fingern wählte Katharina die Nummer der Polizei in Westerland. Eine Frau antwortete.

»Ich muss mit Polizeihauptkommissar Dahl sprechen«, rief Katharina. »Der Mörder war in meinem Zimmer.«

»Wie kommen Sie darauf?«

»Das Bett ist nass. Und ich glaube, ich habe ihn gesehen.«

»Gibt es eine Leiche im Haus?«

Erschrocken wandte sich Katharina an Sabrina. »Kannst du nachschauen, ob die Gäste alle am Leben sind?«

Sabrina ließ die Suppe stehen und vergaß sogar, den Herd auszustellen. Sie eilte die Treppe hinauf und klopfte an die Zimmertüren im oberen Stock. Wenn niemand antwortete, öffnete sie die Räume mit dem Generalschlüssel. Katharina folgte ihr und erstattete der Frau am Telefon Bericht. Etwa zehn Minuten später stand fest, dass es in der Pension keine Toten gab.

»Gott sei Dank«, flüsterte Sabrina und stellte die Suppe aus, die in der Zwischenzeit angebrannt war. Aufgelöst setzte sie sich an einen der Tische im Café.

»Darf ich mal fragen, was hier eigentlich los ist?«, fragte Ludwig, der dem Geschehen mit Ratlosigkeit im Gesicht gefolgt war.

Katharina ignorierte ihn. »Kommen Sie trotzdem her, um Spuren zu nehmen?«, fragte sie die Polizistin.

»Wir schicken jemanden. Fassen Sie bitte nichts mehr an!«

»Nein. Bestimmt nicht.«

»Was ist denn nun los?«, wiederholte Ludwig. »Wieso sucht ihr in den Zimmern nach Leichen?«

»Weil ein Mörder auf Sylt umgeht«, erklärte Sabrina. »Und weil der Kerl mit Katharina kommuniziert.«

»Was? Wieso?«

Katharina klemmte eine Haarsträhne, die ihr im Eifer aus dem Zopf gerutscht war, hinter ihr Ohr. »Er benutzt Sagen, um auf etwas aufmerksam zu machen. Neben dem ersten Toten war ein nasser Fleck im Bett, wie bei der Sage vom Gonger. Die zweite Tote hat er in einen Kochtopf voller Grünkohl getaucht wie bei Pidder Lüng. Den kleinen Remo hat er wie bei Ekke Nekkepenn mit Brautschmuck behängt. Das war eine Nachricht an mich. Ich kannte den Jungen. Der Kleine ist meinetwegen gestorben.«

»Der Killer ist irre, es ist nicht deine Schuld«, korrigierte Sabrina. »Du kannst nichts dafür.«

»Doch. Ich hätte mich nicht einmischen sollen.«

»Da muss ich dir ausnahmsweise recht geben. Es war ein Fehler, sich einzumischen. Nun kommt der Kerl in meine Pension und macht meine Betten nass. Wenn sich das rumspricht, dass Mörder einfach so hier eindringen können, bekomme ich nie wieder Gäste.«

Katharina senkte den Kopf und sah um Vergebung bittend zu ihr auf. »Es tut mir leid. Das wollte ich nicht.«

»Lass es einfach gut sein mit dem Detektivspiel. Du bist Germanistin, keine Detektivin.«

»Ich weiß. Ich werde aufhören, ich verspreche es. Die Polizei sichert die Spuren, mehr wird nicht passieren.«

Sabrina stöhnte leise. »Wenn die Pension ein Tatort ist, reisen die Gäste ab und kommen nie wieder. Das wird mich ruinieren.«

»Oder ich rufe noch mal an und sage, ich habe mich selbst eingenässt, es war nicht der Mörder. Dann kommt die Polizei nicht, und die Gäste bleiben.«

»Das ist auch nicht richtig. Vielleicht hat der Mörder etwas hinterlassen, was bei der Aufklärung hilft.«

»Ich muss nachsehen.« Katharina wollte aufstehen und wieder in ihr Zimmer gehen, doch Sabrina hielt sie fest.

»Nein, erst wenn die Polizei kommt.«

»Vielleicht sehe ich es, und wir können die Polizei abbestellen.«

»Nein, du machst nichts mehr. Du hast dich schon genug in Gefahr gebracht.« Sabrina wandte sich an Ludwig. »Gestern wurde sie überfallen.«

»Was? Wirklich?« Ludwig riss die Augen auf. »Wie ist das denn passiert?«

»Sie war in Archsum, das ist ein kleines Dorf im rechten Arm von Sylt, und lief allein die Landstraße entlang. Da erschienen ein paar Typen mit Messern und wollten ihre Tasche. Zum Glück kam ein Auto und hat die Täter vertrieben.«

»Ich kann selbst reden. Du musst nicht mein Sprachrohr sein.«

»Du würdest die Geschichte nur herunterspielen. Fakt ist, wenn nicht zufällig diese Frau dort entlanggefahren wäre, könntest du jetzt tot sein. Oder vergewaltigt. Oder vergewaltigt und tot! Oder umgekehrt.«

»Ich glaube nicht, dass die Kerle so weit gegangen wären. Sie wollten nur meine Handtasche. Sie –«

»Das weißt du nicht. Vielleicht gehörten sie zum Mörder. Möglicherweise ist es eine Bande, die ihr Unwesen treibt, und es war bei jedem Mord ein anderer Täter. Deshalb die verschiedenen Sagen.«

»Das ergibt keinen Sinn«, widersprach Katharina. »Es war nur einer.«

»Und er war in deinem Zimmer«, sagte Ludwig. »Du musst wirklich aufhören, dich in die Sache einzumischen. Die Morde gehen dich nichts an. Dein Leben ist wichtiger.«

»Er hat das Leben von drei Menschen ausgelöscht, deren Leben war auch wichtig.«

»Sie werden etwas getan haben, sodass sie den Tod verdient haben.«

»Remo hatte nichts getan. Er war unschuldig.«

»Trotzdem, es ist zu gefährlich.« Sabrina klang, als würde sie keine Widerworte mehr dulden.

»Ich habe ja schon gesagt, ich höre auf.« Katharina fügte sich. Sie war in der Minderheit.

»Gut. Dann iss dein Frühstück, bis die Polizei kommt. Oder ich muss es entsorgen.«

Katharina fühlte sich wie ein kleines Kind, das gerügt wurde. Und sie war heilfroh, als die Polizei kam und in ihrem Zimmer nach Spuren suchte. Gemeinsam mit den beiden Beamten ging sie hinauf, musste jedoch an der Tür stehen bleiben.

»Darf ich das Buch sehen, das auf dem Nachttisch liegt?«, fragte sie den Beamten, einen älteren Mann mit weißen Haaren und einem dicken Bauch, der ihm immer im Wege war wie bei einer Schwangeren im neunten Monat.

»Nein, wir müssen erst die Spuren sichern. Möglich, dass er es angefasst hat.«

»Neulich hat er mir das Lesezeichen an eine bestimmte Stelle gesteckt. Das war ein anderes Buch, das der Kriminalhauptkommissar schon mitgenommen hat. Aber vielleicht will der Täter wieder auf eine Sage hinweisen, um zu sagen, wer das nächste Opfer ist.«

Der Beamte reagierte nicht, sondern strich das Buch mit einem Pinsel ein, um nach Fingerabdrücken zu suchen. Es waren mehrere darauf.

»Die meisten werden von mir sein«, sagte sie.

»Davon gehe ich aus«, sagte der Mann und machte Aufnahmen von den Abdrücken. »Dafür brauchen wir Ihre auch noch.«

»Die haben Sie schon. Sie sind im Computer. Wo ist Dahl eigentlich?«

»Er hat zu tun.«

»Ist er mit einem anderen Mord beschäftigt, und Sie sind nur das B-Team?«

Der Beamte sah auf. Immerhin hatte sie jetzt seine Aufmerksamkeit. Sie währte nur kurz, denn er schlug das Buch auf, um nach dem Lesezeichen zu sehen. Er blätterte die Seiten um, sorgfältig und vorsichtig – jedoch ohne Ergebnis.

»Hier ist kein Lesezeichen«, sagte er schließlich.

»Aber da muss eines sein.«

»Tut mir leid, da ist keines.«

Erneut blätterte er das Buch durch, wobei Katharina ihn genau beobachtete. Es gab tatsächlich kein Lesezeichen.

»Sorry«, sagte der Mann und zuckte mit den Schultern.

»Irgendetwas muss da sein.« Katharina nahm das Buch in die Hand und suchte nach anderen Zeichen, die der Mörder hinterlassen haben könnte. Aber es gab zu viele Möglichkeiten. Eine Seite schien etwas offener zu sein als die anderen, so als hätte jemand das Buch aufgedrückt. An der Stelle ging es um eine Sage, bei der ein Seemann von einem Meeresungeheuer verschlungen wurde. Wollte der Täter Katharina darauf hinweisen?

Eine andere Seite war an der Ecke leicht umgeknickt. Die Geschichte handelte von einer Möwe, die einem Kind das Leben rettete. War er das gewesen, oder hatte Katharina das Eselsohr selbst gemacht? Sie wusste es nicht mehr.

»Komm wieder runter ins Café«, sagte Ludwig, der im Flur stand und sie beobachtete. »Und lass die Beamten ihre Arbeit machen. Du störst sie nur.«

Die Beamtin nahm gerade eine Probe vom Laken, um die Flüssigkeit im Stoff zu bestimmen. Katharina sah ein, dass es keinen Sinn hatte, den beiden noch länger bei der Arbeit zuzusehen, und folgte Ludwig hinunter ins Café, wo sie ihren Orangensaft austrank.

»Ich schließe das Café heute.« Sabrina nahm ihre Schürze ab. »Wenn ein Polizeiwagen vor der Tür steht, kommt sowieso niemand. Da kann ich auch gleich mal einen Tag Urlaub machen.«

»Es tut mir leid.« Katharina nahm die Freundin in den Arm. »Es wird alles wieder in Ordnung kommen. Sie werden ihn finden.«

»Muss nicht eigentlich ich dich trösten?«

»Ja, eigentlich«, sagte Katharina und löste sich von ihr. »Aber heute ist verkehrte Welt. Und deshalb lade ich dich ein. Es ist dein Urlaubstag, mach, was du willst. Ich zahle.«

Sabrina grinste. »Das klingt sehr gut. Deshalb bestimme ich, dass wir ins Erlebniszentrum der Naturgewalten gehen.«

Katharina legte den Kopf schief. »Das willst du doch gar nicht. Du denkst nur, dass das gut für mich wäre.«

»Und damit ist es ebenfalls gut für mich. Win-win-Situation für beide.«

»In Ordnung.«

Sie hörten ein Räuspern von der Tür her, das von Ludwig stammte. »Ich denke, ich sehe mir inzwischen die Stadt an«, sagte er. »Obwohl mir ein Museum auch gefallen würde.« Hoffnungsvoll sah er von Katharina zu Sabrina und wieder zu Katharina, die den wenig subtilen Hinweis natürlich verstanden hatte.

»Willst du, dass er mitkommt?« Sabrina runzelte die Stirn.

Katharina lächelte schief. »Wir können ihn ja nicht vor der Tür stehen lassen.«

»Es ist deine Entscheidung.«

Ludwig kam mit nach List, wo sie sich das Erlebniszentrum am Hafen ansahen. Katharina war allerdings überhaupt nicht bei der Sache und grübelte die ganze Zeit über den unheimlichen Besucher in ihrem Zimmer. Als sie später ins Café zurückkehrten, waren die Beamten weg, das Polizeiauto vor der Tür verschwunden. Alles sah aus wie immer.

Sabrina öffnete das Café und wollte in die Küche gehen, um eine neue Suppe zu kochen. Doch Katharina blieb wie angewurzelt stehen. Auf einem der Tische hatte sie eine kleine goldene Glocke entdeckt. Mit feinen Verzierungen stand sie mitten auf der Tischplatte, als würde sie darauf warten, dass jemand mit ihr nach dem Ober klingelte.

»Hast du die dahin gestellt?«, fragte sie Sabrina.

»Was? Oh, die Glocke meinst du? Die ist hübsch. Nein, von mir ist sie nicht.«

»War es die Polizei?«

»Warum sollte sie eine Glocke hinstellen?«

Katharina beschlich eine Ahnung, wo wem sie stammen könnte. Wenn sie sie jedoch laut ausspräche, würde Sabrina sie bloß wieder abhalten und die Polizei holen. Aber das B-Team nützte Katharina nichts.

»Wer weiß. Ist auch egal«, sagte sie deshalb mit einem leichten Schulterzucken. »Es war bestimmt ein Gast. Sie ist wirklich hübsch.«

Sie hob sie an, um zu sehen, ob der Mörder vielleicht eine Nachricht an sie darunter hinterlassen hatte, aber da war nichts. Das Glöckchen war die Nachricht.

25

Das Büro von Dominik Vrees war leer.

»Er ist nicht da«, sagte Lisa aufgebracht, als Dahl und Janssen Vrees' Lister Geschäftsräume betraten. »Seine Freundin hat schon mehrmals angerufen. Er ist gestern Abend nicht nach Hause gekommen, sagt sie. Und heute früh erschien er nicht auf der Arbeit.«

»Wissen Sie, wo er sein könnte?«, fragte Dahl und wechselte einen alarmierten Blick mit Janssen. Wenn der Mörder wirklich Rache an den für die Explosion Verantwortlichen nehmen wollte, war Vrees in großer Gefahr.

»Nein, ich habe schon alle Stellen angerufen. In Niebüll in der Steuerberatung ist er nicht, in Hörnum am Hafen ist er nicht, zu Hause ebenfalls nicht. Ich weiß es nicht.« Sie klang verzweifelt.

»Hat er vielleicht eine Geliebte, mit der er den Tag verbringt?«, hakte Janssen nach.

»Nein! Nicht!« Sie sagte das vehement, klang aber nicht völlig überzeugt.

»Sicher?«

»Nein, ich weiß nicht. Eigentlich glaube ich das nicht. Nur ...«

»Was?«, raunzte Janssen. Er hatte keine Lust mehr auf Versteckspielchen oder Geheimniskrämerei. Es ging um einen eiskalten Mörder, der vermutlich gerade das nächste Opfer tötete. Die Befindlichkeiten einer Sekretärin waren ihm so wichtig wie eine Fliege auf einem Kuhfladen.

»Nichts.« Sie schüttelte den Kopf und presste die Lippen aufeinander.

»Sie haben selbst eine Affäre mit ihm?« Dahls Frage klang eher wie ein Fakt.

Sie errötete und schlug die Augen nieder. »Es war nur zweimal, mehr nicht. Wir hatten einen guten Abschluss und sind zusammen essen gewesen, da ist es passiert. Und dann noch einmal, als seine Freundin in Italien war. Aber mehr war nicht.«

»Wussten Sie, dass er Ihre Vorgängerin auch angemacht hat?«

Sie errötete noch mehr. »Das kann sein.«

»Kann es dann auch sein, dass er noch eine andere hat?«

»Ich weiß es nicht. Ich denke nicht, aber ja, es könnte sein.«

»Doch Sie kennen sie nicht?«

»Nein, ich kenne sie nicht.« Sie war inzwischen so rot im Gesicht wie der Feuerlöscher hinter der Tür.

»Wer wüsste so etwas? Hat er einen besten Freund?«

»Der wohnt in Niebüll.«

»Haben Sie seine Adresse?«

»Nur die Telefonnummer.«

»Geben Sie sie uns bitte.«

Sie leistete keinen Widerstand mehr und gab ihnen die Nummer. Janssen rief sofort an. Thomas Anderlecht befand sich in seinem Haus in Niebüll mit seiner dritten Frau und einem fünf Monate alten Baby und wusste nicht, wo sich Vrees gerade aufhielt.

»Hier ist er jedenfalls nicht!«, sagte er. »Er war gestern bei mir, da haben wir über gemeinsame Geschäfte gesprochen, aber danach ist er wieder gefahren. Zurück nach Sylt. Seitdem habe ich nichts von ihm gehört.«

»Wissen Sie, wohin er wollte?«

»Ins Büro.«

»Hat er Ihnen etwas von einer Geliebten erzählt?«

»Was? Ich verstehe nicht.«

»Gibt es jemanden, bei dem er sein könnte? Eine Frau? Oder einen Mann? Oder divers? Man weiß ja nie.«

»Nein! Keine Ahnung. Er war treu, soviel ich weiß.«

Janssen sah zu Lisa. Offenbar hielt Vrees seine Seitensprünge geheim, sogar vor seinem besten Freund.

»Okay, danke. Wir melden uns, wenn wir noch mehr wissen müssen.« Er legte auf und sah zu Dahl. »Wir müssen ihn zur Fahndung ausschreiben.«

Dahl fluchte leise und rief im Büro an, um Bescheid zu sagen, dass jeder Beamte auf Sylt nach Vrees suchen sollte. Es waren allerdings nicht viele.

»Wir brauchen Unterstützung«, erklärte er, nachdem er wieder aufgelegt hatte.

»Ich rufe in Flensburg an.« Janssen wählte die Nummer seines Chefs und gab die Nachricht durch. Friedrichs stimmte sofort zu.

»Ich habe gerade einen Anruf vom Labor bekommen«, sagte er dann. »Es geht um die Schuhabdrücke an den Tatorten. Sie konnten den Hersteller ermitteln: Winjie Brødre, eine dänische Firma. Die Schuhe werden in Kolding hergestellt und auch nur dort verkauft, direkt ab Werk. Ihr Markenzeichen ist die Robbe auf dem Schuh.«

»Das heißt, unser Täter muss in Kolding gewesen sein.«

»Oder jemand, der ihm die Schuhe besorgt hat. Hans Kastenmeyer hat mehrere Kumpel in Kolding, mit denen er früher Brüche begangen hat. Mayer hat ein bisschen nachgeforscht. Einer hat vor einigen Monaten eine hohe Krankenhausrechnung in Esbjerg bezahlt, ohne selbst krank gewesen zu sein. Wir verhandeln gerade mit der dänischen Polizei, damit wir mit ihm reden können.«

»Sehr gut. Bald haben wir ihn. Wir müssen nur Vrees finden, bevor der Mörder ihn erwischt.«

»Ich gebe die Fahndung raus und schicke euch Verstärkung auf die Insel.«

»Danke.« Janssen steckte sein Telefon weg. »Die Schlinge zieht sich zu.«

»Sie müssen Dominik finden«, sagte Lisa mit Tränen in den Augen. Immerhin war ihre Gesichtsfarbe wieder normal.

»Wir geben unser Bestes«, erwiderte Dahl. »Fahren Sie jetzt lieber nach Hause und lassen Sie vorsichtshalber niemanden ins Haus«, fügte er hinzu. »Wir wissen nicht, ob der Mörder vielleicht glaubt, Sie hätten auch etwas mit dem Bootsunglück zu tun.«

»Damals hatte ich gerade erst hier angefangen. Ich weiß nichts darüber.«

»Trotzdem. Fahren Sie nach Hause und öffnen Sie nicht die Tür.« Dahl klang warnend.

Die Assistentin nickte. »Okay.« Sie nahm ihre Tasche, die Strickjacke über dem Stuhl und eine Grünpflanze von ihrem Schreibtisch, als würde sie nie mehr hierher zurückkehren, und lief hinunter zum Parkplatz.

»Wo ist Vrees?«, fragte Dahl, als sie zurück zum Auto gingen.

»Ich habe keine Ahnung. Was würdest du tun, wenn du dich für eine tödliche Explosion auf einem Boot rächen willst?«

Dahl dachte einen Moment nach. »Ihn vielleicht auf ein Boot schleppen und das Gleiche mit ihm veranstalten?«

»Möglich.«

»Aber der Kerl tickt anders als wir. Wir würden mit Vrees' Machenschaften an die Presse gehen und niemanden umbringen. Er benutzt eine scharfe Klinge und Sagen, um sich auszudrücken. Ich denke, er wird eine andere Lösung finden.«

»Vielleicht gibt es wieder eine Sage, die er bemüht, um Vrees zur Rechenschaft zu ziehen.«

»Wir sollten auf jeden Fall alle Schiffe, die Vrees besitzt, abklappern.«

Janssen nickte. Das war ein Anfang.

26

Katharinas Zimmer wirkte ungemütlich und fremd, nachdem es von den Beamten nach Spuren durchsucht worden war. Alles stand an einem anderen Platz, nicht dort, wo sie es abgestellt hatte. Der Fleck im Bett war inzwischen getrocknet, aber ein Stück Stoff fehlte, weil die Beamtin es herausgeschnitten hatte.

»Was wirst du tun?«, fragte Ludwig, der ihr wie ein Hund gefolgt war.

»Ich brauche meine Ruhe. Bitte versteh das. Ich kann jetzt nicht mit dir über mein Leben reden, zumal ich noch nicht weiß, was ich tun werde.«

»Ist ja gut. Ich gehe an den Strand oder sehe mir die Stadt an. Ich lass dich in Ruhe.«

»Danke.«

»Aber spiel bloß nicht wieder Detektivin! Du darfst dich nicht in Gefahr bringen.«

»Natürlich nicht.« Sie hörte selbst, wie wenig überzeugend sie klang. Die Glocke war eine Nachricht an sie, sie musste unbedingt herausfinden, was sie bedeutete.

»Du führst doch schon wieder was im Schilde!«

»Nein! Es ist nichts.«

»Hat es was mit der Glocke zu tun?«

Katharina knickte ein. Sie war keine versierte Lügnerin. »Sie stammt mit Sicherheit vom Mörder. Er will mir damit etwas sagen. Ich muss herausfinden, was es ist.«

»Nein!«

»Das kannst du mir nicht verbieten. Du bist nicht mein Vater, und ich bin schon lange volljährig.«

»Wenn du dich in Gefahr bringen willst, darf ich dich daran hindern. Mach keine Dummheiten, bitte!«

»Nein, ich will nur wissen, was er meinen könnte. Ich suche eine Sage, die mit einer Glocke zu tun hat, und rufe die Polizei an. Mehr nicht.«

Ludwig zögerte, nickte jedoch. »Okay. Mehr nicht.«

»Nein, mehr nicht.«

»Dann gehe ich jetzt.«

»Viel Spaß.« Sie beobachtete, wie er hinausging und die Tür hinter sich zuzog. Danach war ein Kratzen im Schloss zu hören, aber sie ging dem Geräusch nicht nach, sondern lief sofort zu dem Buch, das der Polizist wieder auf ihren Nachttisch gelegt hatte, und öffnete es. Es gab mehrere Sagen in Nordfriesland, in denen eine Glocke eine Rolle spielte. In vergangenen Jahrhunderten waren die Menschen sehr gläubig gewesen, wichtige Teile ihres Lebens hatten mit der Kirche zu tun gehabt, auch mit Glocken.

Ihr Blick fiel auf eine Legende, die in Keitum spielte, einem Ort am Wattenmeer. Sie erzählte von der berühmten Kirchenglocke des Dorfes, die einen so lieblichen und starken Ton besaß, dass sie sehr weit zu hören war. Aus Neid versuchten die Bewohner eines anderen Ortes, die die Kirchenglocke in der Ferne läuten hörten, sie zu stehlen. Der Sylter Kirchenvorstand wickelte daraufhin ein Pferdehaar um den Klöppel, damit der Ton sich veränderte und nicht mehr so weit reichte. Tatsächlich ließen sich die Neider täuschen und glaubten, die Glocke sei gesprungen. Sie ließen vom Diebstahl ab.

War das die Sage, auf die der Mörder hinweisen wollte?

Das könnte bedeuten, dass er sich in Keitum aufhielt.

Katharina nahm ihr Telefon und wählte die Nummer der Polizei nun schon zum zweiten Mal an diesem Tag.

»Ist Hauptkommissar Dahl jetzt zu sprechen?«, fragte sie ungeduldig, als sich jemand meldete.

»Nein, er ist unterwegs. Worum geht es?«

»Ich glaube, ich habe wieder eine Botschaft vom Mörder erhalten.«

»Welchem Mörder?«

»Dem Kerl, der den Leuten die Kehle durchschneidet und sie in Kohltöpfe legt. Ich bin Katharina Weller. Die Märchentante.«

»Oh ja, ich verstehe. Nein, Dahl ist nicht da. Ich richte ihm aus, dass er sich mit Ihnen in Verbindung setzen soll.«

»Es ist wichtig.«

»Auch das werde ich ihm sagen.«

»Sehr wichtig.«

»Ich werde es ausrichten.«

Katharina überlegte, ob sie sagen sollte, wo sich der Mörder ihrer Meinung nach aufhielt, aber sie war sich nicht sicher, ob ihre Theorie stimmte. Die Polizei hielt sie jetzt schon für eine Spinnerin. Wenn sie sie auf eine falsche Fährte lockte, verlor sie weiterhin an Glaubwürdigkeit.

»Danke«, sagte sie deshalb nur und legte auf.

Nachdenklich drehte sie sich in ihrem Zimmer um ihre eigene Achse. Was sollte sie tun? Nach Keitum fahren? Es war viel zu gefährlich, sich allein ohne Polizei in die Nähe des Mörders zu begeben. Falls ihre Theorie stimmte. Falls nicht, wäre der Ausflug harmlos. Nur der Besuch einer Touristin in einer historischen Kirche.

Auf der anderen Seite hatte sie Ludwig und Sabrina versprochen, nicht mehr Detektivin zu spielen. Dieses Versprechen stand jedoch in krassem Gegensatz zu dem, das sie Remos Schwester gegeben hatte, weil die Kleine noch an Gerechtigkeit glaubte: den Mörder zu finden und ins Gefängnis zu stecken.

»Ich verspreche es und halte meine Versprechen«, hatte Katharina geantwortet.

Sie musste das Versprechen halten, das sie dem Kind gegeben hatte. Nicht nur für das Mädchen, auch für Remo. Das war sie ihm schuldig.

Und wenn sie herausfand, dass sich der Mörder tatsächlich in Keitum aufhielt, hatte sie endlich ein hieb- und stichfestes Argument, um der Polizei davon zu berichten.

Sie ging zur Tür und wollte hinaus, doch sie war abgeschlossen. Hatte Ludwig sie eingesperrt? Das wäre eine Frechheit!

»Lasst mich raus!«, rief sie und klopfte gegen die Tür. Es dauerte eine Weile, bis jemand reagierte.

»Ich wusste, dass du dich nicht an die Abmachung halten würdest«, sagte Ludwig auf der anderen Seite der Tür.

»Du kannst mich doch nicht einfach einsperren! Ich bin kein Kind mehr!«

»Aber du verhältst dich wie eines.«

Katharina schäumte vor Zorn. Sie hätte am liebsten geflucht und mit dem Fuß auf dem Boden aufgestampft, aber dann würde sie sich wirklich wie ein bockiges Kind verhalten.

»Mach bitte die Tür auf«, flehte sie. »Es ist wichtig. Ich muss ein Versprechen halten.«

»Mir hast du auch ein Versprechen gegeben. Also halte dich bitte daran.«

»Aber das Versprechen war an ein Kind gerichtet. Es ist wichtiger, das einzuhalten, weil ihr Weltbild noch intakt ist.«

»Du bist verrückt, Katinka, weißt du das?«

»Nein, ich bin nicht verrückt. Lass mich raus!«

»Sorry, Liebes. Das kann ich nicht tun. Ich muss dich vor dir selbst schützen.«

»Nein! Ludwig! Lass mich raus!«

Er antwortete nicht mehr. Obwohl sie mehrmals an die Tür hämmerte und klopfte, reagierte er nicht. Wütend warf sie ihren Koffer gegen die Tür, aber selbst das nützte nichts. Schließlich ging sie zum Fenster und sah hinaus. Sie befand sich im ersten Stock. Unter ihr lag der Bürgersteig. Sie konnte aus dem Fenster springen und sich dabei den Fuß, das Bein oder das Rückgrat brechen. Keine gute Idee. Sie sah nach rechts. Dort befand sich das Fenster eines weiteren Zimmers der Pension, über ihr im zweiten Stock waren noch zwei Zimmer mit Fenstern. Im Nachbarhaus links von ihr befand sich über einem Blumenladen im Erdgeschoss eine Wohnung mit einem Balkon. Der war gar nicht weit von ihrem Fenster entfernt.

Ihr Herz schlug schneller. Sie müsste nur irgendwie auf den Balkon kommen, dann könnte sie durch die fremde Wohnung hinunter auf die Straße gelangen. Fieberhaft überlegte sie, wie sie die Distanz zum Nachbarhaus überbrücken könnte. Wenn sie sich auf das Fensterbrett stellte, würde sie den Balkon mühelos mit den Händen erreichen. Um nicht abzustürzen, zerriss sie das zerschnittene Bettlaken und knüpfte es zu einem Seil zusammen. Ein Ende schlang sie um ihre Hüfte, nachdem sie das andere an der Heizung unter dem Fenster befestigt hatte.

Vorsichtig kletterte sie auf das Fensterbrett und hielt sich am Rahmen fest. Sie hockte sich hin und beugte sich zum benachbarten Balkon hinüber. Im Augenwinkel bemerkte sie ein paar Passanten, die stehen blieben und sie gespannt beobachteten. Sie konzentrierte sich jedoch nur auf ihre Aufgabe. Sie konnte das Geländer schon mit den Fingerspitzen berühren. Noch ein bisschen strecken, dann konnte sie sich am Geländer festhalten. Sie drückte sich aus der Hocke nach oben, klammerte sich an das Holz des Geländers und stieß sich gleichzeitig mit den Füßen vom Fensterbrett ab. Ein Ruck ging durch ihren Körper, dann baumelte sie am Geländer des Balkons. Sie schaffte es, sich hochzuziehen und auf den Balkon zu klettern. Dort löste sie das Betttuch von ihrem Körper und ließ es aus dem Fenster baumeln.

Die Balkontür war nur angelehnt. Sie klopfte und betrat vorsichtig das Wohnzimmer der Nachbarn.

»Entschuldigung!«, rief sie in die Wohnung hinein. »Ich will Sie nicht stören. Ich bin gleich wieder weg.«

Ein Klappern war zu hören. Sie ging auf einen Korridor zu, von dem sie vermutete, dass sich dort der Ausgang befand. Eine Frau mit Lockenwicklern im Haar kam erstaunt aus der Küche auf sie zu.

»Wer sind Sie? Was machen Sie hier?«

»Ich wohne in der Pension nebenan. Es ist ein Notfall. Ich bin auf den Balkon geklettert und will nur raus.«

»Da ist die Tür.« Die Frau war so perplex, dass sie Katharina lediglich die Tür zeigte, aber nichts weiter sagte. Sie vergaß sogar, ihren Mund zu schließen.

»Danke. Falls jemand nach mir fragt, ich bin in Keitum.«

»Okay.«

Katharina fand die Tür und ging hinaus. Sie lief die Treppe hinunter und hinaus auf die Straße. Sie schlug allerdings nicht den Weg an Sabrinas Café vorbei ein, sondern eilte in die andere Richtung zum Parkplatz, wo sie in ihr Auto stieg. Mit quietschenden Reifen fuhr sie Richtung Keitum.

Die Kirche, die in Keitum auf einem Hügel stand, war die älteste Kirche in ganz Schleswig-Holstein. In vorchristlicher Zeit hatte der Hügel bereits als Kultstätte für die Göttin Freya gedient. Nun stand an der Stelle ein romanischer Bau mit einem schlichten Turm aus roten Backsteinen und einem lang gestreckten Schiff, dessen Dach drei Stufen besaß. Mehrere Besucher spazierten um die Kirche herum und über den Friedhof, einige gingen in das Gotteshaus hinein und sahen sich um. Auch Katharina betrat das historische Gebäude. Die meisten Besucher saßen andächtig in den Bänken und betrachteten das Innere, vor allem den Altar. Es war so still und friedlich in der Kirche, dass jedes Flüstern wie eine Verabredung zur Verschwörung klang.

Von einem Mörder war nichts zu sehen. Aufmerksam studierte Katharina die Gesichter der Personen in der Kirche. Keines sah wie das eines Mörders aus, niemand trug eine schwarze Kapuze. Langsam lief Katharina im Mittelgang auf den Altar zu, wo sie sich umdrehte und zur Orgelempore hinaufblickte. Auch dort oben keine Spur von einem Verbrecher. Sie hatte sich wohl geirrt. Ernüchtert setzte sie sich in die erste Reihe und dachte wieder an die Sage von der Kirchenglocke. Hatte sie die falsche Geschichte erwischt? Sie war fest davon ausgegangen, den Mörder hier zu finden. Oder ging es um die Prophezeiung? Aber die würde keinen anderen Ort aufzeigen, nur diese Kirche.

Laut Legende gab es in Verbindung mit der Glocke eine weniger bekannte Weissagung, die prophezeite, dass die Glocke eines Tages herabstürzen und den schönsten Jüngling von Sylt erschlagen würde. Danach würde der ganze Glockenturm in sich zusammenfallen und das eitelste Mädchen unter sich begraben. Weiter hieß es in der Legende, die Glocke habe sich tatsächlich eines Tages aus der Verankerung gelöst und einen jungen Mann getötet. Seitdem mieden alle jungen Mädchen die Kirche, aus Angst, der Turm könne einstürzen.

Was bedeutete das für Katharina? Dass sie nicht hätte herkommen sollen? Dass der Turm einstürzen würde? Oder ging es möglicherweise gar nicht um die Kirche und die Glocke, sondern um die beiden Schwestern, die die Kirche bauen ließen? Sie schnappte nach Luft. Das musste es sein!

Sie sprang auf und lief aus der Kirche. Nördlich davon befand sich der Friedhof, dahinter lag eine Wohnsiedlung. Katharina hastete die Straße entlang. Hier irgendwo musste es sein. Tatsächlich fand sie hinter der Siedlung einen Weg, der zu einem kleinen Wäldchen führte. Auf einer Lichtung stand die Ruine eines Hauses. Die nackten Wände ragten in die Höhe, an der Westseite erinnerten die Reste eines Balkens an das Dach. Gras wucherte zwischen den Steinen, Birken wuchsen zwischen den Trümmern. Eine Maus flitzte vor Katharinas Schritten davon und raschelte im Gras.

Mit klopfendem Herzen näherte sich Katharina der Ruine. Sie ging durch die Öffnung, die früher einmal eine Tür gewesen war, und erstarrte. Unter dem Balken saß ein Mann auf einem Stein. Eine Schlinge hing um seinen Hals, das andere Ende war am Balken befestigt. Sein Mund war geknebelt, die Hände und Füße gefesselt. Auf seinem Designeranzug klebte Dreck und etwas, das aussah wie Blut. Neben ihm stand eine Gestalt in einem schwarzen Mantel. Die Kapuze hatte sie tief ins Gesicht gezogen, das nicht zu erkennen war.

»Lassen Sie ihn gehen«, sagte Katharina und trat näher. Ihr Herz klopfte so heftig, dass es sich anfühlte, als würde es gegen ihren Brustkorb hämmern.

»Katharina«, sagte der Mann im Mantel mit seltsam heiserer Stimme. »Sie haben mich gefunden.«

»Ich war zuerst in der Kirche, aber dann erinnerte ich mich an Ing und Dung, die beiden reichen Schwestern, die damals den Bau der Kirche mit der wunderbaren Glocke finanzierten. Sie kommen in der Sage ebenfalls vor. Vor vielen hundert Jahren soll genau hier, an dieser Stelle, das Haus gestanden haben, in dem sie gewohnt haben. Darüber wurden andere Gebäude errichtet, aber keines hat sich bis heute gehalten. Nur diese Ruine ist noch übrig.«

»Diesen Ort hier habe ich gemeint. Sie sind gut.«

»Warum tun Sie das?«, fragte Katharina. »Lassen Sie den

Mann gehen. Die Polizei sucht Sie und wird Sie festnehmen. Sie werden nicht mehr lange davonkommen.«

»Das ist mir egal«, krächzte er. »Meine Freiheit ist mir nicht mehr wichtig.«

»Was ist Ihnen denn wichtig? Vielleicht kann ich Ihnen helfen. Aber lassen Sie ihn gehen.«

»Die Wahrheit ist wichtig, nur die Wahrheit. Und die wurde verschwiegen. Das muss sich ändern.«

»Haben Sie deshalb den Gonger gespielt, damit die Wahrheit ans Licht kommt?«

»Nein, damit man uns nicht vergisst.«

»Wen?«

»Die Männer auf dem Boot. Auf *seinem* Boot.« Er deutete mit einem schmalen, spitzen Messer auf den Gefesselten. Es sah aus wie ein Messer zum Filetieren von Fischen.

»Was ist passiert?«

»Er hat uns benutzt, um seine Dreckarbeit zu erledigen, und dann hat er das Boot in die Luft gejagt, um uns loszuwerden.«

»Er?«

»Ja, er. Dominik Vrees. Ihm gehören viele Schiffe auf der Insel. Wir haben für ihn Gift in die See gekippt. Zwei von uns haben ihn erpresst, und da hat er uns unter einem Vorwand auf das Meer hinausgeschickt und das Schiff explodieren lassen.«

Entsetzt sah Katharina zu dem Gefesselten. »Ist das wahr?«

Der Mann schüttelte den Kopf. Der Mörder gab ihm einen Tritt in die Seite. »Es ist wahr, du Lügner. Gib es wenigstens jetzt zu!«

Der Mann schüttelte immer noch den Kopf. Da zog sich der Mörder die Kapuze vom Kopf und zeigte sein Gesicht. Es war völlig entstellt. Voller Brandnarben, einige kaum geschlossen. Ein Auge fehlte, die Ohren waren verschwunden. Dort, wo sie sein sollten, befanden sich schlecht verheilte Narben. Er sah aus wie ein Ungeheuer. Es war ein Wunder, dass er überhaupt noch lebte und die Kraft aufbringen konnte, die für die Morde sicherlich erforderlich gewesen war.

»Glauben Sie, das kam von ungefähr?«, krächzte er. »Nur

durch Zufall habe ich überlebt, weil ich mitsamt einem Stück Blech weggeschleudert worden war und auf dem Meer trieb. Ein Fischerboot hat mich aufgenommen und nach Dänemark gebracht, wo ich im Krankenhaus behandelt wurde. Dort erfuhr ich auch, dass niemand von dem Unglück gehört hatte. Vrees hat die Presse bezahlt, damit sie darüber schweigt. Oder wir waren es nicht wert, dass über uns berichtet wurde. Eins davon oder beides. Wir waren schwierige Männer, das gebe ich zu. Ein paar von uns waren vorbestraft, aber die meisten versuchten, sich zu bessern. Einer stand kurz vor seiner Hochzeit mit einer Lehrerin! Wir hatten es nicht verdient.« Er hielt inne, weil ihn das Sprechen sichtlich anstrengte.

»Das tut mir sehr leid«, sagte Katharina leise. »Aber Ihr Leid gibt Ihnen nicht das Recht, andere Menschen zu töten. Auch sie hatten Pläne und Träume. Remo hatte das ganze Leben noch vor sich. Er war unschuldig.«

»Um ihn tut es mir leid. Ich wollte ihn ursprünglich nicht töten, sondern ihm eine Nachricht an Sie mitgeben. Sie sollten wissen, dass Sie recht haben. Sie waren die Einzige, die mich verstanden hat. Aber er hat sich gewehrt. Er wollte schreien und mich verraten, darum konnte ich nicht mit ihm sprechen. Ich habe es versucht, doch er war zu wendig. Deshalb musste ich ihn umbringen und alles so arrangieren, dass Sie mich trotzdem verstehen. Ich habe ihm die Sachen angezogen, damit Sie wissen, worum es geht. Er ist nicht umsonst gestorben.«

»Es wäre nicht nötig gewesen. Ich hätte Sie auch so verstanden. Sie wollen sich rächen.«

»Ich wollte nicht mehr leben, als ich im Krankenhaus lag. Nur der Gedanke an Rache hat mir neue Kraft gegeben. Ich bin zu einem Freund gegangen, der mich weiter gepflegt und mit allem ausgestattet hat, was ich brauchte. Sogar mit den richtigen Medikamenten. Aber es war nicht nur der Gedanke an meine Rache, der mich am Leben gehalten hat. Es geht mir darum, dass endlich die Wahrheit gesagt wird. Jeder soll erfahren, dass dieser Kerl hier ein mieses Dreckschwein ist, dass er nicht nur das Meer vergiftet, sondern uns einfach in die Luft gesprengt hat. Deshalb wurde ich zum Gonger. Damit wir nicht vergessen werden.«

»Niemand vergisst Sie!«

»Nun nicht mehr. Weil ich dafür gesorgt habe. Aber nach der Explosion hat keiner über uns geredet. Vrees hat den Familien Geld bezahlt, damit sie Ruhe geben. Die Zeitungen haben kaum etwas berichtet, es war nur eine Randnotiz. Sieben Leben, einfach ausgelöscht, und wir waren nur eine Randnotiz.«

Katharina schluckte. Sie konnte ihn verstehen. Das war wirklich nicht fair. Dennoch war es nicht richtig, dafür andere Menschen zu töten. Der Schmerz und der Hass auf die Schuldigen hatten offenbar seinen Geist zerstört.

»Ich werde dafür sorgen, dass Ihre Geschichte erzählt wird, überall. Ich habe die Möglichkeiten. Aber lassen Sie ihn gehen.«

Der Mörder verharrte einen Moment, als würde er ihr Angebot wirklich in Erwägung ziehen.

»Wieso sollte ich Ihnen vertrauen?«, fragte er dann.

»Weil ich weiß, wie Sie sich fühlen. Wie es ist, wenn man ein Geheimnis mit sich herumträgt, das einem das Herz zerreißt.«

»Welches Geheimnis haben Sie?«

Sie zögerte, doch dann sprach sie es aus. Seit Monaten vermied sie es, sie hatte das ganze Elend in seiner kompletten Tragweite nicht einmal Sabrina erzählt. Aber es saß schmerzvoll in ihrem Herzen und nagte an ihrer Seele.

»Ich hatte vor acht Monaten eine Fehlgeburt. Mein Großvater war gestorben, der Mann, der mich wie ein Vater großgezogen hatte, nachdem meine Eltern verschwunden waren. Sein Tod hatte mich so sehr aufgeregt und mitgenommen, dass ich mein ungeborenes Kind verlor. Es war fünf Monate alt, zu klein, um zu überleben. Ein Mädchen. Ich hatte mir schon passende Namen für sie überlegt, aber noch keinen endgültig auserwählt. Doch mein Kind starb, weil ich krank wurde vor Kummer um meinen Großvater. Diesen weiteren Schmerz habe ich überhaupt nicht verkraftet. Ich konnte es bis heute nicht einmal meiner besten Freundin erzählen. Die Trauer hat mich so kaputtgemacht, dass ich meinen Freund vernachlässigt habe. Er hat sich mit einer anderen Frau getröstet, was ich ihm nicht verzeihen kann. Und zu allem Überfluss ist auch noch meine Großmutter gestorben. Es war das schlimmste Jahr meines Lebens. Heute hat Ludwig gesagt, dass ich alles vergessen soll, um einen Neuanfang zu schaffen. Aber ich kann es nicht einfach abhaken. Ich will nicht. Sie haben recht. Manche Dinge kann und darf man nicht vergessen. Sie zu vergessen wäre, als würde man einen Teil von sich leugnen und begraben. Darum verspreche ich Ihnen, dass ich über Ihre Geschichte berichten werde, damit die Welt davon erfährt.«

»Schwören Sie es!«

»Ich schwöre es beim Grab meiner kleinen Tochter.«

Er glaubte ihr. Sie konnte es an dem Blick aus seinem gesunden Auge erkennen.

»Lassen Sie ihn gehen«, bat sie.

Es war ganz still in der Ruine, so als ob die Welt den Atem anhalten würde. Nicht ein Lufthauch regte sich. Für einen langen, intensiven Moment rührte sich nicht einmal der Mörder. Er sah Katharina an, als wollte er noch einmal abschätzen, ob sie ihr Versprechen halten oder ihn verraten würde. Dann hob er die Hand mit dem Messer und schnitt sich selbst die Kehle durch.

»Nein!«, schrie Katharina und rannte zu ihm, um ihm zu helfen, aber sie konnte nichts tun. Das Blut floss wie ein Bach aus seinem Hals und versickerte im Boden. Es dauerte nicht lange, bis er tot war.

Sein lebloser Körper lag neben dem gefesselten Vrees, um ihn herum eine Blutlache, die das Gras dunkel färbte.

Mit bebenden Händen holte Katharina das Telefon aus ihrer Hosentasche und wählte zum dritten Mal an diesem Tag die Nummer der Polizei.

27

Dahl und Janssen hielten es zunächst für einen Scherz, als Sophie bei Dahl anrief und ihm sagte, die Märchentante habe den Mörder und Vrees gefunden.

Doch als die beiden wenig später in der Ruine bei Keitum standen, wo sie Kastenmeyer tot und Vrees äußerst lebendig vorfanden, wurde ihnen klar, dass der Fall tatsächlich gelöst war.

»Wieso sind Sie hier?«, fragte Dahl, bemüht, ihr nicht zu sehr zu zeigen, wie froh er war, dass der Spuk endlich ein Ende hatte. Und dass Katharina wohlbehalten vor ihm stand. Es kratzte jedoch an seiner Ehre, dass eine Zivilistin ihm zuvorgekommen war.

Janssen ging es ähnlich. Er äußerte seinen Missmut über ihre Einmischung sogar lautstark. »Sie können doch nicht einfach eine laufende Ermittlung gefährden«, donnerte er. »Der Kerl hätte Sie umbringen können, und wir hätten noch eine Leiche am Hals gehabt!«

»Er hat mich aber nicht umgebracht, sondern um Hilfe gebeten«, protestierte sie. »Deshalb hat er mir die Signale gegeben. Wenn er mich hätte umbringen wollen, hätte er es in der Nacht oder sonst wann gemacht. Er hätte genügend Gelegenheiten gehabt.«

»Trotzdem haben Sie die Ermittlungen gefährdet.«

»Ich habe sie zu Ende gebracht«, konterte sie.

»Wieso sind Sie allein hergekommen?«, mischte sich Dahl ein, ehe die Unterhaltung eskalieren konnte.

»Ich habe im Polizeirevier angerufen, um Ihnen zu sagen, dass er mir wieder eine Nachricht hinterlassen hat. Ich dachte, er wollte mich zur Kirche von Keitum locken. Aber Sie waren nicht da. Und offenbar hat niemand meine Botschaft an Sie weitergeleitet.«

»Wir waren beschäftigt«, knurrte Dahl.

»Ich weiß. Deshalb bin ich allein hergekommen. Nun wissen

Sie es. Wenn Sie noch etwas von mir brauchen, sagen Sie Bescheid. Sie wissen, wo Sie mich finden. Ich muss jetzt los, ich habe zu tun.«

»Was haben Sie denn vor?« Janssens Misstrauen war ihm deutlich anzusehen.

»Sie werden es bald erfahren. Dieses Mal sind Sie hoffentlich dabei.«

Katharina fühlte sich erleichtert, weil sie wenigstens ein Menschenleben hatte retten können. Und weil sie ihr Versprechen an Remos Schwester immerhin zum Teil gehalten hatte. Der Mörder des Jungen würde nicht ins Gefängnis kommen, er war tot. Aber er war entblößt. Remos Familie konnte Ruhe finden. Zum ersten Mal seit dem Tod ihres Babys fühlte sie sich stark. Sie ließ die beiden Kommissare stehen und ging zurück zur Kirche von Keitum. Ihre Beine fühlten sich wacklig an, weil ihr der Schrecken noch in den Gliedern saß, aber es wurde mit jedem Schritt besser.

»Geht es Ihnen nicht gut?«, sagte der Pfarrer, ein weißhaariger Mann mit Vollbart, der gerade in einem Regal nach einem Buch suchte, als sie das Pfarramt betrat. »Sie sehen aus, als hätten Sie einen Geist gesehen.« Er richtete sich auf und kam auf sie zu.

»Das nicht, aber etwas Ähnliches. Ich habe gerade gesehen, wie sich jemand umgebracht hat.«

»Oh, das tut mir sehr leid. Bitte setzen Sie sich.«

Sie ließ sich auf dem angebotenen Stuhl nieder, der am Fenster des kleinen Büros stand. Ihre Beine fühlten sich immer noch weich und unsicher an.

»Was ist passiert?«, fragte der Pfarrer und setzte sich zu ihr. Er sah sie aus klaren Augen an, die so blau waren, dass sie sie an den Himmel erinnerten.

Sie war noch so verwirrt, dass sie ihm alles erzählte, von dem Tag an, an dem ihre Eltern verschwanden und ihre Großeltern sie zu sich holten, um sie aufzuziehen, bis zum Unfall ihres Großvaters, der das schlimmste Jahr ihres Lebens eingeleitet hatte. Sie ließ den Tod ihres Kindes nicht aus, ihr Leid und die zerbrochene Beziehung zu Ludwig, dem Vater. Erst als sie auch vom friedlichen Einschlafen ihrer Großmutter berichtet hatte und ihre Tränen flossen, fühlte sie sich etwas klarer im Kopf und konnte ihrem Bericht Remos Tod, die Mordermittlungen und das heutige Erlebnis hinzufügen. Als sie fertig war, wischte sie die Tränen fort und sah in die blauen Augen des Pfarrers.

»Es war wirklich ein fürchterliches Jahr für Sie«, sagte er mitfühlend. »Ich würde Ihnen trotzdem raten, das Gute darin zu sehen. Ihre Erlebnisse, die guten wie die schlechten, machen Sie zu dem Menschen, der Sie heute sind.«

»Ich wäre mit einer anderen Version von mir auch zufrieden, ohne das alles durchmachen zu müssen.«

»Das kann ich verstehen. Aber nichts geschieht ohne Grund. Vielleicht ist Ihnen all das passiert, damit Sie heute das Leben dieses einen Mannes retten konnten.«

Sie schluckte. »Er war ein Verbrecher.«

»Und trotzdem haben Sie ihn gerettet. Also war er Ihnen etwas wert. Jedes Leben ist es wert, gerettet zu werden. Und womöglich war genau das Ihre Aufgabe.«

»Das kann ich mir nicht vorstellen.«

»Das müssen Sie auch nicht. Nehmen Sie es einfach an.«

Sie nickte zweifelnd und wischte weitere Tränen weg. »Aber ich bin eigentlich gar nicht zu Ihnen gekommen, um Ihnen von meinen Problemen zu erzählen.«

»Weshalb sind Sie hier?«

»Ich brauche Ihre Hilfe bei einer anderen Sache.«

»Schießen Sie los.«

Dahl und Janssen waren in der Ruine geblieben und befreiten Vrees von seinen Fesseln. Katharina hatte, während sie auf die Polizisten wartete, nur die Schlinge von seinem Hals genommen, aber alles andere so gelassen, wie sie es vorgefunden hatte. Sie traute Vrees nicht über den Weg und fürchtete, er würde sich vor der Polizei in Sicherheit bringen. Tatsächlich hatte er laut ihrer Aussage versucht zu fliehen, war aber wegen der Fesseln kläglich gescheitert und neben dem Steinhaufen in den Dreck gefallen.

»Ich verhafte Sie vorläufig wegen siebenfachen Mordes«, sagte Dahl und legte Vrees anstelle der Fesseln Handschellen an.

»Sechs«, korrigierte Janssen leise.

»Sechsfachen Mordes, obwohl Sie den Tod von sieben Seemännern geplant hatten«, verbesserte sich Dahl. »Hinzu kommen ein versuchter Mord und die illegale Entsorgung von Chemikalien.« Er schob Vrees zum Polizeiwagen und setzte ihn hinein. Danach rief er den Arzt und die Spurensicherung, obwohl eigentlich klar war, was passiert war.

»Wir haben ihn gestellt«, sagte Janssen zu Dahl, als kurz darauf der Arzt den Tod des Mörders im Sand vor ihnen bestätigte.

»Die Märchentante hat ihn gestellt.«

»Ja, ich weiß. Trotzdem wird er niemanden mehr umbringen.«

»Ich wüsste zu gern, was sie zu ihm gesagt hat, damit er sich selbst tötet.«

»Du denkst, sie hat magische Kräfte wie eine Hexe aus ihren Büchern und hat ihn mit Hokuspokus dazu gebracht?«

Dahl zuckte mit den Schultern. »Wer weiß? Vielleicht hat sie wirklich irgendwelche Kräfte.«

»Du spinnst. Wahrscheinlich hat sie ihm gedroht oder den Kopf gewaschen. Bestimmt sagt sie es uns noch. Wir müssen sie sowieso noch ausführlich vernehmen.«

»Unbedingt.«

Dahls Telefon klingelte. Es war Sophie.

»Ich habe die Märchentante für Sie«, sagte sie. »Ich denke, es ist dringend.«

»Mal sehen, was sie jetzt mit ihren magischen Kräften mit mir macht«, flüsterte Dahl Janssen zu, bevor er laut in den Hörer sprach: »Ja?«

»Haben Sie morgen Mittag Zeit?«, erkundigte sich Katharina sachlich und völlig ohne Zauberei.

»Ich habe Dienst. Warum?«

»Es wäre nett, wenn Sie und Ihr Kollege eine halbe Stunde entbehren könnten. Wir wollen eine Andacht am Strand von Hörnum abhalten, um der toten Seeleute zu gedenken, die im

März bei der Explosion ums Leben gekommen sind. Vielleicht können Sie auch ein paar Worte sagen.«

Dahl nickte. »Ich werde da sein. Zählen Sie auf mich. Janssen auch.« Er sah zu seinem Kollegen, der ratlos die Hände hob.

»Danke.« Sie legte auf, bevor er noch etwas sagen konnte.

»Was ist?«, fragte Janssen.

»Falls du morgen in Flensburg deinen Bericht schreiben wolltest, verschiebe es. Du hast einen Termin hier auf Sylt.«

»Mit wem?«

»Mit der Erinnerung.«

»Was?«

»Ich weiß, was sie gesagt hat, ehe er sich umgebracht hat.«

»Was war es?«

»In der Sage legt sich der Gonger in die Betten, damit die Menschen ihn nicht vergessen. Der Mörder wollte, dass seine Leute, die bei der Explosion gestorben sind, nicht vergessen werden. Ich wette, das hat sie ihm versprochen. Für morgen organisiert sie jedenfalls eine Andacht am Strand für sie.«

»Das ist der Termin? Okay, ich bin dabei.«

»Wir mobilisieren so viele Leute wie möglich. Schon allein, um Vrees eins auszuwischen, der die Männer einfach verschwinden lassen wollte. Nicht einmal ich habe etwas davon mitbekommen, weil ich im Osterurlaub war.«

»Schändlich, Herr Kollege. Aber gut, lassen wir die Erinnerung an die Männer lebendig werden.«

Am nächsten Tag um Punkt zwölf Uhr befanden sich mehrere tausend Menschen am Strand von Hörnum. Der Pfarrer hatte seine Gemeinde, Polizeihauptkommissar Dahl die Kollegen und Sabrina jeden Gast, Bekannten und Verwandten angesprochen, die wiederum hatten ebenfalls ihre Freunde und Angehörigen informiert. Auch Helge hatte seinen Teil dazu beigetragen und die Nachricht im Club und sogar über das Radio und das Internet verbreitet. Es war eine Lawine losgetreten worden.

Der Pfarrer von Keitum hatte mit dem von Hörnum gesprochen, und gemeinsam hatten sie eine kleine Bühne an der

Südspitze der Insel aufgebaut, wo Katharina zusammen mit Dahl von dem Unglück erzählte. Dahl hatte vorher ausdrücklich betont, dass die Ermittlungen zu Vrees' Rolle noch nicht abgeschlossen seien und er deshalb nichts dazu sagen könne. So hatten sie beschlossen, einfach nur der Seemänner zu gedenken und ihre Namen laut zu verlesen, samt Lebenslauf und ein paar Anekdoten, die die Verwandten und Freunde beisteuerten. Die Verlobte des Seemannes, der zum Unglückszeitpunkt kurz vor der Hochzeit gestanden hatte, kam auf die Bühne und berichtete, wie sie ihn kennengelernt hatte. Sie erwähnte sogar den ersten Kuss und die witzige erste Liebesnacht. Langners Schwester trat ebenfalls vor und erzählte, wie Langner sich als Kind einmal den Fuß gebrochen und sie ihn im Kinderwagen durch die Gegend gefahren hatte, was er hasste. Bergens bester Freund berichtete von einer gemeinsamen Motorradtour. Es wurde gelacht, und es flossen Tränen. Die Erinnerung an die sieben Männer erwachte und wehte mit dem Wind über die Insel. Sie glitzerte in den Augen der Menschen von List bis Hörnum, bahnte sich ihren Weg in die Medien und erschien im Internet, im Sylter Fernsehen und sogar auf der Titelseite der Zeitung.

Katharina spürte erneut weiche Knie, als sie drei weitere Namen nannte: Hagen Koog, Anita Hauser und Remo Lanscho. Auch sie sollten nicht vergessen werden. Katharina erzählte, wie Gangster ihre Kekse gefressen und sie dadurch Remo kennengelernt hatte. Enno Hauser sprach vom letzten gemeinsamen Urlaub mit seiner Frau in New York. Er wirkte jedoch bedrückt, weil die Polizei gestern Abend noch bei ihm gewesen war und ihn über die Bekanntschaft und geschäftliche Verwicklung seiner Frau mit Dominik Vrees und Henning Jenner aufgeklärt hatte. Dass seine Frau dafür gesorgt hatte, dass Abfälle illegal im Meer entsorgt worden waren, hatte ihn tief getroffen. Hagen Koogs Familie hatte so kurzfristig nicht kommen können, dafür waren seine Nachbarn erschienen. Dietmar Fickelbrock war aber nicht auf die Bühne gekommen, so gut hatte er Koog nun auch wieder nicht gekannt. Stattdessen hatte seine Frau Anekdoten von einem gemeinsamen Grillabend erzählt.

Nach der Andacht ließen ein paar Kinder Luftballons fliegen, andere Teilnehmer legten Blumen am Strand ab. Und als Katharina drei bekannte Gesichter in der Menge erblickte, ging sie sofort auf sie zu.

»Du hast ihn wirklich erwischt«, sagte Remos Schwester mit kindlicher Bewunderung. »Du hast dein Versprechen gehalten.«

»Ja, habe ich. Allerdings ist er nicht im Gefängnis. Es ging nicht.«

»Das ist schade. Er ist tot, nicht wahr?«

»Ja, er hat sich selbst getötet.«

»Weil er die anderen umgebracht hat?«

»Er hatte eine Mission, die hat er erfüllt. Nur noch dafür hatte er gelebt. Danach wollte er sterben. Es ging ihm nicht gut.«

»Hat er noch etwas zu Remo gesagt?«, fragte Maria Lanscho. Ihr Mascara war verschmiert. Sie hatte geweint.

»Er hat gesagt, dass es ihm leidtat. Er konnte nicht anders. Und dass Remo ein tapferer Junge war, der sich sehr gewehrt hat.« Das war nicht ganz die Wahrheit, aber sie wollte, dass sich die Eltern des Jungen etwas besser fühlten. »Ohne Remo hätten wir den Mörder nicht fassen können«, fügte Katharina hinzu. Das wiederum war vermutlich die Wahrheit.

Maria Lanscho schüttelte unter Tränen den Kopf. »Ich hätte es besser gefunden, wenn ich dem Kerl bei der Verhandlung ins Gesicht hätte spucken können.«

»Er hat sich selbst gerichtet.«

»Danke für Ihre Hilfe«, sagte Remos Vater mit Rührung in der Stimme. »Wenn Sie nicht wären, hätte die Polizei den Kerl vermutlich immer noch nicht erwischt.«

Ohne mich wäre Remo noch am Leben, dachte Katharina, sprach es aber nicht aus. Sie konnte jedoch in ihren Augen sehen, dass Remos Mutter das Gleiche dachte.

»Alles Gute für Sie«, sagte sie.

»Für Sie auch«, erwiderte Maria Lanscho, und Katharina wusste, dass sie ihr vergeben hatte. »Danke für die Andacht und die netten Worte für Remo. Er hätte sich darüber gefreut.«

Katharina streichelte Remos Schwester über den Kopf und wandte sich ab, um zu Sabrina zu gehen.

Die Freundin stand mit Ludwig und Helge vor der Bühne. »Ich dachte, du wärst schon wieder geflohen«, sagte sie mit einem spitzbübischen Lächeln.

»Nein, dieses Mal nicht. Und auch gestern bin ich reumütig zu dir zurückgekehrt.«

»Nach einer lebensbedrohlichen Verbrecherjagd. Das machst du nicht noch einmal!«

»Nein, ganz sicher nicht. Meine Tage als Detektivin sind vorbei.«

»Dem Himmel sei Dank.«

»Es war verdammt aufregend. Das reicht für eine Weile an Adrenalin.«

»Kommst du jetzt mit mir zurück nach Leipzig?«, fragte Ludwig. Er trat von einem Bein auf das andere, als würde er sich völlig fehl am Platze fühlen.

Katharina zögerte mit der Antwort. »Ich weiß noch nicht. Ich muss das mit Dahl klären. Sie brauchen mich bestimmt noch als Zeugin.«

»Ein weiteres Mal? Sie haben doch gestern schon alles protokolliert.«

»Sie benötigen bestimmt noch mehr von mir. Ich kann nicht einfach verschwinden, solange die Ermittlungen noch laufen.«

»Dann kläre das. Ich möchte, dass du zu mir zurückkommst und wir unsere Probleme gemeinsam lösen.«

»Ich muss darüber nachdenken.«

»Mach das. Aber schnell. Ich brauche dich. Ich liebe dich.«

Katharina seufzte innerlich und sah zu Dahl, der mit Janssen auf der anderen Seite der Bühne stand und mit einem Reporter sprach. Sie ließ Ludwig stehen und lief hinüber zu ihm.

»Brauchen Sie mich noch?«, fragte sie den Hauptkommissar, als Dahl sich ihr zuwandte. »Ich muss vermutlich bald zurück nach Leipzig. Aber wenn Sie weitere Fragen an mich haben, bleibe ich gerne noch eine Weile.«

»Nein, nicht nötig. Wir haben alles, was wir benötigen.«

»Wirklich nicht? Mein Ex will unbedingt, dass ich mit ihm nach Leipzig fahre, und ich hoffte, Sie brauchen mich hier, damit ich eine überzeugende Ausrede habe.«

»Sie brauchen ein Alibi?« Dahl lächelte amüsiert. »Tut mir leid, das kann ich Ihnen nicht geben. Die Ermittlungen im Fall Kastenmeyer sind abgeschlossen, da bleibt nur eine Menge Papierkram. Die im Fall Vrees laufen noch, aber dazu können Sie nicht viel beitragen. Was der Mörder Ihnen gesagt hat, haben wir ja bereits aufgenommen. Und mehr wissen Sie doch nicht darüber?«

»Nein, leider nicht.«

»Leider?«

»Das bedeutet, dass ich wirklich nach Leipzig zurückkehren, mich meinem verkorksten Leben stellen und ein paar unangenehme Entscheidungen treffen muss.«

Dahl nickte, Mitgefühl schimmerte in seinen Augen. »Tut mir leid. Sie sollten bleiben, wenn Sie das wollen. Aber wir haben hier wirklich keine Verwendung mehr für Sie. Keine Sagen mehr, keine Toten, keine seltsamen Botschaften.«

»Das hat ja auch sein Gutes.«

»Das würde ich definitiv so sehen. Kommen Sie mal wieder und machen Sie einfach nur Urlaub hier, ohne mysteriöse Mordfälle.«

»Da wäre schön. Vielleicht nimmt mich meine Freundin noch einmal auf. Aber vermutlich nur, wenn ich ihr das Bettlaken ersetze.«

Er lachte. »Ich habe davon gehört. Alles Gute für Sie. Obwohl wir es Ihnen nicht so vermittelt haben – Sie haben uns sehr geholfen.«

Katharina strahlte wieder. »Wirklich?«

»Wirklich. Janssen bringt mich um, wenn er erfährt, dass ich das gesagt habe.«

»Ich werde es ihm nicht verraten.«

»Wissen Sie übrigens, wer das gerade war?«

»Der Mann hier? Der Reporter?«

»Es ist der Kerl, der den Artikel über Sie in der Zeitung geschrieben hat. Er hat einen Krankenwagenfahrer geschmiert, der bei den Mordfällen Dienst hatte. Und in einem Club hat ihm jemand gesteckt, dass Sie die Idee mit den Sagen hatten, ein gewisser Helge.«

Also hatte Sabrinas Freund über sie mit der Presse geredet; ob mit Absicht oder aus reiner Begeisterung für ihre Idee, wusste sie nicht. Aber es war inzwischen auch egal.

»Verhaften Sie den Reporter?«

Dahl lachte. »Dieses Mal nicht. Ich habe ihm aber gesagt, dass er aufpassen muss, wenn er nicht in Bälde nur noch den Wetterbericht schreiben will.«

Sie schmunzelte. »Das hilft hoffentlich.«

»Das hoffe ich auch. Viel Erfolg mit Ihren Sagen.«

»Und Ihnen ein ruhiges Leben auf Sylt, ohne weitere Morde und Erpressungen.«

»Das wäre wünschenswert, für alle hier auf der Insel. Auf jeden Fall ist meine Familie glücklich, dass ich wieder mehr Zeit für sie habe. Und ich freue mich auf meine morgendlichen Fischbrötchen am Strand.«

Sie verabschiedeten sich mit einem freundschaftlichen Handschlag, und Katharina kehrte zurück zu Ludwig und Sabrina.

»Ein paar Tage soll ich vorsichtshalber noch bleiben«, flunkerte sie an ihren Ex-Freund gewandt. »Und ich soll der Polizei von morgens bis abends zur Verfügung stehen, falls was ist. Ich habe also keine Zeit für dich.«

»Oh Gott! Hoffentlich dauert es nicht so lange. Also fahre ich schon zurück und warte auf dich?«

»So machen wir es.«

Auf diese Weise hatte sie ein paar Tage Zeit, um herauszufinden, wie es mit ihr weitergehen sollte.

Sie fuhren zurück in die Pension, wo Ludwig packte und sich auf den Weg nach Leipzig machte.

»Sollst du wirklich noch mal mit der Polizei reden?«, fragte Sabrina, als sie allein waren.

»Nein, aber ich brauche etwas mehr Zeit, um nachzudenken. Ist das okay?«

»Du kannst bleiben, so lange du willst.«
»Danke.«
»Mach endlich richtigen Urlaub, ohne Ermittlungen.«
»Ganz sicher«, erwiderte Katharina und meinte es wirklich so. Allerdings war da dieser Gedanke, der sie seit einigen Stunden beschäftigte. Die Idee war ihr am Strand bei der Gedenkfeier gekommen und hatte sich in ihrem Kopf eingenistet.

»Du führst doch schon wieder etwas im Schilde!« Sabrina wusste ihren Gesichtsausdruck richtig zu interpretieren.

»Vielleicht.« Katharina lachte. »Aber du wirst sehen, es wird dir gefallen.«

»Bist du sicher?«

»Dieses Mal ja, ich verspreche es.«

28

Zwei Jahre später

Das Kreischen der Möwen war sogar durch die dicken Fensterscheiben der Stadtbücherei zu hören. Jemand hatte ein Fischbrötchen auf dem Platz vor dem Rathaus verloren und den Vögeln damit einen Sonntagsschmaus bereitet.

Katharina lächelte, als sie den Lärm hörte. Das Geschrei von Möwen würde sie immer an ihre Zeit auf Sylt erinnern, egal, wo sie sich aufhielt. Gerade war sie in der Sylter Stadtbücherei, wo sie ihr neuestes Buch in einer Lesung präsentiert hatte. Vor ihr stand eine Schlange Lesehungriger, die ihrer Geschichte gelauscht hatten und nun ihr Buch kaufen wollten, am liebsten signiert. Der Stapel mit den Exemplaren wurde immer kleiner, doch die Schlange schien kein Ende zu nehmen.

»Ein voll interessantes Buch«, sagte der Zuhörer, der jetzt an der Reihe war. »Und es basiert auf den Ereignissen, die sich vor zwei Jahren hier auf der Insel zugetragen haben?«

»So ist es. Ein Mörder hat sich alter Sylter Sagen bedient, um Rache zu üben und seine Nachricht zu übermitteln.«

»Abgefahren«, sagte der junge Mann mit Ehrfurcht im Blick. »Zum Glück bin ich erst dieses Jahr auf der Insel.«

»Ich hoffe auch, dass sich solche Ereignisse nicht so schnell wiederholen werden.«

»Das hoffen wir alle«, sagte auf einmal eine bekannte Stimme hinter ihr. Eike Dahl hatte sich angeschlichen und sah ihr über die Schulter. »So was braucht man nicht ständig.«

Sie drehte sich zu ihm um und strahlte. »Polizeihauptkommissar Dahl! Es freut mich, Sie zu sehen. Was macht die Kriminalität auf der Insel? Alles ruhig?«

»Nachdem Sie abgereist waren, hat sich die Lage stark beruhigt.« Er schmunzelte. »Ich habe auf einem Plakat gesehen, dass Sie heute hier aus Ihrem neuen Buch vorlesen, und dachte, ich komme mal vorbei. Ich fürchte, ich muss Sie im Blick behalten, damit nicht schon wieder ein Ungeheuer aus alten Legenden auf der Insel sein Unwesen treibt. Zumal der alte Hanussen wieder krakeelt hat, und das bedeutet nie etwas Gutes.«

»Keine Angst, ich bin nicht lange hier. Nur um das Buch vorzustellen und eine Woche bei meiner Freundin zu verbringen, dann fahre ich zurück nach Sachsen.«

»In der Woche wird hier hoffentlich nicht viel passieren.«

»Bestimmt nicht. Haben Sie später etwas Zeit?«

»Für die Märchentante bestimmt.«

Sie nickte lächelnd und widmete sich wieder ihren Zuhörern, um ihre Bücher zu signieren. Als das letzte Buch verkauft war, ging sie zu Dahl, der an einem Regal mit Krimis stand und die Titel studierte.

»Was für Sie dabei?«, fragte sie.

»Zu unrealistisch. Ihr Buch hat mir besser gefallen.«

»Haben Sie es gelesen?«

»Natürlich. Sofort, als es erschienen ist. Es ist ganz gut.«

»Es ist jedenfalls sehr erfolgreich. Nicht nur hier auf Sylt sind alle Exemplare sofort ausverkauft gewesen.«

»Das freut mich für Sie.«

»Und wie geht es Ihnen? Was macht das Verfahren gegen Vrees?«

»Vrees sitzt in Flensburg im Gefängnis. Er hat irgendwann vollumfänglich gestanden, nachdem wir ihm immer mehr Beweise um die Ohren gepfeffert hatten. Er selbst hat das Schiff präpariert, sodass es auf hoher See einen Kurzschluss gab, der ein Feuer ausbrechen und den Tank explodieren ließ. Koog hatte er bezahlt, damit der seine Klappe hielt. Der Nachtwächter brauchte dringend Geld. Aber das ist noch nicht alles. Die Familien der Opfer klagen nun auf Schadenersatz. Von Vrees' Vermögen wird nicht viel übrig bleiben.«

»Das geschieht ihm recht.«

»Sehe ich genauso.«

»Was ist mit seiner Assistentin, Lisa?« Dahl hatte Katharina beim Protokollieren ihrer Aussage von ihr erzählt.

»Sie hat einen neuen Job in Westerland. Jesper Walters übrigens auch. Sie werden es nicht glauben, aber er arbeitet für die Polizei.« Er lachte. »Er hält unsere Fahrzeuge in Ordnung, auch die Fahrräder.«

»Er hatte ja wirklich nichts getan und war unschuldig im Gefängnis gelandet.«

»Vrees wollte ihn loswerden, aber zum Glück hatte er damit keinen Erfolg.«

»Freut mich, dass auf der Insel wieder Ruhe eingekehrt ist.«

»Wir haben sogar die Bande geschnappt, die die Häuser ausraubte, darunter die zwei Kerle, die Sie überfallen haben.«

»Ich habe den Brief von der Staatsanwaltschaft erhalten. Sie waren wirklich fleißig.«

Dahl wiegte schmunzelnd den Kopf. »Man tut, was man kann.«

»Wie geht es Ihrem Kollegen?«

»Janssen ist in Flensburg und derzeit Tierdiebstählen auf der Spur. Er ist eine eingefleischte Landratte, wenn ich das mal so sagen darf.«

»Ich auch, um ehrlich zu sein. Deshalb bin ich nur ein paar Tage hier. Obwohl mir die Insel wirklich gut gefällt.«

»Haben Sie denn Ihre privaten Probleme inzwischen klären können?«

»Ja, habe ich. Alles ist gut.« Sie lächelte ihn an. Befreit und fast beschwingt.

»Das freut mich für Sie. Vielleicht kommen Sie ja hin und wieder zurück zu uns, selbst wenn es nur für ein paar Tage ist.«

»Ganz bestimmt. Aber jetzt muss ich los. Ich habe noch etwas zu erledigen, bevor ich zurück zu Sabrina in die Pension muss. Sie wartet sicher schon mit dem Essen auf mich.«

Dahl reichte ihr die Hand. »War mir eine Freude, Sie wiederzusehen. Mal ganz ohne Leichen.«

»Vielen Dank für die Infos. Und viel Erfolg.«

Dahl verließ die Stadtbücherei, auch Katharina nahm ihre Tasche und ging hinaus in den Sommerabend. Eine frische Brise wehte vom Meer über den Platz, den die Sonne am Tag aufgeheizt hatte. Die Steine strahlten immer noch Wärme ab. Katharina lief nach Osten, wo sich ein paar Straßen weiter der Friedhof von Westerland befand. Dort ging sie zu einem kleinen Grab, auf dem mehrere Sträuße frischer Blumen standen. Sie legte ebenfalls Blumen ab, die sie unterwegs gekauft hatte, und stellte eine kleine Kerze daneben.

»Remo, die ist nur für dich«, sagte sie leise und zündete sie an. »Ich hoffe, dir geht es gut bei den Engeln. Und weißt du was? Du kommst in meinem Buch vor. Das hätte dir bestimmt gefallen.«

Sie stand noch eine Weile vor dem Grab und dachte an den Jungen, der sein Leben hatte verlieren müssen, damit sie auf die Geschichte des Mörders aufmerksam wurde. Es war nicht ihre Schuld gewesen, das war ihr inzwischen klar, aber dennoch quälte sie der Tod des Kindes. Sie verabschiedete sich stumm und ging hinüber zu den Urnengräbern. Eine schlichte Namensgravur zierte die Urne, vor der keine frischen Blumen lagen: Hans Kastenmeyer. Sie legte dennoch einen Strauß ab.

»Mögen Sie in Frieden ruhen, trotz allem«, flüsterte sie. »Ihr Name und der Ihrer Kameraden vom Boot ist nun überall bekannt. Mein Buch ist ein Bestseller, viele haben Ihre Geschichte gelesen. Ich habe mein Versprechen gehalten.«

Etwas berührte sie an der Schulter. Erschrocken zuckte sie zusammen. Es war jedoch nur ein Blatt, das der Wind zu ihr getrieben hatte.

Sie verließ den Friedhof und lief durch die Straßen von Westerland, in denen die Urlauber den milden Abend genossen, bis zur Pension Koeker, wo Sabrina auf sie wartete.

»Da bist du ja endlich!«, rief sie. Das Café war voll, das Geschäft florierte, trotz der vergangenen Morde auf der Insel. Helge war ebenfalls da und half ihr bei der Arbeit. Er hatte den Job im Club aufgegeben und sich ganz der Arbeit in der Pension verschrieben. Die beiden dachten sogar über eine Erweiterung und den Kauf eines zweiten Gebäudes nach.

»Ich eile, ich eile!«

»Wie war die Lesung?«

»Gut, ein voller Erfolg. Die Bücherei war voll. Und weißt du, wer gekommen ist?« Sie wartete nicht ab, bis die Freundin antwortete, sondern fügte die Lösung selbst hinzu: »Dahl!«

»Hast du ihm erzählt, dass du jetzt nicht mehr in Leipzig, sondern in einem Schloss wohnst?«

»Nein, wir haben keine privaten Dinge besprochen, nur über das Buch und den Fall geredet.«

»Er hätte dich bestimmt sofort wieder als verdächtig eingestuft. Leute, die in Schlössern wohnen, sind immer verdächtig.«

Katharina lachte. »Du spinnst.«

»Nein, vor allem wenn sie alleinstehende Frauen sind, die wie Königinnen leben.«

»Hör auf, das ist Quatsch.« Katharina kramte in ihrer Handtasche, da ihr Telefon klingelte. Eine unbekannte Nummer. »Weller«, meldete sie sich.

»Ich habe Ihr Buch gelesen. Sie erzählen darin von einem Mann, der Menschen umbringt wie eine Sagengestalt.«

»Wenn Sie ein Autogramm wollen …«

»Darum geht es nicht«, sagte die Frau am Telefon. »Ich brauche Ihre Hilfe.«

Katharina spürte ein feines Kribbeln auf ihrer Haut. »Was meinen Sie? Geht es um eine Sage, die ich Ihnen erklären soll?«

»Nein. Es geht um Mord. Die Polizei denkt, es handelt sich um ein politisches Manöver, aber ich weiß, es geht um mehr.«

»Worum?«

»Das kann ich Ihnen am Telefon nicht sagen. Aber es hat mit Ihnen zu tun.«

Das Kribbeln auf Katharinas Haut wurde stärker.

»Können Sie kommen?«, fragte die Frau.

Katharina spürte einen eigenartigen Rausch durch ihren Körper strömen. Vielleicht waren all die Ereignisse in ihrem Leben, die sie so aus der Bahn geworfen hatten, wirklich passiert, damit sie einen völlig neuen Anfang wagen konnte. Eine neue Aufgabe finden, die sie erfüllte. Sie hatte Ludwig, dessen Affäre mit der Studentin noch immer andauerte, endgültig verlassen und war in das Schloss ihrer Großeltern gezogen, wo sie das Gebäude mit einer umfangreichen Bibliothek teilte. Ihre Arbeitsstunden an der Uni Leipzig waren reduziert worden, aber das störte sie nicht, weil sie in Ruhe in ihrer hauseigenen Bibliothek forschen konnte. Diese Arbeit hatte auch den Schmerz ihres Herzens gelindert, sodass sie nun wieder voller Hoffnung in die Zukunft blicken konnte. Und nun stand sie hier und hatte eine Fremde am Telefon, die ihre Hilfe benötigte.

Sie sah zu Sabrina, die sie lächelnd beobachtete.

»Gute Nachrichten?«, flüsterte die Freundin. »Du siehst aus, als wärst du gerade vom Glück geküsst worden.«

Katharina hielt das Mikrofon ihres Telefons zu. »Es geht darum, ob ich wieder Detektivin spielen soll.«

Sabrina runzelte die Stirn. »Ach herrje! Willst du es denn?«

»Das fragst du noch?«

Katharina zögerte keinen Moment länger, sondern nahm die Hand vom Mikrofon und sagte zu.